LES TROIS CHATS DE CHAMASSON

DU MÊME AUTEUR

PRESSES DE LA CITÉ

Les Labours d'hiver, 1995, Pocket 1997, prix Emile-Guillaumin 1995
Les Terres abandonnées, 1996
La Croix de Fourche, 1997 ; coll. Trésors de France, 2015
Etrangers à la terre, 1998
L'Héritage de Ludovic Grollier, 1999 ; coll. Trésors de France, 2016
L'Alambic, 2000, Pocket 2002
Adam en héritage, 2010
Sur les cendres des ronces, 2012 ; coll. Trésors de France, 2017
Le Prieuré, 2013
La Trace du loup, 2014
L'Atelier de Capucine, 2015
Pardon, Clara, 2016

ÉDITIONS RANDONNEUR

Les Chemins oubliés du Haut-Morvan, 1978, BRL, Dijon, 1992
Les Faubourgs de Bibracte, 1989

ÉDITIONS DE L'ARMANÇON

Le Vol de la buse, 1991, Poche De Borée 2011, prix Sully-Olivier de Serres 1992
La Croix du Carage, 1994
Autun, toute une histoire, 2004
Nouvelles inuit, carnet de voyage, 2004
Le Réveil des villages, essai, 2006
Sur la route de Djenné, carnet de voyage, 2008
Les Quatre Saisons de Romaric, nouvelles, 2009
Les Chroniques de Claudius, 2013

(suite en fin d'ouvrage)

Didier Cornaille

LES TROIS CHATS DE CHAMASSON

Roman

Terres de France

PRESSES DE LA CITÉ

ISBN 978-2-258-14341-8

Presses de la Cité
un département **place des éditeurs**

place des éditeurs

Ce qu'il y a de plus grand au monde,
c'est la liberté souveraine de l'esprit.

Jean JAURÈS

1

Trois chats dormaient. Profondément. Chacun lové dans le trou qu'il s'était creusé de longue date au cœur d'un vieux foin fané, ils dormaient sans crainte, les yeux clos.

Trois matous solitaires, issus d'une même lointaine portée, qui ne s'étaient jamais résolus à se séparer. Ils avaient trouvé plus commode d'installer leurs pénates communs sur ce vieux plancher à foin, au-dessus d'une grange depuis longtemps vide. Un reste de foins sans âge le meublait encore, dont même l'odeur de moisi ne les avait pas rebutés. C'était là le prix à payer pour leur tranquillité.

Comme de coutume, ils étaient rentrés l'un après l'autre de leurs divagations diurnes. Ils s'étaient installés dans les rais de lumière oblique que le soleil couchant dardait encore, entre les planches mal jointes de la large porte de grange. Ils s'étaient longuement appliqués à une toilette minutieuse, puis, l'un après l'autre, à pas menus, ils avaient gagné leurs couches respectives où ils n'avaient eu qu'à s'abandonner à la forme de leur corps roulé en boule depuis longtemps imprimée dans la matière souple, un peu craquante, de cette vieille herbe devenue grisâtre à force de temps.

C'était l'heure où ils craignaient le moins d'être dérangés, l'heure où ils s'abandonnaient sans retenue à la profondeur d'un sommeil réparateur avant que la lune, escaladant le ciel nocturne, les appelle à d'autres maraudes, dans les bois et les prés environnants, chacun pour son compte, dans le fouillis serré des traces et des pistes qu'il leur fallait démêler pour apaiser leur faim. A tromper la vigilance de quelque mulot ou à surprendre un passereau endormi sur sa branche, ils s'assuraient de quoi survivre encore un jour ou deux. Repus, apaisés, ils revenaient à l'aube vers leur gîte, s'y retrouvaient avec de sourds maroulements d'aise, s'adonnaient encore longuement au plaisir de la toilette, puis réintégraient leurs nids respectifs. Leur sommeil, cette fois, restait plus vigilant. C'était l'heure où le jour naissait. Leur instinct se méfiait de ces moments où renaissent les entreprises des hommes.

Le temps n'y avait rien changé. Depuis qu'ils avaient élu domicile sous cette vieille charpente ombreuse, seuls ses craquements, lorsque le vent la tourmentait, avaient perturbé son silence. Au point qu'ils s'en sentaient les maîtres. C'était comme s'ils avaient conclu un pacte avec les seuls voisins qu'ils se connaissaient. Hormis un blaireau dont le terrier s'ouvrait au flanc d'un talus embroussaillé, quelques écureuils et deux ou trois chouettes dont ils ne redoutaient pas qu'ils viennent leur disputer leur gîte, ils ne s'en connaissaient guère d'autre que les deux vieux qu'ils voyaient chaque jour aller et venir dans la cour et le jardin de leur petite ferme, à trois cabrioles de là.

Les bois qui couvraient ce versant-là du coteau jusqu'à la route, au-delà de laquelle les prés dégringolaient vers la rivière, semblaient avoir à peine toléré l'installation de ces deux maisons. Il y avait de cela tant d'années que le compte s'en était perdu. En un temps probablement où mieux valait ne pas trop se montrer. Tout en longueur, étable à un bout, grange au milieu, puis logement étroit, elles semblaient s'être subrepticement glissées entre les arbres, à bonne distance l'une de l'autre et de la route comme pour n'avoir de comptes à rendre à personne. Par-devant, une cour étroite encore encombrée de quelques appentis ; par-derrière, le jardin pris à grand-peine, avec le temps, sur la forêt. A force, on avait peu à peu obtenu d'elle qu'elle s'écarte un peu, qu'elle se serre pour qu'il se prolonge d'un bout de pré. Encastré dans les bois, il partait à l'assaut du coteau et, sur la crête, retrouvait la clôture de ceux qui, sur l'autre versant, prenaient leurs aises au flanc d'une large vallée.

Pour joindre la route, deux ornières sinuaient entre les arbres. D'une ferme à l'autre, rien d'autre qu'une sente entre les arbres sur laquelle, d'ailleurs, depuis le temps qu'elle n'était plus employée, les broussailles, les ronces et les fougères du sous-bois s'étaient refermées. Elles n'avaient laissé à leur pied qu'un étroit passage à la juste mesure des trois chats.

A leurs heures de repos, ils n'aimaient rien tant que de s'installer sur un rebord de fenêtre, une vieille souche ou la ruine d'un outil agricole finissant de rouiller à la limite de la cour et du sous-bois. Il leur fallait ces modestes piédestaux pour que leur vue, filant au-dessus de la broussaille et sous l'épaisseur des feuillages, puisse commodément se repaître du spectacle du vieux Joseph s'affairant dans la cour de sa ferme. Ronronnant au soleil, les yeux mi-clos, ils ne le quittaient pas des yeux.

Le vieux savait leur présence. Il savait que ces sauvageons-là, qui pour rien au monde ne se seraient laissé approcher, avaient besoin de la proximité de l'homme et s'en repaissaient des heures durant. Son chien aussi les savait là, tout autant d'ailleurs que la petite chatte d'Antoinette, qui ne quittait guère Joseph pendant tout le temps qu'il passait, chaque jour, à soigner ses trois vaches et leurs veaux. Mais les chats les ignoraient.

Il arrivait périodiquement à la chatte d'aller s'encanailler auprès d'eux. Elle disparaissait trois ou quatre jours, reprenait ses habitudes, à son retour, là où elle les avait abandonnées et, deux mois plus tard, allait s'installer dans le fenil pour donner le jour à une portée de chatons. Joseph lui en laissait un ou deux pour l'occuper et pour qu'elle ne recommence pas trop vite. Ça faisait un ou deux sauvageons de plus qui finissaient par disparaître dans la nature à moins qu'Antoinette, entre-temps, n'ait trouvé quelque bonne âme auprès de qui les caser.

Quant au chien, un vieux griffon que ses instincts de chasseur auraient bien jeté avec délectation sur la piste des trois matous, il avait intégré depuis longtemps l'interdiction formelle édictée par Joseph. La parole du maître étant son évangile, nonobstant ce qu'il pouvait en penser et qu'il ne dissimulait guère, quand les trois chats les escortaient à distance, sur le chemin du pré des vaches, il faisait celui qui ne les voyait pas et passait sa mauvaise humeur à tournicoter autour des bêtes et à faire celui qui les asticotait. Blasées, elles ne s'en émouvaient guère, mais il tenait pour victoire et vengeance que l'une d'elles, exaspérée, finisse par baisser la corne dans sa direction. Il en prenait prétexte, bien que le geste fût de pure forme, pour bondir au large et éloigner tellement ses gambades que les chats, inquiets de le voir se rapprocher, s'arrêtaient net. Ils choisissaient du regard le tronc d'arbre auquel grimper en dernier recours, et attendaient prudemment le rappel à l'ordre paisible que ne manquait pas d'émettre Joseph quand il estimait que le jeu avait suffisamment duré. Le chien allait quémander une caresse, histoire de se faire confirmer qu'on ne lui tenait pas vraiment rigueur de ses frasques, et les chats trottinaient quelques instants derrière eux pour rattraper le retard que l'alerte leur avait fait prendre.

Une fois le pré atteint, ils disparaissaient dans la nature. C'était l'heure d'une dernière brève maraude avant de regagner leurs pénates et de s'y abandonner au grand repos du soir. Joseph était allé rejoindre Antoinette dans la tiédeur paisible de leur maison. Le chien était à la niche. Plus rien ne pouvait venir troubler leur tranquillité.

C'était du moins la certitude qu'ils s'étaient forgée au fil du temps. Il y eut d'abord un bruit de moteur. Il n'eût même pas éveillé leur attention s'il s'était contenté de passer. Mais il tournait au ralenti, au bord de la route, juste en face de l'entrée du chemin de leur maison. Trois oreilles s'étaient dressées. S'éloignerait-il, à la fin, ce moteur intempestif ? Son ronronnement un peu boiteux s'obstinait. Comme rien d'autre ne semblait se passer, ils allaient renoncer à l'alerte lorsqu'il y eut un bruit de papier froissé. Il se précisa. Un sourd juron à peine prononcé parvint jusqu'à eux. On marchait en écrasant les quelques broussailles qui encombraient le chemin. Aucun des trois chats n'avait bougé, mais les yeux étaient grands ouverts et les oreilles pointées. Cette fois, c'était dans la cour qu'on piétinait les herbes folles en grognant. Ça se rapprochait. On foula les trois marches couvertes de mousse qui précédaient le lourd battant de chêne de la porte qu'ils n'avaient jamais vue ouverte.

La nuit n'était pas encore totalement faite. Ils eurent la curiosité d'aller voir. L'un après l'autre, ils sortirent de leur couche de foin et se glissèrent dans l'ombre du mur jusqu'à dominer la porte un peu disjointe de la grange, d'où leurs regards pouvaient plonger jusqu'à ce perron qu'ils n'avaient jamais franchi. Un homme s'y tenait. Légèrement penché en avant, le nez contre la porte, continuant à grommeler des jurons, il semblait s'acharner à une tâche mystérieuse qui inquiéta les chats. Il y eut un bruit métallique, un peu comme celui qu'ils n'aimaient pas entendre, en hiver, lorsque les chasseurs affublaient les colliers de leurs chiens de quelques grelots.

L'événement était considérable. Jamais, depuis qu'ils avaient colonisé le vieux fenil, les chats n'avaient eu à subir une telle invasion. La prudence l'emporta. Discrètement, ils se défilèrent. Renonçant à leur roupillon vespéral, ils quittèrent la grange et se perdirent dans l'ombre des broussailles.

Sept coups sonnèrent au carillon de la vieille comtoise. Joseph remit soigneusement son journal dans ses plis et le posa sur la table.

— Faut que j'aille fermer les poules, dit-il.

Antoinette était à ses fourneaux.

— Va donc. Mais ne tarde pas de trop. La soupe va refroidir.

On dînait tôt chez les Caudront. Que faire d'autre ? Les horaires étaient à l'image d'une vie tout entière réduite à ce qui leur restait de leurs anciennes activités. On ne mène pas trois vaches et une demi-douzaine de poules comme une ferme entière. Les enfants envolés, le couperet de la retraite tombé, le sens de la vie s'était évaporé. Dans leur solitude, il leur restait à attendre.

Attendre que ce soit l'heure des semblants de gestes qui peuplaient jadis leurs journées. Tuer le temps en curant les trois vaches. Ça occupait si peu. Aller et venir dans le jardin. C'était vite fait, même en s'appliquant à ne surtout pas se presser. Il n'en fallait pas beaucoup pour nourrir deux vieux. Passer par le poulailler et dénicher les quelques œufs pondus depuis la veille, les apporter à Antoinette, remettre le nez dehors pour ne pas tourner en rond à la maison, passer une caresse sur le dos du chien en se demandant ce qu'on avait bien pu oublier de faire… Mais rien, rien pour occuper ces mains qui, il n'y avait pourtant pas si longtemps, du moins semblait-il, n'avaient pas assez des journées entières pour abattre tout le travail d'une ferme en pleine vie.

La tentation d'une porte de café à pousser, des vieux copains à retrouver, des interminables et lentes causeries, autour d'un coup de rouge… Il était si loin, le café. Et puis il fallait compter. On n'avait pas à se plaindre. On était chez soi, on n'avait pas besoin de grand-chose. Le jardin et les vaches, c'étaient leur resto du cœur à eux. Encore heureux. S'il avait fallu se contenter du versement mensuel famélique de la retraite… Comment ils faisaient, ceux qui n'avaient que ça pour vivre ? Sûr qu'il y avait plus malheureux.

Alors, on attendait. On attendait que passent les enfants et surtout les petits-enfants. Ah, les petits-enfants ! Les voir plus souvent... Se réjouir de la présence, de la vitalité de ce sang neuf qui prolongerait la lignée. C'était loin, la ville. Et puis les enfants avaient tant à faire. Restait à attendre qu'ils puissent distraire quelques heures de leur temps si précieux pour venir jusque-là.

Le chien était déjà sur le perron, comme s'il avait entendu son maître annoncer son intention. « Je vous dis, ces animaux-là, ils comprennent tout. Ils devinent. Il ne leur manque que la parole. Et encore... Ils savent bien se faire comprendre. » Joseph lui caressa distraitement le haut du crâne et s'éloigna à pas lents vers le poulailler.

Quand il rentra, la table était mise et Antoinette s'impatientait.

— T'en as mis du temps. Viens vite à la soupe. C'est déjà à moitié froid.

Il s'agissait bien de la soupe.

— Tu ne devineras pas... Tu... tu ne devineras pas ce que je viens de voir, bredouilla-t-il en enfilant ses pantoufles.

La vieille, déjà inquiète, immobilisa au-dessus de la soupière la louche débordante qu'elle destinait à son assiette et le suivit des yeux pendant qu'il allait se rincer les mains à l'évier.

— Qu'est-ce qu'il y a ? Qu'est-ce que tu as vu ?

— La maison... Il y a de la lumière.

C'était si inattendu, si peu concevable, qu'elle douta :

— La maison ? s'étonna-t-elle. Quelle maison ? De la lumière ? Quelle lumière ?

Pour se donner une contenance, il fit mine de s'emporter :

— De quelle maison veux-tu que je te parle ? Il n'y en a pourtant pas des mille et des cents à nous voisiner ! La maison des Tardy, parbleu. La porte grande ouverte et de la lumière qui en sort. A travers les arbres, ça se remarque, tu peux me croire. Et même, si j'ai bien vu, mais là je ne suis pas trop sûr, il y a une voiture dans la cour.

Antoinette finit de servir la soupe à gestes lents, le regard pensif et vaguement inquiet. Joseph vint s'asseoir, déplia sa serviette sur ses genoux. Elle se glissa sur le banc, en face de lui.

— Qui ça peut bien être ?

La cuillère déjà au bord des lèvres, il haussa les épaules.

— Va savoir.

Avant d'aller se coucher, il entrouvrit encore la porte et glissa un regard suspicieux vers la maison voisine. La lumière ne projetait plus son large rectangle provocateur sur la cour. La porte avait dû être refermée, mais une lueur jaune s'échappant par l'imposte et par l'encadrement des volets de la fenêtre découpait une énigmatique géométrie un peu tressautante sur la profonde obscurité du sous-bois.

2

Finalement, la serrure ne lui opposa pas la résistance à laquelle il s'attendait. Elle se contenta d'émettre une longue plainte déchirante qu'il jugea paradoxalement de bon augure. La maison n'était donc pas morte. Depuis le temps, elle n'avait fait que s'enfoncer de plus en plus profondément dans la somnolence. Il allait falloir la réveiller. Les premiers jours seraient ardus, mais le cri que poussait cette serrure en consentant à faire jouer sa mécanique, il en connaissait le remède. Patiemment, méticuleusement, il lui faudrait réapprendre à la maison, sa maison, les gestes qu'ils avaient eus jadis en commun. Par la même occasion, il les réapprendrait, tandis que se rétabliraient entre elle et lui toutes les infimes connivences par lesquelles ils s'amadoueraient réciproquement. A deux, ils ressusciteraient la véritable appartenance de l'un à l'autre.

Il poussa vigoureusement le lourd panneau de chêne, en fut pour ses frais. La porte ne frémit même pas. Les choses seraient donc moins simples que ne l'avait suggéré la facilité avec laquelle la serrure avait joué ? Il tenta un deuxième essai, plus énergique encore. Il n'obtint pas plus de résultat. Alors, tenant ouvert d'une main le rustique loquet, il se recula autant qu'il le put, mit l'épaule en avant et jeta tout son poids contre l'obstacle. Cette fois, un couinement lamentable lui fit entrevoir que l'affaire n'était pas insurmontable. L'huis avait bougé de quelques centimètres. La serrure était donc bien ouverte, mais l'humidité, depuis le temps, avait dû tant faire gonfler le bois que porte et chambranle s'étaient rejoints et se grippaient en un seul ensemble. Il persévéra. Il lui fallut encore se jeter à trois reprises de toutes ses forces contre le vantail récalcitrant pour qu'il admette enfin de lui céder le passage.

Le soir tombait. S'il voulait s'installer au minimum pour sa première nuit, il n'avait pas de temps à perdre. Pourvu que la broussaille du chemin accepte de livrer passage à sa voiture. Il avait dans son coffre le duvet, la lampe-tempête, les quelques ustensiles de camping qu'il avait pu rassembler et le peu de provisions qui lui permettraient de voir venir. Bien le diable s'il ne trouvait pas dans le bûcher de quoi combattre d'une bonne flambée le froid polaire qui l'avait assailli, en même temps qu'une fade odeur de renfermé, lorsque la porte s'était ouverte.

Le plus urgent était bien d'aller chercher la voiture qu'il avait laissée à l'entrée du chemin. La curiosité fut pourtant la plus forte. Avant de s'éloigner, il fit deux pas en avant. L'ombre était déjà si épaisse dans la maison qu'au bord extrême de la lueur blafarde entrée avec lui par la porte entrouverte, ce fut à peine s'il distingua les contours les plus proches de la longue table et de son banc qu'il savait occuper le milieu de la pièce.

Il eut le regard attiré vers le sol. A mi-chemin entre la porte et le banc, sur le carreau gris de poussière, le rectangle blanc d'une enveloppe avait quelque chose de totalement incongru. Il se pencha, la ramassa. Quelque chose était griffonné sur l'enveloppe, mais il ne sut pas démêler si c'était l'encre passée par le temps ou l'obscurité de la pièce qui l'empêcha de déchiffrer. Il la jeta au jugé sur la table et s'en fut chercher sa voiture.

En chemin, Sylvestre Tardy s'estima satisfait. Les choses, jusque-là, se présentaient aussi bien que possible. Il ne s'attendait pas à mieux. D'ailleurs, en réalité, il ne s'attendait à rien. Cela faisait longtemps qu'il avait appris à ne rien prévoir, ne rien espérer.

Trébuchant dans les ornières et les broussailles qu'il s'appliquait à piétiner pour ouvrir le passage à sa voiture, il semblait plus voûté qu'il ne l'était vraiment. Plutôt grand, le cheveu et la moustache grisonnants, malgré sa soixantaine bien engagée, il conservait dans le regard cette espèce d'ingénuité, d'étonnement perpétuel qui, malgré les rides déjà bien présentes, lui donnait des allures de gamin trop vite vieilli. Les jeans délavés, les pulls avachis et le chapeau informe dont il s'affublait ordinairement ne faisaient qu'ajouter à cette allure d'adolescent attardé dont il avait parfaitement conscience et qu'il assumait fort bien.

Il eut un sourire narquois. Elle n'était donc pas rancunière, cette maison entre les murs de laquelle de hautes ambitions avaient longtemps été bercées le concernant. Il s'en était détourné. Il avait failli, préférant à cette voie toute tracée par l'autorité inquiète de son père les sentes incertaines des utopies et des causes perdues d'avance. Si longtemps après, elle ne le recueillait pas moins comme on joint les mains en coquille pour faire l'aumône d'un peu de chaleur à l'oiseau tombé du nid.

Curieusement, ses pensées allaient plus à la maison qu'à ses parents qui y avaient fini leur vie. Instituteurs à l'ancienne au village le plus proche, ils l'avaient achetée bien avant leur retraite. En gens d'ordre et bien organisés, ils avaient pensé à leurs vieux jours lorsque cette petite ferme, à la mort de ses derniers exploitants, avait été mise en vente par des enfants depuis longtemps devenus citadins, qui n'avaient pas jugé bon de garder la maison familiale et étaient certainement heureux de se partager les quelques sous de sa vente.

Des années durant, son père, dimanche après dimanche, s'était échiné à l'aménager, à la rendre habitable et confortable. Sylvestre se souvenait sans vrai plaisir des heures passées à besogner avec lui sur des travaux qui dépassaient leurs compétences et leurs forces. Son père s'obstinait. Il n'y eut pas un échec pour le faire renoncer. De tout cela, le jeune Sylvestre ne retint guère que l'énorme disproportion entre le résultat obtenu et la débauche d'énergie et de temps qu'il nécessita. Que cette obstination maladroite ait été pour beaucoup dans l'attachement de ses parents à cette maison, malgré ses imperfections, lui avait totalement échappé.

Et voilà qu'elle savourait sa vengeance en l'accueillant quand il n'avait plus d'autre nid où se réfugier. Avec l'âge et l'accumulation des déconvenues, Sylvestre avait appris à ne retenir que le bon côté de ce qui pouvait lui arriver. Par principe, il préférait en rire et oublier ce qui, à trop le rabâcher, aurait pu lui gâcher l'humeur. Il en avait tant vécu qu'il n'espérait plus rien et ne voyait pas ce qui pouvait être encore de nature à le faire se tracasser pour ce qu'il n'avait jamais possédé ou ne possédait plus.

Il claqua énergiquement la portière de sa guimbarde. Elle accepta de démarrer sans rechigner. Qu'allait-il en être quand, dans les ornières embroussaillées du chemin, il allait lui imposer un traitement dont il craignait qu'il ne dépasse les ultimes capacités de ses vieilles tôles ? Il embraya doucement, l'engagea dans la direction de la maison. Elle cahota, protesta véhémentement de quelques grands emballements de son moteur, puis, cahin-caha, elle consentit, pourvu qu'il ne lui en demande pas plus qu'elle ne pouvait en faire, à gagner la cour où, trouvant sous ses roues un sol plus ferme, elle accepta qu'il la manœuvre jusqu'à se trouver au plus proche des trois marches du perron.

La nuit était tombée, mais pas assez encore pour que Sylvestre, debout dans la cour, les mains au fond des poches, ne ressente pas un profond sentiment de satisfaction au spectacle de sa voiture garée devant sa maison. Il était chez lui. Plus rien ne pourrait désormais l'empêcher de s'y installer et d'y vivre loin de toutes les misères, les injustices, les luttes vaines et les mesquineries qu'il venait de fuir.

Au fond de sa poche droite, il y avait ses clefs. Il réalisa qu'il les tripotait. Ses clefs, les clefs de sa maison ! De tout ce que l'on garde ordinairement d'une vie, il ne lui restait que ce trousseau de deux clefs, celle de la maison, celle du cadenas de la grange, dont il ne s'était jamais séparé. Il aurait été incapable de dire pourquoi, aux pires moments de son existence, alors qu'il regardait partir tout le reste dans la plus grande indifférence, il s'était cramponné à ces deux clefs. Alors qu'il ne lui restait rien, pas même un toit sous lequel s'abriter, au fond du sac de misère dans lequel il traînait quelques hardes, il les avait soigneusement préservées.

Elles ne représentaient pourtant plus rien pour lui, croyait-il alors. Cette porte qu'il avait eu, tout à l'heure, tant de mal à ouvrir, il l'avait claquée violemment, une fois pour toutes, pensait-il, quand il n'avait guère plus de vingt ans. Il en avait claqué beaucoup d'autres depuis. Au point de ne plus en trouver depuis longtemps qui veuillent bien s'ouvrir devant lui. Ni regrets, ni remords. Seules lui étaient restées ces deux clefs, comme s'il était écrit quelque part qu'en elles résidait l'ultime espoir.

Son premier soin fut d'allumer la lampe-tempête et de la poser sur la table. Il aperçut l'enveloppe, remit à plus tard de s'en soucier. Il avait d'abord à renouer du regard avec le cadre. Rien n'avait changé, la grande cheminée, en face de la porte, la cuisine aménagée sur la gauche et juste séparée du reste de la vaste pièce par un bar rustique qu'il se souvenait d'avoir bricolé avec son père. A droite, au fond, un peu perdue à la limite du halo lumineux de la lampe-tempête, la haute armoire en merisier, domaine réservé de sa mère, dans laquelle elle serrait ses minuscules trésors. Et puis le vaisselier, entre l'armoire et la cheminée. En face, entre la fenêtre et la porte, la commode sur laquelle trônaient le téléviseur et le téléphone.

Il pivotait lentement sur lui-même, s'emplissant le regard de tous ces objets, de leur disposition, des harmonies que l'habitude, jadis, avait créées entre eux. Telle incommodité, telle insignifiante faute de goût, telle astuce trouvée pour mieux caser un meuble, dissimuler le fil du téléphone, lui revenaient à l'esprit. Il en souriait comme d'un bonheur retrouvé. Il fallait que les gestes partagent le plaisir des yeux. Il dénoua le cache-col qui d'ordinaire ne le quittait guère, et alla le suspendre au portemanteau qui trônait à droite de la porte, au-dessus du paillasson sur lequel il aurait fait beau voir qu'il n'essuie pas soigneusement ses chaussures, pendant qu'il ôtait sa veste. A sa droite, sous la seconde fenêtre, il y avait la table dont son père avait fait son bureau. Il l'avait oubliée, celle-là. Il alla jusqu'à elle, passa la main sur le sous-main toujours en place.

Allons, le moment n'était pas aux attendrissements. Il se détourna vivement. D'abord, la cheminée. Il faisait un froid de loup dans cette maison depuis si longtemps fermée. Au passage, l'enveloppe toujours posée sur la table attira son attention. Il l'ouvrirait devant une bonne flambée. Armé d'une lampe de poche, il dut batailler contre la ronce pour atteindre le bûcher. Au moment où il y parvenait, le faisceau de sa lampe accrocha, dans le sous-bois, le scintillement vif de deux émeraudes. Il s'y arrêta, chercha à mieux voir. Les deux braises s'éteignirent. Il chercha aux alentours, entrevit encore brièvement l'éclat vif d'un ou deux autres regards sauvages. On se croit seul ! se dit-il en souriant, tandis que les trois chats, sans s'éloigner, glissaient vers un autre poste d'observation.

Le bois était trop sec. Grises et trop légères, les bûches ne tiendraient guère le feu. Il fit plusieurs voyages pour emplir le coffre, à droite de la cheminée. Puis il s'accroupit devant le foyer, retrouva avec ravissement les gestes qui préludaient à l'embrasement. C'était comme un rite. La cendre, vieille, tassée, craquante, à écarter ; le papier à froisser ; le petit bois à ranger soigneusement, de telle façon que l'air puisse circuler librement ; enfin l'allumette à gratter. Le conduit de cheminée était froid et humide. Il y eut comme un rouleau de fumée qui tourbillonna sur lui-même quelques instants au bord du manteau, puis qui le déborda. En quelques instants, l'atmosphère de la pièce devint irrespirable. Il dut aller rouvrir la porte qu'il avait repoussée derrière lui, à son dernier voyage, pour qu'un semblant de tirage s'établisse. Il lui fallut longtemps veiller sur la flamme molle, rougeâtre, qui courait comme à regret sur son petit bois et choisir patiemment le moment où il pouvait ajouter un morceau un peu plus gros, puis un autre, sur le foyer vacillant, pour qu'enfin il ose le nourrir d'une vraie bûche qu'il posa sur les chenets.

Le temps passait sans qu'il en ait bien conscience. Toujours accroupi devant son feu, il en cherchait vainement la chaleur. Il semblait qu'elle suffisait à peine à garder en vie les maigres flammes qui montaient paresseusement, comme à regret, vers le manteau toujours encombré de fumée.

La porte, grande ouverte dans son dos, ajoutait au froid un peu morbide de la pièce celui de la nuit. Frigorifié, il alla jusqu'à sa voiture où se trouvait encore sa veste. Il en profita pour en rapporter une pleine brassée de bagages en désordre. Une façon comme une autre de réchauffer la maison en lui signifiant que ce n'était pas un feu récalcitrant qui pourrait le faire revenir sur son intention de s'installer.

Au passage, il vit l'enveloppe. Il la ramassa, tira le banc au plus près du feu, osa ajouter une bûche sur les chenets et veilla, en s'asseyant, à ce que la lumière de la lampe-tempête éclaire bien sa lecture. Il commença par examiner soigneusement ce pli mystérieux qui attendait peut-être là depuis bien longtemps. Le papier en était craquant, comme fané. Il ne put pas déchiffrer ce qui était mentionné à l'endroit de l'adresse. L'enveloppe ne portait ni timbre, ni cachet de la poste. Qui donc avait bien pu la glisser sous cette porte fermée comme sur un caveau ?

Il se résolut enfin à l'ouvrir et en sortit un seul feuillet soigneusement plié en quatre. Protégée par l'enveloppe, l'encre n'en semblait pas trop passée. Il dut tout de même se pencher vers la lampe pour parvenir à lire la signature en bas de la feuille.

Ce fut comme s'il venait de recevoir un coup. Il se raidit, s'obligea à lire à nouveau comme s'il avait pu être victime, au premier examen, d'une hallucination. Agathe… Avait-il, dans sa vie, connu une autre Agathe ? Pas qu'il se souvienne. Quelle autre Agathe d'ailleurs aurait pu se satisfaire de son seul prénom pour se désigner, tant elle était certaine qu'elle ne pouvait être confondue avec aucune autre ?

Il fronça les sourcils. C'était moins la résurrection soudaine de cette vieille amie perdue de vue depuis des lustres qui le chagrinait que l'évocation de tout un passé auquel il ne pouvait pas s'empêcher de l'associer. Avant même d'avoir lu sa lettre, il avait compris. Il avait cru fuir, s'échapper enfin, rien n'y avait fait. Avant même qu'il l'atteigne, le refuge définitif qu'il avait cru s'être trouvé était déjà pollué. Il ne pourrait jamais établir de fossé assez large, assez profond, entre lui et tout ce qu'il voulait oublier. Où qu'il aille, quoi qu'il fasse, sa trace et celle d'un temps auquel il n'appartenait pourtant plus resteraient indélébiles.

Le feu, dans la cheminée, consentait enfin à s'éveiller. Il remit une bûche sur les chenets, tenta d'aller fermer la porte. Il dut se résoudre à la laisser entrouverte pour que la fumée accepte de ne pas déborder du manteau. Une modeste bulle de chaleur croissait pourtant autour du foyer. Il vint s'y réinstaller et se résigna à lire la lettre d'Agathe.

Il n'y trouva rien qui pût justifier ses inquiétudes. Sa vieille copine des années de barricades, de manifestations, de forums inspirés et d'assemblées générales tumultueuses, la pasionaria des temps de révoltes et de contestations, y racontait simplement que parvenue elle aussi à l'âge de la retraite, un jour de rangement, elle avait retrouvé l'adresse de ses parents dans un vieux dossier.

Pourquoi l'avait-elle ? Dans quel moment d'euphorie la lui avait-il donnée ? Là n'était pas le problème. Il reprit sa lecture. Partant vers ses nouveaux pénates de retirée des affaires, l'idée lui était venue de faire le détour. Confrontée à la porte close, un peu déçue de ce fil qu'elle espérait raccrocher et qui s'interrompait si bêtement, elle avait eu l'idée de lui griffonner ce mot appuyée au volant de sa voiture. Elle lui laissait sa nouvelle adresse et même son numéro de téléphone portable, formant le vœu qu'il repasse un jour par là, trouve sa missive et lui fasse signe.

C'était tout. Ah, si : la date… Il redéplia la lettre qu'il faisait déjà le geste de remettre dans son enveloppe. Le jour, le mois, l'année étaient clairement mentionnés en haut et à droite. Trois ans déjà que cette vénéneuse bouteille à la mer, glissée sous la porte, attendait là, sur le carreau, qu'on vienne la ramasser.

L'air pensif, l'œil sombre, il la rangea et la poussa loin, au bout de la table. Il ne répondrait pas à Agathe. Il faudrait bien que la page se tourne, même si elle devait rester marquée à tout jamais de ce signet gênant. Rien ne s'oublie…

3

Les trois chats n'avaient pas renoncé. Ils s'étaient simplement éloignés. La grange, dans le fenil de laquelle ils étaient installés depuis si longtemps, était par trop proche du logement où cet intrus menait grand tapage. Ils étaient pourtant trop attachés au lieu pour le quitter. Et puis cet homme les fascinait, comme tous les autres hommes qu'ils observaient de loin. Celui-là s'était mis sur leur chemin. Ils n'étaient pas faits autrement que les autres chats. Pour avoir été élevés à l'abri de leur contact, ils n'en étaient pas moins violemment attirés par ces êtres étranges dont ils savaient qu'ils pouvaient craindre le pire, mais dont ils ne pouvaient non plus ignorer qu'ils leur étaient liés depuis toujours par un indéfectible pacte de complicité.

Ils n'avaient pas la moindre idée de ce que pouvait être le confort d'un coin de cheminée où se lover, d'une écuelle toujours pleine, d'une main d'homme glissant doucement au long de l'échine. Se faire ouvrir une porte à la demande, gravir le perron à petits pas, la queue bien droite, et entrer dans la maison comme chez soi leur était un plaisir inconnu, mais rien n'aurait pu faire qu'ils ne le pressentent pas et que l'envie ne les dévore de dépasser la crainte atavique qui les empêchait de sortir de l'ombre et d'aller paisiblement vers l'homme.

En attendant des jours meilleurs, ils avaient eu le projet d'aller s'installer dans le bûcher. La sciure y était abondante bien qu'aussi fanée que le vieux foin du fenil. Réduite à l'état de poussière, elle ne manquerait pas de leur souiller le poil. Ils en seraient réduits à des toilettes plus longues et plus minutieuses encore, mais ils ne doutaient pas que ce soit là un pis-aller. Ils ne perdaient pas l'espoir de pouvoir regagner leurs trois trous creusés dans le foin du fenil dès que les choses rentreraient dans l'ordre. Ils étaient prêts à s'accommoder de ce nouveau voisinage et n'imaginaient pas qu'il puisse en aller autrement pour ce nouvel habitant. Restait à prendre le temps de faire connaissance et à s'apprivoiser mutuellement.

Ils allaient se glisser dans le bûcher lorsque Sylvestre y avait fait irruption. Sans bruit et sans trop de hâte, ils avaient rebroussé chemin, mais ils étaient restés à proximité, confiants dans la protection que leur offrait la nuit et curieux de voir agir leur nouveau voisin. Quand une âcre odeur de fumée leur avait chatouillé les narines, ils avaient compris que le champ était libre. L'homme ne reviendrait pas avant d'avoir épuisé le stock de bûches qu'ils l'avaient vu transporter, au prix de plusieurs voyages, jusqu'à la maison.

D'une patte prudente, ils fouillèrent longuement la sciure, tant pour s'assurer qu'elle ne souillerait pas leur poil au-delà du raisonnable que pour lui rendre un peu de sa souplesse, puis ils s'y lovèrent, serrés les uns contre les autres. Parcouru de courants d'air se glissant entre les planches disjointes, le lieu n'avait pas le confort de leur fenil, mais il faudrait bien qu'ils s'en contentent.

Au petit matin, Joseph les aperçut qui défilaient à la queue leu leu dans le sous-bois. Ils rentraient des prés, où abondaient les mulots. Ils le virent, mais ne se détournèrent pas de leur chemin. Ils le connaissaient et ne s'étaient jamais effarouchés de sa présence pourvu qu'il restât à bonne distance.

N'ont pas l'air de trop s'inquiéter, se dit le vieux en les voyant se diriger vers la cour de la maison voisine où, par-dessus les broussailles du sous-bois, il distinguait très bien, dans le jour levant, le toit de la voiture arrivée la veille. A tout prendre, c'était lui que cette intrusion souciait le plus.

Pendant que les chats allaient et venaient presque normalement, alternant petits sommes dans la sciure, bains de soleil au milieu de quelque minuscule clairière et guets patients aux abords des terriers de mulots, il gâcha sa journée à ne pas pouvoir détacher les yeux de ce toit de voiture dans la cour voisine, des volutes blanches qui s'échappaient de la cheminée et de cette présence qu'il pressentait plus qu'il ne la voyait.

« Qui ça peut bien être ? avait demandé Antoinette.

— Ce que j'en sais… l'avait-il rabroué en haussant les épaules. Tu n'as qu'à aller lui demander. »

C'eût été la sagesse. Ils s'en gardèrent bien. La peur de l'étranger est irrationnelle. Elle plonge des racines improbables au plus profond du subconscient, là où dorment les vieux réflexes tribaux, comme sous la poussière d'un grenier de famille, le souvenir d'un temps où on ne pouvait espérer survivre qu'à se connaître et à se compter. Appartenir au clan n'avait rien d'un luxe ni même d'un privilège. C'était l'unique chance que l'on avait d'exister. De ce qui n'était pas le clan provenaient tous les dangers, tous les maux. De la pièce rapportée on ne connaissait ni les intentions ni même le moyen d'éviter qu'elle mette le groupe en danger par son seul surnombre. La pièce rapportée, d'où qu'elle sortît, qui qu'elle fût, devait être rejetée. Aux origines, il n'y avait là rien de sectaire. C'était une évidence, une nécessité, comme respirer ou boire.

Cela a duré si longtemps… Les guerres de toutes sortes et de tout poil ont battu tant de fois aux rivages de ces villages qu'elles laissaient exsangues, ravagés et toujours se reprochant de ne pas s'être assez méfiés… L'étranger, voilà le mal…

L'étranger vers lequel, dès que fut ouverte la route – ce qui somme toute ne date pas de si longtemps –, les jeunes ont pris l'habitude de s'évader. « Au moins, on restera entre nous, on mourra entre nous », ont prétendu se satisfaire les plus vieux,

eux chez qui la peur de l'étranger restait la plus forte. Et pour mieux se persuader du bien-fondé de leurs préventions, ils ont installé sur le buffet, dans chacune de leurs vieilles maisons, ce moyen diabolique de surveiller le monde sans en être vu qu'on nomme un téléviseur. Soir après soir, après qu'on est allé « fermer » les poules, à l'heure où les hommes sortent le couteau de la poche, l'ouvrent et le posent à droite de l'assiette de soupe pendant que les femmes apportent les plats qu'elles tiennent dans un grand torchon à liseré rouge, la peur de l'autre, du différent, a pris ses aises.

Le monde est bien trop vaste et remuant pour être montré pour ce qu'il est vraiment, dans tous ses aspects, dans les temps minutés de la télévision. Il a bien fallu choisir. Ce qui allait bien n'intéressant personne, on n'a retenu que le pire, le sang, la violence, les accidents tellement hors du commun qu'ils crevaient et crèvent toujours l'écran. A l'échelle du monde, le réservoir en est incommensurable. On l'a concentré. On en a fait une épouvantable recette quotidienne qu'on sert avec tant d'apprêts que dans la plus isolée des chaumières, là où rien ne s'est jamais passé et où rien ne se passera jamais, d'effroi on laisse la soupe refroidir. Bouche bée, l'œil égaré, on contemple l'exceptionnel, le rarissime, et parce que l'écran, trop étroit, ne peut pas montrer le normal, le quotidien, on en fait l'unique vérité du monde. « Tu te rends compte ! Quelle misère. A avoir peur de passer sa porte... »

Facile. La vieille peur atavique de l'étranger ne demandait qu'à se réveiller. On le savait bien, mais, à force de caresser dans ce sens unique le poil d'un public crédule, elle est devenue angoisse pathologique.

Or, il était là, l'étranger, au-delà des quelques arbres qui séparaient les deux petites fermes. Il était là, avec tout le cortège de frousses veules qu'avait éveillé sa seule apparition. Quoi faire ? Ils n'étaient que deux vieux dans leur solitude. Qui se soucierait de ce qui pourrait bien leur arriver ? Hier encore, à la télévision… Rien à voir. Un crime, crapuleux, certes, commis à des centaines, voire des milliers de kilomètres de là, dont jamais ils n'auraient eu connaissance sans leur écran, mais qui leur glaçait le sang.

« A avoir peur de passer sa porte »… Aller le voir ? Aller le trouver, savoir qui il était, ce qu'il faisait là ? Qui dit qu'il répondrait ? Qui sait comment il réagirait ? Continuer de vivre en l'ignorant comme lui semblait les ignorer ? Facile à dire. Quoi d'autre à faire, pourtant, que s'y résoudre en échangeant les petits plaisirs des soins aux vaches, aux poules, des bricolages à droite ou à gauche, par la trouille au ventre et l'impatience de vite rejoindre l'illusion de sécurité qu'entretenait la maison.

Les jours passèrent ainsi sans que quoi que ce soit se produise. Des prémices de printemps faisaient parfois frémir l'air. Le ciel restait plombé, lourd comme une menace. Il plut un peu. Bien qu'elle fût glacée et poussée en bourrasques par un vent fantasque, Joseph se réjouit de cette eau du ciel. Il espérait déjà qu'elle nourrirait l'herbe de son pré et les plantations de son jardin. L'hiver n'avait pas pour autant dit son dernier mot. Une fine pellicule de glace craquait encore sous son seau quand, au petit matin, il puisait de l'eau à la grande crèche en pierre qu'une source alimentait, en haut de sa cour.

Quelque chose n'en avait pas moins changé. Ça tenait autant à la transparence de l'air qu'à une indéfinissable sensation d'aise, de bien-être qui poussait le vieux à ne plus boutonner sa veste, malgré le froid persistant et les remontrances inquiètes d'Antoinette. Ce n'était plus le même froid, simplement. Celui-là, il lui semblait qu'il pouvait s'entendre avec lui. Il ne cherchait même plus à lui faire faire le dos rond et le vieux avait déjà perdu le réflexe de se frotter énergiquement les mains pour se donner l'illusion qu'il les réchauffait.

Il s'appliquait à ne pas surveiller en permanence ce qui se passait dans la cour voisine. Il préférait lever le nez vers les branches des arbres les plus proches, sur lesquelles il surveillait avec ravissement la lente émergence de bourgeons blanchâtres, encore bien emmaillotés dans leurs coques protectrices. Prudents, ils ne les feraient éclater qu'après qu'aurait pris fin la lutte annuelle que se livraient l'hiver finissant et le printemps acharné à lui ravir sa place. Ça pouvait encore nous emmener loin, cette affaire-là.

Il savait bien, lui, le vieux, ce que lui indiquait l'état d'avancement de la végétation, surtout celle des bourgeons. Jusqu'à la mi-mai, certaines années, ils avaient tenu bon. Sa météo à lui, c'était la prudence des plantes qui refusaient obstinément de s'abandonner à la grande éclosion du printemps tant que n'était pas passé le dernier coup de froid. Ah, bien sûr, il y avait toujours des imprudents. Il fallait les connaître, ces pommiers inconséquents, ce cerisier téméraire qui, une année sur deux, se faisaient prendre. Quelle désolation que ces milliers de fleurs grillées par un coup de gel matinal. Mais il y avait les lilas, les rosiers, les noisetiers et les grands arbres, hêtres, charmes, chênes, sur la prudence desquels il savait pouvoir compter. Si seulement il avait eu le pouvoir d'imposer aux téméraires de ne pas céder à l'impétuosité de leur envie de revivre…

Tout cela l'occupait, lui faisait oublier, le temps de ses observations, ce qu'il ne pouvait pas savoir, là, à quelques mètres de lui. Il finissait tout de même par oublier les grandes menaces qu'il y avait vues, aux premiers soirs.

Les chats l'y aidèrent grandement. Il ne leur avait fallu que quelques jours pour reprendre leurs habitudes. Ils avaient vite compris qu'ils n'avaient rien à craindre de ce nouveau venu. Lorsque Joseph, qui les surveillait, les vit prendre le soleil au milieu de la cour, à quelques mètres de la voiture de leur nouveau voisin et de la porte de la maison, il se dit qu'il serait tout de même bien bête de se montrer plus inquiet et méfiant que des chats.

Quand la porte s'ouvrait et que, depuis l'un ou l'autre de ses postes d'observation, lui apparaissait la silhouette de l'inconnu, il voyait les chats s'éloigner, sans se presser, juste pour bien marquer les limites à respecter. Il l'entendait leur parler. Les chats, intrigués, se retournaient. Ils contemplaient quelques instants cet homme dont la voix paisible les attirait. Mais l'indépendance farouche dans laquelle ils avaient toujours vécu était la plus forte. Ils finissaient par prendre du champ.

Rien n'échappait à Joseph de ce qui se passait au-delà des quelques arbres qui séparaient les deux cours. Que cet homme dont la voiture était immatriculée à Paris ne chasse pas les chats avait été son premier étonnement. Qu'il leur parle ainsi qu'il le faisait, avec le plus grand calme, juste pour le plaisir, l'avait sidéré. A croire qu'il savait ce qu'étaient ces chats de ferme nés dans une botte de foin et bien trop agiles pour que jamais une main humaine ait pu les saisir. Quand il comprit, un beau matin, que l'étrange manège auquel il les voyait se livrer autour du perron, dont ils s'approchaient prudemment, n'avait d'autre raison que la petite écuelle de lait discrètement déposée là à leur intention, l'envie vint à Joseph d'aller au-devant de cet étranger.

Il s'en ouvrit à Antoinette. Elle fit la grimace. A tourner indéfiniment dans sa maison, à ruminer leurs grandes inquiétudes du premier soir, à ne rien voir de ce qui se passait sous ses fenêtres et à n'avoir de vision du monde extérieur qu'au travers de ce que voulait bien lui montrer la télévision, elle n'avait rien abandonné de ses premières préventions. Bien au contraire, à trop les rabâcher, c'était comme si ses préjugés, nourris au terreau fertile de sa crédulité, avaient mûri et s'étaient métamorphosés en certitudes.

— Parce que tu crois que parce qu'il s'entend avec des chats il ne te prendra pas tout ce que tu as ? grogna-t-elle.

— Pour ce que j'ai ! voulut blaguer Joseph.

— Raison de plus.

— Et qu'est-ce que tu veux qu'il me prenne ?

— Ta vie, par exemple. Et qu'est-ce que je ferais, moi, là, toute seule, s'il t'arrivait malheur ?

On n'en était pas encore là. Joseph voulut ramener les choses à de plus justes proportions :

— Faudrait d'abord qu'il ait une raison, pour me zigouiller ! On ne va tout de même pas rester là comme ça, voisins comme on est, à s'ignorer jusqu'à la fin des temps…

— S'il y en a un qui doit venir vers l'autre, c'est lui. Ce n'est pas toi.

Là, elle n'avait pas tort. Il le savait bien. Mais tout de même… Il n'avait pas l'air bien méchant, cet homme-là. Il faudrait bien qu'un jour il y en ait un qui fasse le premier pas. Elle, la vieille, elle ne le voyait pas vivre. Elle restait là, à ses fourneaux, à ruminer ses idées noires. Elle n'avait qu'à venir. Il lui montrerait.

— Comme si j'avais besoin de voir, grogna-t-elle, avec d'autant plus de rudesse qu'elle paniquait à l'idée du risque à ses yeux formidable qu'allait inévitablement prendre son mari.

Ce fut, en fin de compte, l'occasion qui fit le larron. Un beau matin, Joseph s'en revenait tranquillement d'être allé chercher ses vaches au pré lorsqu'il se trouva presque nez à nez avec Sylvestre. Le bâton sous le bras, il marchait tête baissée, perdu dans ses pensées, lorsque, dans le jour encore gris, un bruit caractéristique de sous-bois foulé à grandes enjambées le fit presque sursauter. Le temps qu'il réagisse et trouve la direction d'où ça venait, il vit l'autre qui marchait droit sur lui.

Il allait comme s'il cherchait quelque chose, scrutant le sol autour de lui avec tant d'attention qu'il n'avait pas pris garde aux vaches qui passaient, au chien qui courait déjà vers lui et à l'homme qui suivait. Ce fut le chien, déboulant sous son nez et pilant à deux pas de lui, partagé entre méfiance et désir de caresses, qui le fit s'arrêter net et lever un regard ébahi sur Joseph. Figé sur place, le bâton toujours sous le bras et les mains au fond des poches, le vieux laissa ses vaches continuer seules leur chemin vers l'étable.

Le temps qu'ils passèrent face à face, à ne savoir ni l'un ni l'autre quelle contenance prendre, leur parut une éternité. Puis Sylvestre sembla se réveiller :

— Bonjour, dit-il simplement.

— 'jour, grogna Joseph, bourru.

— Je... je cherchais l'eau, dit Sylvestre comme pour se faire pardonner.

— L'eau ?

Ben oui, quoi, l'eau... Ce que c'était embarrassant. Il allait falloir expliquer.

— Heu... C'est que... Je me souviens bien. Du temps de mes parents, elle coulait, l'eau, au robinet, l'eau de la source...

De stupeur, Joseph avait laissé tomber son bâton. Il ne pensa pas à le ramasser. Il levait un sourcil sidéré sur ce grand gaillard à la barbe aussi hirsute que le cheveu, attifé à la diable, un gros cache-col noué autour du cou.

— Du temps de tes parents ? répéta-t-il. Tu serais donc...

Le tutoiement lui était venu spontanément. Avant même que l'autre réponde, il était gagné par la certitude. C'était l'évidence. Pourquoi n'y avaient-ils pas pensé plus tôt ?

— Ben oui, confirma Sylvestre. Mes parents, monsieur et madame Tardy...

— T'es donc Sylvestre.

— Ben oui...

— Fallait le dire plus tôt !

C'était donc nécessaire ? Ne pouvait-on vivre qu'en fonction de ces liens encombrants ? Sylvestre ne s'y ferait jamais. Une fois de plus, il avait été maladroit. Peut-être même avait-il choqué. Gêné, encombré de sa présence devant ce voisin avec qui, inévitablement, il allait falloir en passer par l'évocation du passé, renouer un à un les fils d'une histoire dont il n'avait que faire, il ne savait plus quoi dire. Joseph prit-il la mesure de son embarras ? Il oublia sa remarque, choisit d'en revenir aux choses les plus concrètes :

— L'eau, reprit-il. Sûr qu'elle ne risque plus de couler. Et ce n'est pas en fouinant par ici que tu la feras revenir.

Il eut un regard pour la porte de son étable, où les vaches étaient entrées seules sans qu'il ait rien eu à leur dire. Elles devaient attendre, chacune à sa place, le nez au-dessus de leur crèche vide.

— Laisse-moi donc le temps de m'occuper de mes bêtes. Après, je te montrerai.

4

Les vaches, à l'étable, attendraient bien. Une nouvelle comme celle-là, ce n'était pas tous les jours qu'on en tenait une. Au grand étonnement du chien, Joseph fit un crochet jusqu'à la maison.

— Jamais tu ne devineras qui c'est, notre voisin !

— Entre donc, que tu refroidis toute la pièce !

Pour ne pas risquer de se faire reprocher la boue que traînaient ses bottes, il restait sur le perron, appuyé d'une main au chambranle, de l'autre à la porte à demi ouverte. Il avait pourtant cru bien faire. Il fit un pas jusqu'au paillasson, se garda bien de le dépasser.

— Fallait que je te dise, tout de même.

Antoinette, occupée à la table à quelques travaux de couture, avait à peine levé le nez. Par-dessus ses lunettes, elle ne quittait pas des yeux les bottes crottées de son mari.

— Ben alors, dis.

— Notre voisin…

— Qué voisin ?

Joseph, déjà exaspéré, tapa du pied.

— Arrête donc. Tu vas m'en mettre partout.

Il explosa :

— Vas-tu m'écouter, à la fin des fins ? Je n'ai même pas encore mis le foin aux vaches. Je n'ai pas que ça à faire, moi.

— Alors dis.

— Eh ben, notre voisin, tu ne devineras jamais...

Elle n'avait pas envie de jouer aux devinettes. Déjà qu'elle redoutait le pire.

— Puisque je te dis que je ne sais pas.

Il préféra ne pas relever. Les vaches attendaient.

— Si je te dis Sylvestre, le fils des Tardy, t'y vois plus clair maintenant ?

Elle daigna enfin lever les yeux pour de bon. Ses lunettes la gênaient. Elle voyait son mari tout flou. Elle les ôta.

— T'es sûr ?

— Puisque je te le dis.

— Qu'est-ce qui te le prouve ?

Elle n'en démordrait pas. Il fallait à toute force que son inquiétude et sa méfiance aient le dernier mot. Joseph en avait assez entendu. On l'y reprendrait, à vouloir être aimable.

— Oh, et puis zut ! éclata-t-il. Si je te le dis, c'est que je le sais. Tiens, je m'en vais te l'amener. Tu verras bien.

Il s'enfuyait déjà vers ses vaches.

— Joseph !

C'était un appel au secours qu'Antoinette venait de lancer. Surpris, il se retourna. Il y avait de la terreur dans le regard qu'elle posait sur lui.

— Jamais, tu m'entends ? Jamais tu ne m'amènes ici cet homme-là.

Elle hésita quelques instants, semblant bredouiller des mots qui ne venaient pas. Puis elle se lança, des sanglots dans la voix :

— J'aurais bien trop peur.

Il la considéra un instant en silence, pris entre exaspération et pitié. Il finit par hausser les épaules. Les vaches attendaient.

Quand il ressortit de son étable, Sylvestre avait disparu. Ça ne l'intéressait donc pas de savoir le pourquoi de son robinet sec ? Joseph hésita. Après tout, il avait fait ce qu'il pouvait. Parce qu'il le savait bien, lui, ce qui privait d'eau la maison de son voisin. Mais si l'autre ne voulait pas savoir... Il avait proposé. Il avait sa conscience pour lui. Il faillit se désintéresser. L'envie pourtant de prolonger ce premier contact, celle moins avouable de faire étalage de son savoir, celle encore d'en apprendre sur les raisons de cette soudaine réapparition... C'était qu'il y en avait, des bonnes raisons de ne pas laisser passer l'occasion.

Il alla jusqu'à l'extrême limite de sa cour, au pied des premiers arbres, juste à l'entrée du sentier, devenu à peine discernable avec le temps, qui jadis reliait les deux fermettes, au travers du sous-bois.

La cour était déserte. Même les chats n'y étaient pas visibles. C'était l'heure où, ne dormant que d'un œil, ils récupéraient de leurs chasses nocturnes.

Appeler ? Pourquoi pas ? A moins que ce ne soit un peu familier. On n'en était pas encore là. Il en était là de ses hésitations lorsque soudain la porte s'ouvrit et Sylvestre apparut.

— Oh ! lança Joseph. On y va, à cette source ?

— Vous m'attendiez ? J'arrive.

Le temps d'attraper la veste et le cache-col et il courait presque dans la broussaille du sous-bois.

— J'étais allé surveiller mon feu, voulut-il se justifier. C'est qu'il faut la sécher, cette maison-là.

Joseph n'en doutait pas.

— C'est donc que tu t'y installes pour de bon ?

— Oui.

Pas loquace, le bonhomme. Joseph l'observait à la dérobée. Il recherchait le gamin qu'il avait un peu connu, du temps de ses parents, mais trop de temps avait passé. Quel rapport entre l'adolescent des années soixante et ce grand type au poil grisonnant qui se tenait légèrement voûté, les bras au corps, comme s'il serrait contre lui le souvenir de toutes les épreuves, les déveines et les échecs qu'évoquaient au premier coup d'œil sa face burinée et son regard de chien battu ? Joseph aurait bien aimé en savoir plus sur les raisons de ce retour impromptu dans la maison de ses parents si longtemps laissée à l'abandon, depuis leur mort. L'autre, pourtant, ne semblait pas trop disposé à se livrer.

Allons, pensa Joseph, quand je lui aurai expliqué tout ça, autour de la source, il se décidera peut-être.

— Viens, dit-il. C'est par là-haut.

A peine visible dans le sous-bois, un chemin parallèle à celui qu'il empruntait matin et soir avec son chien et ses vaches montait vers une lisière qu'ils eurent vite atteinte, au-delà de laquelle s'ouvrait le grand espace de ce qui avait été un pré. Celui de Joseph, dont ne le séparait qu'une clôture, par contraste semblait une pelouse.

— Ça m'arrive bien de laisser mes bêtes y venir, crut-il bon d'expliquer. Sinon, le pré de ton père, depuis le temps, ce serait un roncier d'un bout à l'autre. Mais, tu penses, avec la retraite, les trois vaches qui me restent, elles en ont bien de trop, de tout ça.

La pente était raide. Ils peinaient, mais c'était moins du fait de la côte que des hautes herbes sèches qui encombraient leur marche.

— C'est là-haut, dit Joseph à mi-pente en désignant une minuscule déclivité, juste sous la crête.

On aurait dit un léger affaissement, une simple ride du terrain, peut-être sous l'effet de quelque effondrement du sous-sol.

— C'est qu'il s'en est vu, ton père, pour la capter, cette source-là.

— Je sais, je m'en souviens, dit Sylvestre. Plus d'une fois, qu'il m'a embauché pour l'aider à la creuser, sa sacrée tranchée.

Joseph en rit. Le souvenir lui en revenait.

— C'était que tu n'aimais pas trop ça.

— Pas trop, non.

Une végétation épaisse et depuis trop longtemps livrée à elle-même avait envahi le trou. Ils durent batailler pour atteindre la source. La maçonnerie dans laquelle on l'avait emprisonnée était couverte de mousse. Ils parvinrent enfin à dégager et à soulever la lourde plaque de béton qui la fermait. L'eau apparut, claire, frémissante.

— Eh ben, voilà ! se réjouit Joseph.

Sylvestre, lui, ne perdait pas de vue son souci :

— Et pourquoi elle ne coule plus chez moi ?

Joseph s'accroupit et, de la main, dégagea quelques mousses qui dissimulaient l'orifice par lequel l'eau s'écoulait.

— Pourquoi ? répéta-t-il. Pour ça.

— Comment ça ?

— C'est pourtant simple. Ton père, c'est par là, tout droit dans la pente, qu'il avait fait son écoulement… Tiens, le voilà.

Et il répétait le même geste de la main, découvrant un autre orifice apparemment vide.

— Viens donc que je te montre où ça coule, maintenant.

Une clôture courait juste au-dessus de la source, marquant la limite du pré. Au-delà, dévalant l'autre versant de la colline, un vaste herbage semblait ne pas avoir d'autre limite. Curieusement, deux bouts de piquets fichés dans le sol, de part et d'autre de la clôture, supportaient une planche qui, bien qu'un peu vermoulue, servait de marche pour franchir les fils barbelés.

— Il a pensé à tout, le Ravalot. Même au sautou.

Il l'emprunta et invita Sylvestre à en faire autant.

— Viens donc, dit-il. Tu vas voir le travail.

Ils n'eurent pas à aller bien loin. En contrebas, au coin du bois qui rejoignait là la clôture de l'herbage, était installé un grand abreuvoir métallique peint d'un vert criard et orné en grandes lettres de la marque de son fabricant. Un tuyau jaillissant du sol un peu plus haut y déversait généreusement la même eau claire qu'ils avaient vue dans la source.

— Pardi ! s'exclama Joseph. C'est de là qu'elle vient. Pourquoi tu veux qu'elle soit différente ?

Sylvestre était sidéré. Il y avait là un tour de passe-passe dont les détails lui échappaient. Il fallut que Joseph explique :

— Tu aurais vu le chantier ! Il n'y est pas allé avec le dos de la cuillère, le Ravalot. Avec le tractopelle qu'il a opéré. Ces gars-là, maintenant, c'est comme ça. Tout de suite les gros moyens. Ils ne connaissent que ça. Il t'a creusé une tranchée ! Vieux gars, fallait voir. Tu t'imagines ? Tout le sommet de la crête qu'il a dû ouvrir, pour passer d'un versant à l'autre. Ça y allait, fallait voir. Un trou qu'il a fait ! On y aurait mis... J'sais pas, moi... Ta maison complète, si ça tombe. Un tuyau au fond, bien d'aplomb, avec juste la pente qu'il fallait, trois truelles de maçonnerie là-haut, dans la source, pour le brancher, juste un peu plus bas que celui de ton père et que je te rebouche le tout. Ni vu ni connu. L'herbe a repoussé là-dessus. Bien malin qui verra l'affaire. Tu as compris, maintenant, pourquoi tu n'as pas d'eau ?

— Qui c'est, Ravalot ?

Joseph apprécia. Sous ses airs empruntés, il n'était peut-être pas aussi sot qu'il semblait, le Sylvestre. Il avait tout de suite vu le danger. La question était d'importance. La réponse valait d'être préparée. Il fit demi-tour et sans un mot revint vers le « sautou », qu'il franchit en prenant son temps. Sylvestre vint le rejoindre au bord de la source, qu'ils contemplèrent un bon moment en silence.

Un autre, un qui ne sait pas comment ça va, il aurait déjà insisté, pensait Joseph. Il m'aurait agoni de questions. Lui, il attend. Il sait que ça va venir. Il connaît le poids des mots. On devrait s'entendre.

— Ravalot, reprit-il enfin, c'est monsieur Ravalot, un gros. D'abord, par ici, il ne reste plus que ça. Nous, avec l'Antoinette, peut-être bien qu'on a été les derniers. Avant, des fermes, il y en avait partout, sur le pays. Dix, quinze vaches maximum, un peu de seigle, des patates et puis le bois qu'on faisait l'hiver. Ce n'était pas le Pérou, mais, ma foi, on ne vivait pas plus mal que d'autres. On en a élevé, des familles, comme ça. L'aîné des garçons ou celui qui en avait le plus le goût prenait la suite. Comme ça de génération en génération, sans qu'on se pose de questions…

« Voilà que ce n'est plus vrai. Maintenant, ce qu'il faut, c'est des cents de vaches sur des surfaces immenses, avec des tracteurs, des machines énormes. Qu'est-ce qu'elles ont pesé, nos petites fermes, dans une affaire pareille ? Alors, les enfants, on les a envoyés à la ville. Et les vieux, ils ont fini tranquillement, petitement, jusqu'à la retraite. Qu'est-ce que tu veux, tu touches des sous sans travailler... C'est que ce n'était pas trop dans nos habitudes, une histoire pareille. Comme on voyait bien qu'on ne pouvait pas se battre, qu'on ne faisait pas le poids, on a marché dans la combine. Ils nous ont bien roulés, oui. Leur retraite... Une misère, même pas de quoi vivre. Pour nous faire passer la pilule, ils nous ont permis de garder quelques bêtes. Histoire qu'on ne s'ennuie pas trop, peut-être. Et puis, qu'ils nous ont dit, ça vous fera un petit revenu. Tu penses !

« Bref, on a laissé la place aux quelques petits malins qui ont su y faire. Le grand-père du Ravalot, je l'ai un peu connu. Il n'était pas autrement que les autres. Juste, peut-être, un peu plus caboche, à bien aimer jouer le chef. Mais pour le reste... Son père, au Ravalot, c'était déjà autre chose. Sûr qu'il a été un des premiers à voir venir le vent. Il a su y faire, marche ! Il s'est mis bien avec tous ceux du syndicat, de la chambre d'agriculture, les techniciens, ceux qui nous rabâchaient déjà que nos fermes étaient trop petites, qu'il fallait produire plus et toute la sauce. Il a commencé à ramasser toutes les terres de ceux qui arrêtaient. Quand le fils, celui qui t'a fait ce coup-là, a repris, la ferme Ravalot, c'était déjà une des plus grosses du coin. Tiens, ceux à qui tes parents ont racheté leur ferme, les Bourlot... Des braves gens. On s'entendait bien. C'est le Ravalot qui a repris. Et moi, mes prés, mes bouts de champs... A ne plus les retrouver dans les immensités d'herbages qu'il a constitués en additionnant tous ces lopins sur lesquels on s'était tant échinés. Maintenant, sur tout le pays qui est pourtant grand, ils ne sont plus que trois ou quatre. Et c'est le Ravalot le plus gros, et de loin.

Il se tut, tourna brièvement un regard sombre vers Sylvestre.

— C'est aussi lui qui fait la loi, ajouta-t-il.

Après avoir soigneusement refermé la source, ils redescendaient vers les fermes dont on devinait les toits, au milieu des arbres encore dépourvus de feuillage. Le chien allait et venait devant eux, le nez au sol. Tout à coup, il fit mine de filer sur une trace.

— Eh, là-bas ! cria Joseph. Tu reviens ici, toi. Tu crois que je n'avais pas vu ?

Mi-fier de son coup, mi-penaud, le chien, revenu au galop, se trémoussait devant eux, à la recherche de la caresse réconciliatrice.

— Maintenant, tu restes là, intima Joseph en lui passant une main distraite entre les oreilles.

Il n'y consentit que quelques instants, puis repartit en élargissant ses cercles autour d'eux.

— Regarde, dit Joseph.

— Oui, j'avais vu.

A la lisière du bois, entre les hautes herbes, sans la frasque du chien, ils n'auraient peut-être pas remarqué les trois chats dont on ne voyait que les têtes, à quelques mètres l'une de l'autre.

— Des sauvageons, dit Joseph.

— Faut les prendre comme ils sont, dit Sylvestre. Je les aime bien, moi.

Il faudra bien qu'Antoinette accepte de rencontrer ce gars-là, se dit Joseph.

Ils atteignaient la limite du pré.

— Comment tu fais, pour l'eau ? demanda Joseph.

— J'ai des bidons. Je vais en chercher à la fontaine, dans le pays, tous les deux jours.

— Tu parles d'une corvée... Tu ne vas pas continuer comme ça ?

Sylvestre secoua énergiquement la tête de droite à gauche.

— Certainement pas. Je vais rétablir la source comme elle était. Ce ne sera pas trop difficile.

— Sûr.

La réponse avait été trop laconique. Elle restait comme en suspens, dans l'attente des mots encore à venir. Ils marchaient maintenant dans le sous-bois.

— Va pas aimer, le Ravalot, lâcha enfin Joseph. Si j'étais toi, je me méfierais. Pas commode et le bras long, le bonhomme.

— Je vois le genre. Des comme ça, dans ma vie, j'en ai rencontré plus d'un. Simplement, je ne pensais pas que ça existait aussi par ici. Le tout, c'est de ne pas se laisser faire.

Ils avaient atteint le point où leurs chemins se séparaient. Ils se faisaient face. Joseph n'en revenait pas. Sylvestre n'avait pas eu un mot plus haut que l'autre. Rien n'avait changé dans son regard. Il n'avait rien perdu de son air de chien battu. Et pourtant il y avait eu dans ses mots une telle détermination froide que le vieux en resta sans voix. Fallait-il le féliciter pour son courage ou tout faire pour le dissuader d'engager un bras de fer perdu d'avance ? Il n'eut pas le temps de trancher.

— Merci de m'avoir montré les dégâts ! disait déjà Sylvestre. Je vais prendre le nécessaire et je vais aller arranger ça cet après-midi. Reste à savoir dans quel état est le tuyau et comment l'eau va couler... Si elle coule !

Sans façon, il lui envoya une tape amicale dans l'épaule.

— Ça m'a bien fait plaisir de vous retrouver. On aura bien l'occasion de se revoir. Dites bonjour de ma part à Antoinette.

Il fit demi-tour et sans se retourner s'éloigna vers sa cour.

— Ben, vieux gars, grogna Joseph à sa seule intention, nous voilà partis dans une drôle d'affaire.

5

Sylvestre n'était pas venu se réfugier dans cette maison loin de tout pour avoir à renouer, sitôt arrivé, avec les luttes qui avaient émaillé toute sa vie.

Debout devant l'évier de la petite cuisine qu'avait si soigneusement aménagée son père, il en contemplait le robinet grand ouvert, mais sec. Quoi qu'il se soit laissé aller à affirmer devant Joseph, cette histoire le déprimait profondément. C'était une sorte de boucle infernale. Elle le ramenait toujours, implacablement, à cette incapacité dans laquelle il se trouvait de vivre sans se heurter à mille incompréhensions. Autant de combats qu'il lui fallait engager au nom de ses seules convictions, même s'ils étaient perdus d'avance.

Cette fois, il n'y allait pas seulement de ce qu'il pensait. Matériellement, il ne pouvait pas vivre dans une maison dépourvue d'eau courante. Mais il y avait une sorte de fatalité ironique dans ce renvoi brutal à ses premières opinions, à ces jugements brutaux et sans appel qu'il portait sur le monde et plus singulièrement sur son entourage le plus immédiat.

Sylvestre devait avoir une dizaine d'années quand ses parents, instituteurs l'un et l'autre à l'école du pays, celle-là même où, sous leur autorité, il avait débuté sa scolarité, avaient fait l'achat de cette petite ferme.

Bien entendu, Sylvestre s'était enthousiasmé pour cette acquisition de ses parents, que ceux-ci destinaient moins au repos de leurs fins de semaines qu'à leur retraite. L'échéance étant encore relativement lointaine, et leurs maigres économies ayant été englouties dans l'achat de la maison, l'instituteur, que rien jusque-là ne prédisposait aux travaux manuels, avait imaginé qu'il réaliserait lui-même les nécessaires aménagements à apporter à leur nouvelle demeure.

Ce fut là que les choses commencèrent à se compliquer. Tout était à faire. Non seulement il fallait venir à bout des siècles de petites vies rustiques qui marquaient les murs, les plafonds et les sols de leur patine grise, mais il fallait encore tout inventer et tout créer pour que cette maison d'un autre âge devienne vivable à des gens de notre époque. Vivre à la campagne ne signifie pas se satisfaire des lits à rouleaux rangés au fond de la pièce et fermés de rideaux, de l'eau à aller tirer au puits et de la cabane d'aisances au fond du jardin.

Le père de Sylvestre débordait d'idées. Il se mit en devoir d'en faire des réalités. Ainsi débutèrent des années d'obsessions. Une fois quitté l'école, il n'y en avait plus que pour la maison et pour les monstrueux travaux qu'il y entreprenait sans avoir la moindre compétence. La mère de Sylvestre suivait. Après tout, c'était un peu pour elle que son époux se démenait de la sorte. Contrairement à lui, qui ne voyait plus rien d'autre que ses travaux, elle gardait un œil sur ses enfants.

Pour Sylvestre, l'enthousiasme des premiers jours avait vite tourné à l'ennui, puis au rejet le plus catégorique. Plus de sorties, plus de cinéma, plus de visites, les copains au loin, au pays, et rebutés depuis longtemps par l'ambiance de cette maison perdue au milieu de nulle part où on ne vivait qu'au rythme de chantiers plus chaotiques les uns que les autres… Le temps n'était pourtant pas où des enfants pouvaient se permettre de se rebiffer. Le père directeur d'école primaire n'était d'ailleurs pas du genre à s'en laisser conter par sa progéniture. Il sacrifiait son temps et son énergie à ce qu'il estimait être le bien de tous. Ses enfants devaient le comprendre et admettre, selon lui, de renoncer à leurs petits plaisirs pour cette si belle cause.

Jeanne, la sœur de Sylvestre de deux ans son aînée, trouva refuge auprès de sa mère et des mille petites occupations que celle-ci lui trouva. Cela ne remplaçait pas les sorties joyeuses auxquelles son âge aurait pu prétendre, mais elle s'en contenta, faute de mieux. Ce fut plus compliqué et plus dur pour Sylvestre, dont le père jugea vite qu'il était en âge de l'aider. Il était alors interne au lycée de la ville et n'en rentrait que le samedi à l'heure de midi. Le temps de déjeuner, et il se retrouvait une pelle à la main, à terrasser ou à mélanger du ciment… Le seul moyen qu'il avait de s'échapper était de rappeler à son enseignant de géniteur qu'il avait des devoirs à faire et des leçons à apprendre.

Ce devait être là qu'était née en lui et que s'était endurcie sa capacité de révolte. Pas question, bien sûr, de se dresser contre le père. Mais un ressentiment épais comme le ciment qu'il mélangeait, un ennui poisseux et surtout la conscience de plus en plus nette, de plus en plus forte, comme si ce ciment, en prenant, l'emprisonnait dans la certitude de son bon droit, de l'absurdité de tout cela. La disproportion entre l'énergie dépensée et le résultat obtenu lui paraissait tellement abyssale qu'il se jura une fois pour toutes de ne jamais plus tolérer telle inconséquence sans la dénoncer et dresser toutes ses jeunes forces contre elle. Une bien belle résolution, dont la mise en œuvre était évidemment reportée au jour tant attendu où il serait en âge de l'imposer.

Pour l'heure, il n'avait guère eu d'autre choix que de pelleter, de scier, de clouer. Conscient de l'inutilité de l'affrontement, il remâchait ses emportements en parvenant, malgré tout, à ne pas faire trop mauvaise figure. Son père mettait l'air grave et les sourcils froncés dont il ne parvenait tout de même pas à se départir sur le compte de la concentration apportée par son fils aux travaux qu'il lui imposait. A moins qu'il ne se fît aucune illusion. Sylvestre en était convaincu, et cela ne faisait qu'accroître son exaspération.

Il s'était tout de même trouvé à deux doigts de la révolte lorsque son père, pour résoudre le problème de l'approvisionnement en eau, n'avait rien trouvé de mieux que d'aller capter la source qui sourdait en haut de leur pré. Il est vrai qu'il n'avait pas beaucoup d'autres solutions. Le réseau communal d'adduction d'eau était encore loin, à l'époque, d'atteindre ces deux maisons éloignées de tout.

Chez eux, comme leurs prédécesseurs l'avaient fait durant des siècles, on allait encore tirer l'eau au puits. Chez les voisins, les Caudront, on avait choisi depuis fort longtemps d'amener l'eau de la source voisine de la ferme, au moyen d'un rustique tuyau de plomb, jusqu'à la souillarde. Quand on ouvrait le robinet qui le terminait, on obtenait un pauvre filet d'eau auquel il fallait une bonne demi-heure pour remplir un seau. Cette même source abreuvant également le bétail, l'eau que l'on obtenait ainsi n'était pas toujours d'une limpidité exemplaire. Mais qu'à cela ne tienne ! Grâce à ce système empirique, c'en était fini de la corvée des seaux à aller puiser dans la grande crèche de pierre dans laquelle s'écoulait la même source. C'était bien tout ce qui comptait.

Monsieur Tardy père s'inspira de ce système. Mais, en bon pédagogue, il prétendit l'améliorer. La source qu'il alla capter en haut du pré fut emmaillotée d'un coffrage de pierres cimentées pour la réalisation duquel Sylvestre eut à manier la pelle des journées entières. Son père, conscient de ses lacunes en matière de maçonnerie comme du reste, usait sans jamais se décourager d'essais successifs et parfois fort nombreux qu'il détruisait sans vergogne jusqu'à ce qu'il parvienne enfin à un résultat approximatif mais le satisfaisant.

Cela ne fut hélas qu'une sorte d'apéritif, de mise en bouche. Il fallut ensuite creuser une tranchée de haut en bas du pré pour y enterrer le tuyau. Or, il résultait des calculs de l'instituteur que la profondeur de celle-ci devait être d'au moins un mètre pour que l'installation soit complètement à l'abri du gel. Ce travail ne requérant rien d'autre que de l'huile de coude et beaucoup de persévérance, il n'hésita pas à en confier la réalisation complète à son fils.

Cette tranchée, Sylvestre en gardait un souvenir épouvantable. Il y avait passé un nombre incalculable de samedis et de dimanches après-midi, seul dans ce pré brûlé de soleil ou battu d'un vent glacial, à creuser bêtement en pensant à ses copains qui jouaient au foot ou lisaient des revues illustrées pendant qu'il trimait.

Son père triompha lorsque le tuyau de plomb, une fois enterré par les soins de Sylvestre et raccordé à l'installation sanitaire de la maison, se révéla d'une efficacité sans faille. Certes, mieux valait ne pas prendre une douche pendant que la machine à laver tournait. Ce n'était là que défauts mineurs amplement compensés par la satisfaction de ne devoir ce luxe, même relatif, à nul autre qu'à soi-même.

C'était du moins ce qu'en pensaient ses parents, pendant que Sylvestre pestait en son for intérieur contre cette prétention et contre l'absurdité qu'il y avait à gaspiller tant d'énergie et de temps là où des gens compétents auraient fait bien mieux et bien plus vite.

Et il se retrouvait, à plus de quarante ans de là, à contempler bêtement ce robinet désespérément sec... Et ce tuyau enterré tout au long du pré, dans quel état était-il ? Un tuyau en plomb, par-dessus le marché. Certes, à l'époque, on ne parlait guère des risques sanitaires que pouvaient faire courir ces canalisations d'un usage si courant et depuis si longtemps que le nom même de ceux dont le métier était de les installer s'en inspirait. Le plombier ! Et s'il n'avait pas d'autre choix que de faire appel à lui ? Si le tuyau qu'il avait lui-même enterré n'avait pas résisté à tout ce temps passé ? Il n'en avait évidemment pas les moyens. Découragé par avance, les bras ballants, c'était toute son installation dans cette maison qu'il voyait remise en cause. Comment y vivre sans eau ?

Et puis cet agriculteur voisin si puissant, si intraitable, selon ce qu'en disait Joseph, à qui il allait devoir s'affronter pour rétablir son droit... N'en finirait-il donc jamais ? Où étaient le calme et le renoncement dont il avait rêvé ?

Il finit par se détacher de sa vaine contemplation. Il sortit. Sur le perron de sa maison, il faisait presque doux. De gros nuages blancs défilaient haut dans le ciel, poussés par un puissant vent d'ouest. Mais au triple abri de la crête, des arbres et du long bâtiment de l'ancienne ferme, l'air, apaisé, avait des saveurs de printemps. Il s'assit sur la plus haute marche. Les coudes aux genoux, il se prit la tête dans les mains et tâcha de se reprendre. A quoi bon se démonter pour si peu ? Si cette solution-là ne marchait pas, il en trouverait bien une autre.

Le puits… Il existait encore, à la limite du bois, juste en face de la maison. Sa margelle était effondrée. Le tambour sur lequel la chaîne s'enroulait jadis pendait, à moitié décomposé, au bord du trou. Il devait être encombré de tas de branches mortes et de débris de toutes sortes, mais il suffirait de le nettoyer. Ah, ensuite, il faudrait trouver le moyen d'aller chercher l'eau. Bof… Il trouverait bien.

Il abaissa les mains, se redressa et se reposa le regard au spectacle paisible de sa cour. Les trois chats étaient assis côte à côte à la limite du bois, devant les ruines du puits, et semblaient le considérer avec gravité. Il éclata de rire. Ils ne bougèrent pas.

— Vous alors, leur dit-il, vous me faites des drôles de sauvageons. Comment vous avez fait, pour vivre, quand je n'étais pas là ? C'est que vous allez me flanquer des responsabilités. Me voilà en charge de trois chats. Comme si je n'avais pas assez de moi-même…

L'après-midi même, il remonta à la source. Il la rouvrit, la nettoya soigneusement, n'eut pas trop de mal à colmater le trou auquel Ravalot avait raccordé sa canalisation. L'eau monta rapidement dans le petit bassin maçonné, atteignit le niveau de l'orifice par où elle devait s'écouler pour alimenter la maison. Impatient de voir ce qui se passait à l'autre bout du tuyau, il se mit en devoir de remettre en place la dalle de béton qui la protégeait. Mais l'eau continuait de monter. L'évidence. Il n'y avait pas pensé. Il fallait bien qu'elle s'écoule quelque part quand tous les robinets étaient fermés. Il repoussa le lourd couvercle. Le souvenir lui revenait d'un trop-plein qu'avait aménagé son père. Il le chercha. Ce n'était guère qu'un léger affaissement de la maçonnerie par lequel l'eau non utilisée retrouvait la liberté au flanc du pré. Il l'eut vite rétabli.

Il allait finir de refermer la source lorsqu'une idée lui vint. A lui tout seul, il n'utiliserait évidemment pas toute cette eau. Plutôt que de la laisser se perdre dans la nature, pourquoi ne pas la faire s'écouler dans la canalisation du Ravalot ? Comme ça, tout le monde serait content. Le surplus de sa consommation suffirait bien pour abreuver ses bêtes. Avec un peu de chance, l'agriculteur ne s'apercevrait même pas de la modification.

Le problème résidait tout de même dans les travaux que cela demandait. Il ne s'agissait plus simplement d'obstruer un trou de quelques pierres et d'un peu de glaise. Il fallait en passer par de la maçonnerie. Outre le peu de confiance qu'il avait dans ses capacités à réaliser un tel travail, il ne savait pas où trouver le matériel nécessaire.

Il faudra que je m'en occupe. J'en parlerai à Joseph. Peut-être qu'il pourra m'aider.

L'urgent était de redescendre jusqu'à la maison et d'ouvrir le robinet de l'évier. Il dévala le pré à grandes enjambées, traversa sa cour en trombe, se rua vers l'évier et ouvrit le robinet. Il y eut d'étranges gargouillis, des longs soupirs qui s'éternisèrent.

Normal. C'est qu'il faut qu'il se remplisse d'un bout à l'autre, voulut-il se rassurer.

Il était à nouveau planté devant ce fichu robinet, mais, cette fois, il était dans les transes de l'attente. Elle dura. Il trépignait presque. Puis les soupirs se muèrent en crachotements de plus en plus hargneux. A sa grande stupéfaction, il vit apparaître au col du robinet un long filament verdâtre et gluant. Il le prit à deux doigts et tira doucement. Il vint sur quelques centimètres, puis se rompit. Il tenta de saisir le tout petit bout qui pendait encore, mais il lui glissa dans les doigts. Il dut encore attendre. Le robinet continuait d'exhaler des bruits de respiration haletante auxquels il rattachait tout son espoir.

Tout à coup, ce fut le silence. Il se raidit. Ce n'était pas possible. Il n'allait pas échouer si près du but. Plus rien, pourtant, ne se passait. Sauf peut-être… Oui, un infime sifflement. Un tout petit filet d'air dont il imagina tout de suite qu'il se frayait un passage difficile à travers un quelconque bouchon. Bien sûr, c'était ça. Un bouchon s'était formé quelque part dans le tuyau. Comment le trouver ?

Il se souvint d'un robinet d'arrêt installé par son père à la cave. Il se précipita... et se fit copieusement asperger par un jet dru libéré par le purgeur. L'eau coulait depuis la source. C'était déjà une victoire. Il remonta quatre à quatre, ferma le robinet de l'évier, le rouvrit. Il y eut un *ploc !* retentissant, et un infect mélange de boue et de déchets végétaux fut expulsé, souillant l'évier jusqu'au bord. Puis l'eau coula. Une eau terreuse, épaisse, hostile.

Ce n'est rien, se dit-il. Depuis le temps... Il faut qu'il se nettoie, ce tuyau.

Il le laissa couler toute la soirée, se régalant de temps à autre comme un enfant à la vue de cette eau qui chantonnait gaiement sur la pierre d'évier, de plus en plus claire, de plus en plus propre. Son découragement, sa lassitude, ses craintes du lendemain s'étaient envolés. Il baignait dans une bienheureuse béatitude.

— L'eau coule, les chats ! On est sauvés, cria-t-il à l'adresse du trio qu'il savait revenu à ses pénates du fenil.

A cette heure-là, les trois chats devaient y dormir du sommeil du juste en prévision de leurs maraudes nocturnes.

6

Jour après jour, les signes précurseurs du printemps se faisaient plus nets et plus nombreux. Alors que les premiers « culs rouges » réinvestissaient les jardins en sautillant crânement d'un perchoir à l'autre, on vit passer nonchalamment un couple de milans noirs, au gré des grands souffles d'air balayant le ciel.

Joseph montra les deux grands rapaces à Sylvestre.

— Derniers partis, premiers revenus, commenta-t-il. Les oies ne vont pas tarder.

Elles suivirent de peu. A l'aube, par un matin frisquet mais très clair, une étrange rumeur parut emplir le ciel. D'abord à peine audible, presque gênante par sa discrétion insistante, elle prit rapidement de l'ampleur au point qu'on finit par ne plus entendre que cela.

— Quand je te l'avais dit ! cria Joseph depuis sa cour.

Comme Sylvestre, il se tenait debout le nez en l'air, face au sud, et cherchait à voir. Le ciel était laiteux. Ils crurent longtemps qu'une haute brume allait dissimuler jusqu'au bout à leur vue le passage des grands migrateurs. Puis les voiles que le matin tendait encore d'un bord à l'autre de l'immensité parurent se déchirer. Tout alla très vite. Le gigantesque vol en V de milliers d'oiseaux ramant paisiblement vers le nord, le cou tendu dans l'air immobile, parut entrer en scène d'entre de fins nuages.

— Des bernaches... Des oies bernaches ! cria encore Joseph, pas peu satisfait de pouvoir faire étalage de sa science.

A peine si Sylvestre, depuis sa cour, l'entendait. Le caquetage incessant de tous ces volatiles défilant au-dessus de leur tête annihilait totalement tout ce qui n'était pas lui-même. La terre, à la verticale de leur passage, n'avait plus qu'à se taire, à lever la tête et à regretter sa balourdise. Voler, s'affranchir de toutes les pesanteurs, rejoindre ce coin formidable pointé dans le ciel vers l'inconnu, vers de lointains septentrions. Moins on est capable d'entreprendre, plus on envie.

Les bottes dans la boue, la veste frileusement fermée, la casquette sur les oreilles et le nez en l'air, le temps que passent les oies on rêvait de partir. Puis elles s'éloignaient, inexorablement. Les rideaux de brume se refermaient sur elles, la rumeur de leurs caquetages décroissait lentement et on se retrouvait tout bête, les pieds toujours dans la boue et le cou un peu douloureux de l'avoir trop longtemps et trop fort tordu.

Tout le monde ne rêvait pas. Eugène Ravalot ne pouvait pas plus que les autres ignorer ces passages d'oiseaux migrateurs spectaculaires et bruyants. Mais lui ne se laissait pas aller à envier leur grand voyage. Car Eugène Ravalot n'était pas du genre à se laisser aller, en quoi que ce soit. Toutes choses, pour lui, devaient avoir un sens bien réel, pratique. Sinon, il s'en détournait.

Ces grands vols caquetants n'étaient rien d'autre pour lui que l'indication qu'il était temps d'envisager la remise à l'herbe de ses bêtes. Depuis les mères, dont les mises-bas l'avaient occupé nuit et jour durant toute la mauvaise saison, jusqu'aux « broutards » d'un an, il en avait entretenu plus de deux cents dans ses grandes stabulations. Du matin au soir, durant tout l'hiver, les allées et venues des tracteurs et des désileuses n'avaient guère cessé, s'épuisant, dans un rythme infernal, à satisfaire l'appétit de tous ces mufles impatients tendus au travers des cornadis.

Les jeunes bêtes seraient les premières à libérer leurs parcs. Autant qui ne seraient plus à soigner, mais il faudrait encore ouvrir en grand ces portions de bâtiment libérées et en sortir l'énorme quantité de fumier qu'elles y avaient accumulé en cinq mois de claustration. Il n'y avait pas de temps à perdre. Eugène Ravalot ne perdait jamais de temps. Il ne lui fallut pourtant pas moins de deux journées pleines pour transporter tous ces broutards, ces génisses et ces bovillons jusqu'aux herbages qu'il leur affectait.

Le temps n'était plus où, le bâton à la main, on poussait les troupeaux devant soi, au long des rues du village, puis des chemins menant aux prés. On attelait derrière le tracteur l'énorme remorque bétaillère. On la reculait à toucher les barrières des parcs. On en ouvrait une portion et l'on poussait les bêtes affolées, à grand renfort de cris et de coups de bâton sur les croupes et les mufles, jusqu'à ce qu'elles consentent à embarquer.

Il fallait à nouveau jouer des mêmes arguments contondants pour les décider, cette fois, à s'extraire de la grande caisse métallique et bruyante où elles s'étaient serrées pendant tout le bref voyage, et à oser affronter l'immensité de l'herbage. Trop longtemps enfermées dans un espace restreint à piétiner du fumier et à se gêner mutuellement, la liberté qu'on leur octroyait les affolait.

Mufles bas, serrées les unes contre les autres, elles se lançaient au grand trot à travers l'espace, au hasard, et se rassuraient vite de trouver l'obstacle d'une clôture. Elles avaient besoin d'être contenues. Toujours étroitement groupées, toujours mufle bas, toujours trottant ou galopant, elles la longeaient. Elles faisaient ainsi le tour complet de leur nouveau domaine, s'immobilisaient quelques instants à hauteur de la barrière refermée derrière la bétaillère depuis longtemps partie vers un autre voyage, vers un autre pré, puis elles repartaient, grisées par cette semi-liberté dont elles avaient perdu le goût et dont elles ne savaient encore que faire.

Avant que l'une d'elles s'immobilise devant une touffe d'herbe à sa convenance et commence à la brouter, des heures s'écoulaient en de sauvages cavalcades au travers du pré. Une autre l'imitait, puis une autre encore et peu à peu, bien qu'encore parcouru sporadiquement de grands mouvements de fuite, le groupe finissait par s'apaiser. Mais il ne savait pas encore s'éparpiller. Plusieurs jours durant, il offrait le spectacle étonnant de masses blanches étroitement agglutinées dans l'espace disponible des grands herbages dont il leur fallait réapprendre l'usage.

Eugène Ravalot faisait chaque matin la tournée de tous ses herbages. Il ne s'y attardait pas. Il y avait suffisamment à faire à la ferme, dans les stabulations encore loin d'être vides. Au volant de son 4 × 4, il allait de l'un à l'autre. Si la troupe de ses bêtes était à proximité, il avait tôt fait de les compter et de s'assurer que tout allait bien. Pas question, comme le faisaient les vieux paysans, de venir s'accouder à la barrière et de se réjouir quelques instants du spectacle paisible qu'offraient ces troupeaux rendus à leur liberté. Il embrayait aussitôt et filait vers une autre clôture d'où surveiller son cheptel.

Il lui arrivait bien parfois d'être obligé de quitter sa voiture et de monter dans le pré dont un pli de terrain ou quelques arbres lui dissimulaient ses bêtes. Il pestait contre ces pertes de temps tout en grimpant à flanc de coteau et en appelant. Il arrivait que les « V'nez, les bêtes, v'nez… » qu'il lançait dans le vent éveillent chez l'une ou l'autre d'entre elles le souvenir de quelques fourchées de foin ou d'une pierre à sel annoncées, à quelques mois de là, de la même façon. Il les voyait alors jaillir d'un vallon ou de derrière quelques broussailles. Mais, la plupart du temps, il fallait qu'il les débusque. Il avait, pour cela, la connaissance du terrain et l'expérience du vent dont elles savaient si bien s'abriter. Il n'y passait pas moins beaucoup de temps, et rien, pas même le charme que d'autres auraient trouvé à ces marches dans la nature, ne l'exaspérait plus sûrement.

Plusieurs expériences consécutives l'avaient mis de fort méchante humeur lorsque, deux jours après les y avoir installés, il trouva à la barrière de leur pré la quinzaine de broutards qu'il venait surveiller. Tout de suite, avant même d'avoir arrêté son 4 × 4, il sut qu'il y avait un problème. Les bêtes se tenaient toutes côte à côte, face à la clôture, et l'assourdissaient d'un concert de meuglements déchirants. Aucune ne broutait. Il franchit rapidement la barrière, s'approcha d'elles. Il y avait dans leur regard quelque chose d'un appel à l'aide. Il eut tôt fait de comprendre.

« Elles crèvent de soif, ces bêtes-là... »

L'abreuvoir était tout en haut de l'immense herbage qu'il avait constitué là à force de reprendre les mouchoirs de poche des petits agriculteurs qui se retiraient. Les haies qui les séparaient n'avaient pas résisté longtemps au broyeur. Il les avait réduites en miettes, mais les légères levées de terrain les entourant révélaient encore fort bien leur géographie complexe.

Furieux, il poussa quelques jurons sonores. Ils étaient censés le soulager, mais ne changeaient rien au problème. Les meuglements plaintifs des bêtes n'arrangeaient pas les choses, mais lui confirmaient qu'il n'avait pas le choix. Il fallait y aller. Il eut un instant la tentation de remonter en voiture et de faire le tour par le pays pour aller rattraper la petite route qui passait là-haut, de l'autre côté de la crête de Chamasson. Elle l'amènerait pas bien loin de son abreuvoir. Mais le temps de faire tout ce chemin en voiture… Et puis il y avait ces deux maisons perdues, là-haut, dont il lui faudrait traverser la cour. S'il tombait sur le père Caudront, il n'en avait pas fini. Il n'y couperait pas au coup de rouge à la maison. Est-ce qu'il avait le temps de palabrer des heures autour d'un verre de mauvais vin ? Et puis il se disait que l'autre maison, celle des anciens instituteurs, les Tardy, s'était rouverte. Des bruits couraient. On ne savait pas trop qui était ce type qui s'était installé là-haut. Peut-être bien un de ces « babas cool » comme il en apparaissait de temps à autre et dont il suffisait en général d'un hiver pour qu'on en soit débarrassé.

Eugène Ravalot avait autre chose à faire qu'à s'occuper de telles broutilles. Tant pis. La côte était raide et longue, jusqu'à la crête de Chamasson, mais il n'avait guère le choix. Il se serait bien lancé avec le 4 × 4. Il y était monté plus d'une fois, là-haut, mais là, à la sortie de l'hiver, il n'était pas sûr de pouvoir passer partout. Il alla chercher le bâton qu'il rangeait toujours sous un siège de sa voiture, s'engagea dans la pente.

Le souffle était un peu court et l'humeur plus massacrante que jamais lorsqu'il atteignit enfin le grand abreuvoir vert qu'il avait installé à la limite du bois, juste à côté de la clôture. Il était à sec. Les jurons se firent plus sonores encore. Furieux, il monta jusqu'au sautou, le franchit et fut sur la source en deux enjambées. La végétation piétinée et la maçonnerie bien dégagée ne lui laissèrent guère d'illusions.

— Le salopard… éructa-t-il en découvrant les quelques travaux effectués trois jours plus tôt par Sylvestre. Non mais, il ne s'imagine pas que je vais me laisser faire…

En deux temps et trois mouvements, il eut vite fait de rétablir l'écoulement de l'eau au bénéfice de son abreuvoir.

— Qu'il vienne râler, gronda-t-il encore en refermant la source. Il trouvera à qui parler.

Les jeunes bovins l'avaient suivi à bonne distance. Il les appela en agitant énergiquement l'eau qui arrivait à nouveau dans le grand bac vert. Ils durent la sentir. Ils se mirent à courir en gambadant. Il fallut qu'il se mette en travers de leur course pour les calmer un peu et les empêcher d'arriver trop brutalement sur l'abreuvoir. Ils s'y précipitèrent tout de même. Il n'y avait évidemment pas assez d'eau pour tous et le tuyau ne débitait pas assez pour les satisfaire. Ils se bousculèrent, commencèrent à se battre. Il dut intervenir à grands coups de bâton, mais n'en eut pas moins toutes les peines du monde à les écarter.

Et le temps passait, et le travail attendait toujours à la ferme. Il fulminait.

— Des parasites ! gronda-t-il. Va bien falloir qu'on s'en débarrasse, de cette engeance-là. Bien sûr, le maire, il laisse faire. Attends voir que je m'en occupe, moi. Son avis, je m'en passe. Faudra peut-être bien qu'on nous laisse travailler en paix, à la fin des fins...

Il asséna quelques coups de trique bien sentis sur quelques museaux trop impatients.

— Il ne va pas nous encombrer longtemps, celui-là, ajouta-t-il sans qu'on sache très bien s'il parlait du maire ou du personnage qui avait rétabli la source dans sa course originelle...

Il ne put s'éloigner que lorsque toutes les bêtes eurent étanché leur soif. En dévalant la pente, il parvint encore à sortir son téléphone portable et à composer un numéro. Il était en vue de la barrière lorsqu'on répondit.

— Alfred ?... C'est Eugène à l'appareil. J'ai un petit boulot pour toi. Le problème, c'est que c'est encore assez urgent... Tu te souviens de la source que tu m'as aidé à canaliser, tout en haut de Chamasson ?

— Si je me souviens ! La source aux Tardy.

— C'est ça... Enfin... La source qu'il avait captée, dans le temps. Bon, il faudrait que tu y remontes et que tu m'équipes de deux cadenas solides la plaque en béton qui la ferme. Tu te souviens ?

— Des cadenas ? Pourquoi tu veux y mettre des cadenas ?

— Marche, c'est mon affaire. Je n'ai pas envie que mes bêtes crèvent de soif. Je compte sur toi ?

— Ben... Puisque tu me le demandes...

— C'est bon. Ah ! Attends. Pour y aller, ne passe pas par chez le Caudront. Il n'a pas besoin de savoir. Monte donc par mon pré.

— Eh ! C'est que ça fait long et raide.

— Je le sais. Je viens de le faire. Mais il vaut mieux. Tu viendras me dire ce que je te dois en même temps que tu m'apporteras les clefs des cadenas.

— Puisque tu le dis...

Ce que c'est que d'avoir de l'influence, jubila intérieurement Eugène Ravalot en rempochant son téléphone. Il atteignait sa voiture. Il démarra en trombe.

Le travail à la ferme attendait.

7

Joseph enjoliva bien un peu la réalité. C'était pour la bonne cause. Quand il eut décrit à sa femme avec force détails l'art paisible qu'avait eu Sylvestre de conquérir les trois chats et de s'en faire des amis, elle accepta de revenir quelque peu de ses préventions à l'égard de son nouveau voisin. Elle posa un regard attendri sur sa petite chatte, qui dormait roulée en boule sur une chaise.

— Un homme qui est bon avec les chats ne peut pas être totalement mauvais, dit-elle pour justifier sa demi-reddition.

Joseph n'en eut pas moins à batailler longtemps encore pour qu'elle finisse par consentir du bout des lèvres à recevoir Sylvestre dans sa maison. Rien ne lui assurait vraiment qu'il était bien le fils des Tardy, avec qui elle avait été très liée. Et quand bien même cette histoire serait vraie, elle n'en oubliait pas pour autant les regrets tant de fois exprimés et la peine de ceux-ci. Jusqu'à leur mort, ils n'avaient pas bien compris pourquoi leur fils avait rompu avec eux. Jusqu'au bout, ils avaient espéré son retour ou, au moins, que leur parviendrait un signe de vie. Ils étaient décédés à peu de temps l'un de l'autre, lui d'abord, elle ensuite, sans que ce bonheur leur ait été donné. Il y avait de cela une dizaine d'années.

Et voilà qu'il réapparaissait. En admettant que ce soit bien lui, ce dont Antoinette ne pouvait pas s'empêcher de douter, comment pourrait-elle lui faire bonne figure ? On ne l'avait même pas vu à l'enterrement de sa mère. Pas plus d'ailleurs qu'à celui de son père, à peine un an avant. Jeanne, sa sœur aînée, y était, elle, au moins. Oh, juste une brève présence, pour la cérémonie, rien de plus. Elle était montée jusqu'à la maison pour s'assurer qu'elle était bien fermée et elle était repartie aussi vite. Mais enfin, elle y était, elle.

Depuis, plus rien. Antoinette se désolait à l'idée de cette maison restée dans l'état où ses amis y avaient vécu et y étaient morts. Elle nourrissait son chagrin de l'état de décrépitude dans lequel elle imaginait cet intérieur simple mais bien soigné où elle avait eu tant de plaisir, jadis, à venir les visiter. Que faisaient ses enfants ? Pour elle, il y avait quelque chose de sacrilège à laisser ainsi à l'abandon un bien, aussi modeste soit-il.

Joseph avait beau lui répéter que, justement, ils ne l'abandonnaient pas totalement, cette maison, puisque le fils y était revenu. Elle ne parvenait pas à s'en convaincre.

« Trop facile, disait-elle. Depuis combien d'années qu'on ne l'avait pas vu ? Près de quarante ans.

Tu te rends compte ? Quarante ans... Et le voilà qui se réinstalle comme ça, comme s'il était parti de la veille... Tu trouves ça normal, toi ? »

Non, bien sûr, Joseph ne trouvait pas ça très normal. Il devait bien y avoir une raison. Il la leur révélerait un jour. Mais pour savoir il fallait d'abord causer. Il fallait se mettre en confiance. Lui, il n'y avait eu aucun mal. Il était plutôt sympathique, le Sylvestre. Les mots viendraient en leur temps. En attendant, on ne pouvait tout de même pas rester là à se faire la tête quand il n'y avait que lui et eux si loin à la ronde.

Elle finit par se rendre à ses raisons. Il comprit vite que ce n'était que calcul. Il avait touché juste en lui maintenant que Sylvestre ne s'expliquerait qu'une fois qu'ils l'auraient apprivoisé.

— Tu n'as qu'à lui dire de venir prendre l'apéritif un de ces soirs, fit-elle mine de capituler.

Il n'en demandait pas plus. La première fois qu'il vit Sylvestre circuler dans sa cour, il le héla.

— Oh ! cria-t-il. Viens donc voir un peu.

Ils se rencontrèrent sur le sentier qui, sinuant entre les arbres, commençait déjà à se retracer.

— Tu n'as rien à faire, ce soir ? Eh bien, viens donc à la maison sur le coup de sept heures, qu'on prenne l'apéro.

Surpris mais pas mécontent, Sylvestre fit juste ce qu'il fallait de façons. Puis il accepta. Joseph, tout content, s'empressa d'aller annoncer la bonne nouvelle à Antoinette. Il n'obtint pour toute réponse que quelques grognements bourrus, mais ne s'en formalisa pas. Le soir, en rentrant d'être allé mener ses vaches au pré et d'avoir fermé ses poules, il trouva une table dressée avec nappe, amuse-gueule, verres du beau service et bouteilles alignées sur des petites coupelles en bois verni.

Sylvestre, heureusement, ne tarda pas. Sept heures sonnaient à la comtoise lorsqu'il frappa.

— Entre donc ! cria Joseph aussi fort qu'il le put.

Il fallut faire les présentations. Antoinette, un peu raide, un peu sévère, parvint tout de même à se montrer raisonnablement aimable. Mais Sylvestre manifestement avait la tête ailleurs. Elle aurait pu lui crier dessus qu'il n'aurait pas plus réagi. Il serra la main qu'elle lui tendait parce que ça se fait. Il se força à sourire en bredouillant un vague « Bonjour, madame ». Joseph attendit le prévisible « Pas de ça entre nous. Je suis Antoinette et toi Sylvestre ». Mais il ne vint pas.

— Viens donc t'asseoir, trancha-t-il.

Ils s'installèrent, lui au haut bout de la table qui lui revenait, Sylvestre sur le banc, à sa droite.

— Alors quoi de neuf ? Et les chats ? Ils vont toujours bien, les chats ?

Sylvestre opina du chef.

— Oui, les chats, ils vont bien.

Il fallut bien que Joseph admette que tel n'était pas le cas de Sylvestre.

— Oh, dit-il. Ça n'a pas l'air de trop aller, toi. Rien de grave, non ?

Sylvestre baissa la tête.

— Peut-être bien tout de même.

— Qu'est-ce qui se passe ? Tu peux me dire.

— L'eau, dit Sylvestre.

— Ben quoi, l'eau ?

— Eh ben, elle ne coule plus...

— Elle ne coule plus ? Depuis quand ?

— Ce matin, juste après qu'on s'est parlé. Quand je suis rentré, plus d'eau...

— Tu es allé voir ?

Sylvestre hocha lentement la tête, l'air désespéré.

— C'est justement. Sûr que je suis allé voir.

— Et alors ?

— La plaque, celle qui couvre la source... fermée. Deux cadenas, et des gros, des costauds.

Joseph avait l'air aussi atterré que Sylvestre.

— Le fumier... siffla-t-il. Des cadenas... C'est qu'il n'a pas le droit. Tu es chez toi.

— Chez moi... Qui c'est qui va le faire respecter, ce droit-là ?

Joseph en convenait tellement qu'il ne trouva pas quoi répondre. Ils restaient là tous les deux, les yeux dans le vague, à ruminer ce qui ressemblait déjà à une défaite. Antoinette posa sur la table un plein plat de grattons à sa façon qu'elle avait réchauffé.

— Monsieur Tardy, il s'en était pourtant donné, du mal, pour la capter, cette source-là.

— Et lui avec, renchérit Joseph. Tu ne te souviens pas, les dimanches qu'il a passés à la creuser, cette tranchée, à travers tout le pré ?

— Si je m'en souviens…

Antoinette s'en tint là. Debout en face de Sylvestre, elle le considérait gravement sans parvenir à se convaincre que ce grand type un peu débraillé, son cache-col noué autour du cou, le poil grisonnant et l'air abattu, pouvait avoir un rapport avec le gamin qu'elle avait plaint, à tant d'années de là, pendant qu'il s'échinait à piocher et à pelleter dans le pré voisin du leur.

— Alors, qu'est-ce que tu vas faire ? s'inquiéta Joseph.

Sylvestre haussa les épaules.

— Que voulez-vous que je fasse ? Je ne fais pas le poids. Je suis dans mon droit… et puis après ? Il ne lâchera pas. Il a les moyens de se battre. Pas moi.

— Tu n'as qu'à aller à la mairie demander qu'on te raccorde au réseau communal. Tu y as droit comme les autres.

— Ça va me coûter. Je n'ai pas les moyens. Et puis…

Il hésita.

— Et puis quoi ?

Sylvestre leva un regard un peu perdu sur les deux vieux. Il n'aurait peut-être pas dû, mais il lui fallait parler.

— La maison… dit-il. Je ne sais même pas à qui elle est. Je suis venu là par hasard, parce que je ne savais plus où aller. J'avais encore les clefs. Je me suis installé. Mais, ma sœur, le notaire… Est-ce que je sais ce qu'ils ont fait, depuis la mort des parents ?

Ce fut plus fort qu'Antoinette :

— Vous le saviez, qu'ils étaient morts, vos parents ?

Il leva sur elle un regard blême.

— Non. Je me doutais. C'était tout.

Joseph, contrarié, tripotait son verre vide. S'il s'était attendu à ce que leur invitation prenne cette tournure... Et si les doutes d'Antoinette se révélaient fondés ?

— Et pourquoi tu ne savais plus où aller ? demanda-t-il avec rudesse.

Sylvestre ne parut pas se formaliser. Il se contenta de hausser les épaules, une fois de plus.

— Avec ce que je touche comme retraite, ce n'était plus possible. Je n'arrivais même plus à payer mon loyer. Pourtant, ce n'était pas le luxe, vous pouvez me croire. Mais à Paris... Et puis les frais. Je ne pouvais plus tenir. J'ai vu le coup où j'allais me retrouver avec rien, à la rue. Ça m'est arrivé une fois dans ma vie. Je n'avais pas envie de recommencer.

— Et ta sœur ? Elle sait que tu es ici ?

— Ma sœur, je ne sais même pas où elle est, alors...

— On dit qu'elle a une belle situation. Elle habite vers Toulouse, je crois. Ou quelque chose comme ça. Peut-être elle pourrait t'aider...

Il se rebiffa :

— Je n'ai pas besoin qu'on m'aide. Je veux simplement qu'on me fiche la paix, que je puisse vivre tranquille, comme ici.

Les deux vieux n'y comprenaient pas grand-chose. Ils devinaient un grand désarroi, une misère plus vaste encore, mais ils ne pouvaient pas concevoir qu'on réagisse de cette façon. La famille, la propriété, c'étaient pour eux des valeurs fondamentales à la sauvegarde desquelles tout devait être subordonné. Que Sylvestre s'en tienne en marge, qu'il les ait toute sa vie foulées aux pieds, c'était son problème. Il avait ses raisons. Eux n'y pouvaient rien et n'avaient pas à s'en mêler, mais le malaise était là, dont ils savaient qu'ils ne pourraient plus s'affranchir.

Joseph préféra changer de sujet :

— Bon, ce n'est pas de tout ça, mais ta flotte… Qu'est-ce que tu vas faire, sans flotte ?

Sylvestre baissa le nez. Antoinette versait l'apéritif.

— Servez-vous, dit-elle en poussant les ramequins d'amuse-gueule vers Sylvestre.

Ils trinquèrent, burent en silence, reposèrent leurs verres.

— Hein, qu'est-ce que tu vas faire sans flotte ?

— Ce que j'en sais… Au pire, je partirai.

— Pour où ?

Sylvestre eut de la main un geste fataliste.

— On verra…

Rien du tout, oui, se dit Joseph. Il ne verra rien du tout. Il n'a pas d'autre solution. Faudra bien qu'on l'en sorte, de cette affaire-là. Le reste, il sera bien temps de voir après…

— C'est bête, continuait Sylvestre comme pour lui-même. L'autre jour, quand je suis allé là-haut pour rétablir l'eau, j'avais pensé à une solution. Il y a de quoi satisfaire tout le monde, avec cette source-là. Je n'avais pas ce qu'il fallait, sinon je l'aurais fait aussitôt. Je me suis dit que je remonterais avec le nécessaire. Et puis j'ai oublié...

— Explique.

Tant bien que mal, Sylvestre tenta de décrire les modifications qu'il avait envisagées pour que le trop-plein de la source se déverse dans le tuyau installé par Ravalot. Il n'était pas à l'aise avec ces détails pratiques, mais Joseph eut tôt fait de comprendre :

— Mais c'est que tu as raison ! s'exclama-t-il. C'est ça qu'il faut faire. Pour ce que tu vas tirer, il en restera bien assez pour remplir son abreuvoir, à l'autre fou...

— Oui mais, c'était tout de suite qu'il aurait fallu le faire. Maintenant qu'il a mis des cadenas...

— Attends voir. Ses cadenas, il n'a pas le droit de les mettre, pas plus que de venir te piquer ton eau. Alors, tu sais ce qu'on va faire ? On va y remonter, à ta source. On va couper les cadenas. T'inquiète pas, j'ai ce qu'il faut. On va brancher l'eau comme tu as dit, avec le trop-plein vers chez lui. Même, tu vois, ça me fait misère de lui concéder ça. Parce que, cette eau-là, il n'y a pas droit. S'il l'avait demandée... Mais non. Monsieur Ravalot, tout lui est dû. Alors, tant pis, on va faire comme ça. Et si ça tombe, il ne s'en apercevra même pas. Tiens, à la tienne !

Il leva son verre, vint le cogner légèrement à celui que lui tendait Sylvestre, se tourna vers Antoinette. Elle eut un temps d'hésitation, puis admit de trinquer avec eux.

— Vous croyez que vous allez faire ça ? s'inquiéta-t-elle tout de même. Et s'il vous voit ? S'il vous cherche des noises ? Avec un oiseau pareil…

Plus rien ne pouvait arrêter Joseph. Il balaya d'un geste les objections de sa femme.

— Laisse donc faire. Il ne risque pas de nous voir. Trop occupé dans ses stabulations.

Ils n'eurent pas de trop d'un après-midi pour mener l'opération à bien. La disqueuse sur batterie dont Joseph avait fait l'acquisition au camion de matériel de bricolage qui passait de temps à autre au pays ne fit qu'une bouchée des deux cadenas.

— On les remettra après comme ils étaient. Quelques feuilles mortes pour couvrir, et ni vu ni connu. Faudrait qu'ils aient le nez dessus pour voir.

Ce fut la maçonnerie qui leur prit le plus de temps. Il fallut que Sylvestre redescende jusque chez lui et qu'il ouvre tous les robinets pour que le niveau du bassin consente à baisser suffisamment. Ils durent casser le scellement qui tenait la canalisation du Ravalot et le refaire après avoir relevé le tuyau. Ils eurent encore à attendre que le ciment ait pris. Puis, quand ils estimèrent qu'il était assez solide, Sylvestre repartit chez lui, ferma tous ses robinets et remonta aussi vite qu'il le put pour s'assurer du résultat.

Il était parfait. Joseph, debout à côté de la source, les mains encore maculées de ciment, ne cachait pas sa satisfaction.

— Tu vois ! Quand je te le disais…

Pour un peu, il aurait pris l'idée à son compte. Sylvestre en sourit, se garda bien de relever. Seul le résultat comptait. Il s'intéressait plus à l'étincelle espiègle qu'il voyait briller dans le regard du vieux. Il laissa venir. Ils refermèrent la source, prirent soin de dissimuler les cadenas cisaillés sous quelques débris végétaux qu'un coup de vent pouvait bien avoir poussés jusque-là. Ils ramassèrent leurs outils et sans se presser, avec la conscience du devoir accompli, ils reprirent le chemin des deux petites fermes.

— Pis tiens ! éclata tout à coup Joseph, qui se retenait depuis trop longtemps. Je m'en vais te faire faire la connaissance de gens qui ne seront pas mécontents d'en savoir un peu plus sur le compte du Ravalot.

Sylvestre se contenta de tourner vers lui un regard interrogatif, mais un peu réservé.

— Parce que tu ne sais pas tout, continua Joseph, à qui il en aurait fallu plus pour l'empêcher d'aller au bout de ce qu'il avait à dire. Le Ravalot, il a des bois aussi. Beaucoup de bois. Et il les exploite. Il est comme ça, le Ravalot. Avec lui tout doit rapporter, faire des sous. Mais alors, sa façon d'exploiter les bois, vieux gars, faut voir. Du saccage que j'appelle ça, moi. Et je ne suis pas le seul. Coupes à blanc, plantations de sapins en veux-tu, en voilà. Les règles ? Les pourcentages de feuillus à respecter ? Il s'en fout, monsieur Ravalot. La remise en état des chemins labourés par ses engins et même souvent barrés par tous les branchages qu'il y laisse ? Veut pas savoir, monsieur Ravalot. Alors, à force, il s'en est mis pas mal à dos. Des écologistes, comme on dit. Bon, moi, tout ça, je n'y comprends pas grand-chose. De mon temps, on était bien assez grands pour savoir qu'il y a des règles qu'on respecte et des dégâts qu'on ne fait pas. Maintenant, il faut des écologistes. Moi je veux bien. Pour dire, je ne suis pas toujours d'accord avec eux. Mais là, pour le coup, je suis bien de leur avis. Faudrait peut-être voir à lui en faire rabattre un petit peu, à l'Eugène. Alors, ton affaire, je suis sûr que ça va les intéresser, les écolos. Et peut-être bien qu'ils pourront te défendre.

Si Joseph s'était attendu à la reconnaissance enthousiaste de Sylvestre, il dut déchanter.

— Vous croyez ? se contenta-t-il de demander.

Le vieux tourna vers lui un regard stupéfait.

— Si je crois ! C'est même que je suis sûr. Marche, un soir, je m'en vais en inviter deux à l'apéro. Je les connais encore assez bien. On peut parler avec eux. Tu viendras avec. Je te présenterai. Tu verras si ça ne va pas les intéresser.

Sylvestre n'en doutait pas. Et c'était bien ce qui le contrariait. Il les connaissait si bien, ces groupes de militants aussi passionnés que maladroitement altruistes. Il les avait tellement pratiqués. Il s'était lui-même tellement enflammé pour des causes plus nobles les unes que les autres. Au point qu'il avait tout renié pour elles. Au point qu'il était celui qu'on mettait toujours en première ligne, là où on prend des coups, où on se fait remarquer, ficher, embarquer, tabasser, et d'où, en fin de compte, on ressort meurtri, désabusé et seul, sur le carreau, sans espoir ni lendemain.

C'était ce passé-là qui l'avait rejoint, à son arrivée, quand il avait ramassé la lettre d'Agathe. C'était de ce passé qu'il voulait à jamais se couper.

Comment Joseph pourrait-il comprendre l'angoisse qui se saisissait de lui à la seule idée de retomber, au contact d'autres militants, dans la véritable addiction qui lui avait valu de brûler sa vie au service de tant d'utopies ?

Ils se séparèrent dans sa cour. Quand Sylvestre remercia Joseph, celui-ci avait déjà oublié la source. Il ne pensait plus qu'à ses amis écologistes.

— T'inquiète, dit-il. Ils vont te défendre, eux.

Exactement ce que redoutait Sylvestre.

8

Pour le meilleur ou pour le pire, tout le monde, dans le pays, connaissait Aurélie. Petite rousse pétulante, plutôt jolie, elle était de toutes les fêtes et de toutes les occasions de rire et de s'amuser. D'où sortait-elle ? Bien que pour beaucoup la question fût d'importance, personne ne le savait. Elle avait hérité, à quelques années de là, d'une petite maison dans le bourg, où elle était venue se percher sans autre forme de procès et sans s'encombrer des grands travaux qui préludaient ordinairement à ce genre de transition d'une génération à l'autre.

Qu'elle vive seule avait fait se froncer nombre de sourcils. Son minois aguichant et ses manières de femme affranchie n'avaient pas plus plaidé en sa faveur, mais elle semblait se soucier comme d'une guigne de ce genre de préoccupations. Quel âge pouvait-elle avoir ? « Trente-cinq, quarante ans », disaient les uns. « Bien moins ! » s'exclamaient ceux que son sourire ne laissait pas indifférents. Avait-elle été mariée ? Avait-elle des enfants ? Questions essentielles et d'autant plus irritantes que le mystère restait complet.

Elle s'était trouvé un job à mi-temps dans une grande surface de la ville voisine. Il ne devait pas être d'un rapport mirobolant, mais il semblait lui suffire. Elle attachait bien plus d'importance à la légèreté de l'existence qu'elle menait.

Bref, elle accumulait sans vergogne toutes les entorses aux principes locaux de bienséance et se faisait du même coup bien plus d'ennemis que d'amis. C'était apparemment le dernier de ses soucis. Elle veillait simplement à ne jamais donner prise à la malveillance qu'elle sentait rôder autour d'elle, et son indestructible sourire faisait le reste.

Etrange personne qu'en d'autres temps on eût chassée du pays ou, pire encore, accusée de sorcellerie. Préférer les chemins de traverse aux voies bien tracées du qu'en-dira-t-on n'a jamais été un choix tolérable dans les petites communautés villageoises. Pour beaucoup, que les solutions définitives de jadis fussent désormais proscrites relevait purement et simplement d'un regrettable relâchement des mœurs. On ne chassait plus. On érigeait moins encore de bûchers, mais on surveillait. On tenait à l'œil et, à la première imprudence, on attaquait. Les moyens pour confondre les irrévérencieux ne manquaient pas.

Aurélie se savait surveillée, mais elle avait l'art de glisser entre les mailles du filet, affichant toujours, quoi qu'il arrive, une façon d'être tellement angélique que les armes concoctées par ses contempteurs faisaient long feu. Tout juste parvenaient-ils à la tenir à bonne distance de tous les débats concernant le pays. « De quoi elle va se mêler, celle-là ? Elle n'est même pas d'ici. »

Jugements d'aussi courte vue que définitifs, qu'elle n'hésita pourtant pas à contredire, peu de temps après son installation, quand s'éleva la première fronde des écologistes contre les agissements forestiers d'Eugène Ravalot. Quels ne furent pas la surprise et l'effarement de beaucoup lorsqu'elle apparut en tête de ceux qui, lassés de l'apparente immunité dont semblait jouir l'agriculteur forestier, se réunirent, parvinrent à mobiliser largement et organisèrent une manifestation aussi bruyante qu'imposante, telle que jamais le pays n'en avait vu.

Ce fut un beau scandale. La presse et même la télévision régionale s'en mêlèrent. Le sous-préfet, dont les plans de promotion risquaient de pâtir de ce remue-ménage médiatique, somma Eugène Ravalot de renoncer au chantier de coupe à blanc dont le projet avait déclenché l'ire des écologistes. Il obtint gain de cause, du moins dans l'immédiat, s'empressa de l'annoncer très officiellement. Ce fut une grande victoire pour les écologistes qui, sans illusion, promirent de rester vigilants et de recommencer dès que Ravalot chercherait à contourner l'interdit.

Ce qui ne manqua évidemment pas d'arriver, quelques mois plus tard. Sans faiblir, ils rééditèrent leur exploit. Ils l'assortirent cette fois, pour faire bonne mesure, de quelques opérations commandos qui parvinrent fort bien à atteindre leur but en désorganisant complètement les chantiers forestiers d'Eugène Ravalot.

Cette fois, le sous-préfet, de plus en plus inquiet pour ses espoirs de promotion et craignant de ne pas parvenir à avoir le dernier mot avec le forestier, voulut temporiser. Il reprocha leurs interventions en forêt aux trublions et voulut leur faire comprendre que leurs exigences étaient peut-être démesurées, de nature à entraver le développement économique... Qu'il fallait comprendre, faire la part des choses...

Ils quittèrent son bureau en claquant la porte. La guerre était déclarée. Et elle l'était avec d'autant plus de détermination que le petit noyau d'écologistes purs et durs qui avait lancé l'affaire se trouvait conforté, à sa plus grande surprise, d'un nombre conséquent de nouveaux militants bien décidés à défendre la cause de la forêt.

Aurélie n'était pas seulement du nombre. Elle était au premier rang. Elle avait trouvé sa voie. Elle était elle-même tout étonnée d'avoir pu exister si longtemps sans ressentir le besoin de passer ainsi aux actes. Elle s'y donna corps et âme, au point de prendre fait et cause pour d'autres conflits, dans d'autres régions, et de ne pas hésiter à aller, au besoin, prêter main-forte.

Elle scandalisa une fois de plus le pays en apparaissant un jour au volant d'un engin extraordinaire qu'elle gara sur le trottoir, devant sa maison. C'était un petit camion tôlé d'un âge respectable qui, dans une autre vie, avait été transformé en camping-car sommaire. Comment se l'était-elle procuré, de qui ? Les hypothèses ne manquèrent évidemment pas de faire florès, mais il fallut bien en rester là. Aurélie, indifférente à ce genre de curiosité, était déjà repartie vers d'autres horizons au volant de sa nouvelle demeure.

Le nomadisme qu'elle lui permettait lui convenait parfaitement. Au point que, rapidement, elle habita bien moins souvent dans sa maison que dans son camion. Elle allait le planter sur les parkings aménagés à proximité des grandes manifestations écologistes auxquelles elle participait, ou dans la cour de l'un ou l'autre de ses nouveaux amis, chez qui elle squattait le temps de se trouver une nouvelle destination.

A ce régime, elle eut tôt fait de perdre son emploi, mais ne parut pas s'en inquiéter. On épilogua longtemps sur les moyens dont elle pouvait bien user pour se passer d'un gagne-pain, mais ce fut tout aussi vain que les autres fois. La débrouillardise, l'entraide, la solidarité étaient des notions bien plus accessibles aux militants de tout poil qu'à des villageois. Aurélie, adroitement, avait su se rendre suffisamment indispensable à ses nouveaux amis pour qu'ils se soient débrouillés. C'était modeste, mais bien suffisant pour qu'elle se sente libre. Elle n'en demandait pas plus.

Elle rentrait d'une grande manifestation quelque peu houleuse qui s'était tenue sur le site contesté d'un futur aéroport, dans la région nantaise, quand, presque arrivée chez elle, la perspective de se retrouver seule, après tant d'agitations, dans sa maison qui devait être une vraie glacière, la contraria. Ça faisait longtemps que, prise par ses multiples activités, elle n'avait plus d'écho de ce qui se passait dans les forêts du coin.

Elle appela un ami. Peut-être pourrait-il les accueillir, elle et son camion. Son interlocuteur éclata de rire.

— Tu tombes bien, toi ! D'où tu sors ?

Elle le lui expliqua rapidement.

— J'aurais dû y penser. Tu nous raconteras.

— Bien sûr. Et pourquoi je tombe bien ?

— Imagine-toi qu'on est en train de parler de ton copain, Eugène Ravalot. Il en a encore fait de bonnes. Tu ne devineras jamais. Tu es où ?

— Chez moi ou presque.

— Bon, ben, tu ne t'y arrêtes pas. Tu montes à Chamasson. Tu vois où c'est ? Chez Antoinette et Joseph Caudront… Tu situes ?… On est en train de prendre l'apéro avec quelqu'un que tu gagneras à connaître. On t'attend.

Ils étaient tous attablés devant leur verre et une quantité invraisemblable de gâteries salées, de petites saucisses chaudes et d'amuse-gueule préparés par Antoinette. Joseph avait cérémonieusement présenté Sylvestre à un couple d'une cinquantaine d'années dont les sourires engageants et les fortes poignées de main l'avaient conforté dans ses plus grandes craintes. Il était face à ce que la caste des militants possédait de plus résolu, de plus confit de certitudes inébranlables, au nom desquelles ils étaient capables des actions les plus folles comme des plus grands sacrifices.

Quand on en avait eu fini de se jauger mutuellement en discutant de choses et d'autres, mais en n'abordant surtout pas le vif du sujet, quand on avait eu croqué quelques douceurs, trinqué, bu et reposé les verres, Joseph avait estimé venu le moment d'entrer dans le vif du sujet :

« Alors, notre ami le Ravalot, vous ne savez pas sa dernière ? Vous ne savez pas le tour qu'il a encore joué ? Tiens, raconte donc, Sylvestre. Après tout, c'est ton affaire. »

Il avait dû s'exécuter. Mais il l'avait fait à contrecœur, avec la certitude que ça se voyait sur son visage, qu'il regrettait déjà de révéler tout ça. A quoi bon ? Pourquoi en faire une montagne ? Pourquoi ne pas le laisser tranquille puisqu'il avait trouvé une solution à son problème ? Il ne savait que trop l'usage qu'on allait faire de cette malheureuse histoire dont personne n'aurait parlé si Joseph n'avait pas eu l'idée malencontreuse d'y mêler ces écologistes. Il avait cru bien faire. Sylvestre avait bien essayé de se défiler, mais le vieux était trop content de son idée. Il n'en démordait pas, tenait à aller jusqu'au bout. Les occasions étaient si rares de recevoir, de participer et peut-être un peu de se faire valoir.

Son récit avait été laborieux. Joseph avait encore compliqué les choses en croyant bon d'y ajouter son grain de sel à plusieurs reprises. Quand ils en eurent fini, Sylvestre était épuisé. La sonnerie d'un téléphone portable l'avait soulagé. Un répit, enfin. C'était Aurélie qui s'annonçait.

Antoinette sortit un verre, le posa en face de Sylvestre. En attendant, on commenta :

— Tout de même gonflé, l'oiseau.

— Ça t'étonne de lui ? Il a tous les droits, le monsieur. Tu as bien vu le sous-préfet, comment il s'est dégonflé, avec l'affaire de la coupe à blanc. Vieux, avant qu'on l'ait, celui-là…

Silence, comme un aveu d'impuissance.

— Tout de même, ce que tu nous racontes là, ça peut être utile. Bien sûr, là, sur le coup, on ne peut rien faire. Vous vous êtes arrangés. L'attaquer sur ce coup-là, ce serait lui révéler le pot aux roses. N'empêche, encore une fois, il s'en sort bien. Mais quoi faire d'autre ? On va mettre ça sous le coude, avec le reste, et peut-être qu'un jour on pourra régler les comptes.

Aurélie arrivait. Son camion faisait un tel raffut qu'ils l'entendirent quitter la route et s'engager dans le chemin de la ferme. On se leva. On alla ouvrir la porte. On alluma la lampe de cour. Elle se garait le long des arbres.

— L'engin ! rigola Joseph.

— Marre-toi. Elle vient de traverser la France aller et retour, avec son engin…

Sylvestre se tenait un peu à l'écart. Ça lui convenait, de n'être plus au centre des débats. D'autant plus que son affaire ne paraissait pas avoir embrasé les ardeurs militantes qu'il redoutait. Ça le rassurait, même s'il lui semblait que quelque chose lui échappait. Ce n'était plus lui qui décidait. C'était comme si on l'avait dépossédé d'un peu de lui-même. Son histoire, on en avait pris note, on l'avait rangée dans une belle chemise et on l'avait classée hors de sa portée, à la discrétion d'autres. Ils pourraient la ressortir, l'ouvrir, mettre son contenu sur la place publique quand bon leur semblerait, sans même lui demander son avis.

Dans le même temps, il ne lui déplaisait pas de se rassurer sur son propre compte. Il n'avait plus le réflexe militant. Jadis, il se serait enflammé, il aurait profité de l'occasion pour réclamer une action, il en aurait pris la tête, même sans la moindre petite chance d'obtenir gain de cause. Au lieu de quoi, il se satisfaisait du délai qu'on lui laissait en reléguant son affaire au rang des détails. Cela lui donnait l'impression de participer, mais discrètement, dans l'ombre. Et ça lui convenait bien.

Dans la cour, Aurélie avait jailli de son camion, mais, au lieu de venir vers ses amis, elle l'avait curieusement contourné. Elle avait disparu dans l'ombre et on l'entendait qui appelait :

— Petits, petits ! Venez là. Venez me voir…

Elle réapparut enfin dans la lumière de la lampe et parut s'excuser, en venant vers eux, d'un geste de ses mains largement ouvertes devant elle.

— Ils ont disparu.

— Qui ça ?

— Trois chats. Ils étaient juste devant moi, dans le faisceau de mes phares. Je les ai bien vus. Ils étaient très beaux. Ce sont vos chats ?

— Non. Ce sont les chats de Sylvestre. Mais pour les caresser, ceux-là…

On pensa tout de même aux présentations.

— Ah, parce que Sylvestre, c'est toi ?

Leurs regards s'étaient accrochés et ne se quittaient plus. Elle eut une petite moue souriante.

— Vouai, dit-elle. Ils te vont bien, tes chats. Pas faciles à apprivoiser…

Elle aurait pu ajouter que ce n'était pas pour lui déplaire. Le genre de difficultés qu'elle ne redoutait pas d'affronter pourvu que le jeu en vaille la chandelle. Sylvestre se contenta de sourire. Il avait compris. Qu'un regard suffise pour lui rappeler qu'il existait encore lui fit chaud à l'âme. Mais qui, d'elle ou de lui, saurait le mieux apprivoiser l'autre ?

9

La soirée s'était prolongée fort tard. On avait repris les débats là où l'arrivée d'Aurélie les avait interrompus, tout en ménageant des parenthèses pour lui révéler tout ce qu'elle ignorait de « la dernière du Ravalot ».

Bien qu'il eût la désagréable sensation de ne plus reconnaître tout à fait son affaire dans la façon qu'avaient les autres de la raconter, Sylvestre se montra plus disposé à participer et même à exprimer ses points de vue. Elle était assise en face de lui. Ils ne se quittaient guère des yeux. C'était comme un jeu, une sorte de bras de fer immobile, totalement contenu dans les regards qu'ils échangeaient et dans leurs paroles. Ils étaient les seuls à avoir compris que, sous couvert de conversation générale, elles n'étaient destinées qu'à eux-mêmes.

Peut-être même se montra-t-il trop détendu. Il n'est pas donné à tout le monde de connaître les stratégies et les façons d'être des habitués de la contestation, de ceux, peu nombreux mais déterminés, pour qui l'affrontement fait partie des moyens les plus légitimes de s'affirmer libres. La facilité avec laquelle il s'exprimait eut tôt fait d'éveiller la curiosité. Il ne se dissimulait plus. De l'instant où Aurélie était entrée dans son cercle le plus proche, sa prudence s'était évaporée. Bien au contraire, il brûlait d'envie de prouver à la jeune femme qu'elle ne lui en remontrerait pas en la matière et qu'il avait même certainement plus d'expérience qu'elle.

— Tu as quel âge ? finit-elle par lui demander.

D'elle, on pouvait attendre n'importe quelle question. Celle-ci semblait tellement arriver comme un cheveu sur la soupe qu'elle fit s'esclaffer Antoinette, un peu choquée.

— Vous êtes bien curieuse !

Sylvestre, lui, avait parfaitement compris. D'un large et beau sourire, elle l'avait remis d'emblée dans un univers de perpétuels affrontements verbaux. Il avait été si longtemps le sien qu'il le retrouvait spontanément. Il s'y trouvait plus à l'aise qu'il ne l'avait été depuis longtemps et en oubliait le voile qu'il avait voulu jeter sur toutes ces années de luttes et de défaites.

Il se redressa, la considéra un instant avec, au coin des lèvres, un sourire un peu penaud, comme s'il allait devoir avouer quelque chose d'énorme.

— J'avais un peu moins de vingt ans en 1968, dit-il.

Elle éclata de rire.

— Je m'en doutais ! Un « soixante-huit-trop-tard »... Il ne manquait plus que ça. Tu en étais, bien sûr ?

En même temps qu'il se retrouvait au centre de tous leurs regards, il réalisait le piège dans lequel il s'était fourré. Il était trop tard. Il s'était trahi. Comment, maintenant, ne plus trop en dire ?

— J'en étais, admit-il. Plutôt deux fois qu'une. Peut-être même de trop.

Il n'en dit pas plus, mais il avait bien vu la lueur de curiosité qui s'était allumée dans le regard d'Aurélie.

— Nous, on était trop jeunes, en 68. On est de la génération qui est venue après, dit la femme du militant écologiste qu'avait invité Joseph.

Sylvestre réalisa en même temps qu'elle parlait qu'il n'avait pas retenu leurs noms, ni à l'un ni à l'autre, et que c'était la première fois qu'elle s'exprimait sans chercher l'assentiment de son mari. Il en fut gêné.

— Et moi, reprit Aurélie, je suis de celle qui est venue encore après. En somme, en matière de contestation, tu es notre père à tous !

Il protesta, vit bien qu'on n'entendait pas.

Seuls Joseph et Antoinette gardaient le silence. Ces considérations d'anciens combattants de mouvements dont ils n'avaient jamais vraiment compris le sens les laissaient froids et même vaguement hostiles. Sylvestre s'en rendit compte. Il tenta de rejoindre leur camp en détournant la conversation vers des sujets moins brûlants. On revint à Ravalot et à la forêt morvandelle, qui valait bien qu'on la défende. Là, il y avait à dire. On consentit à quelques digressions d'Aurélie, qui raconta ses dernières aventures dans le marais nantais. Elle fit rire tout le monde, mais ne parut se satisfaire que des réactions de Sylvestre.

L'heure tournait. Quand on s'en rendit compte, on s'esclaffa : « Juste l'apéro, qu'on avait dit. Ces braves gens, il faut les laisser dîner. Allez, ouste, on s'en va. » Ce fut une volée de moineaux. Sylvestre traversa la cour avec Aurélie. Ils se firent la bise à la portière de son camion, puis il s'enfonça dans l'ombre du petit sentier qui joignait les deux maisons. Elle s'éloignait vers la route quand il poussa sa porte. Il alluma en se demandant si ça valait encore la peine de se préparer un repas. Il était bien tard et ils avaient croqué tant de biscuits apéro, de petites saucisses chaudes et d'amuse-gueule qu'il ne se sentait aucune faim.

Il n'eut pas le loisir de pousser plus loin ses réflexions. Il se passait quelque chose dans sa cour. Le temps qu'il écarte le coin du rideau, il avait compris. Le camion d'Aurélie n'avait rejoint la route que pour s'engager presque aussitôt dans le chemin cahoteux qui menait chez lui. Il vit le pinceau des phares danser une folle sarabande dans les arbres qu'il giflait de lumière.

— Tiens donc ! commenta-t-il pour lui-même, non sans une pensée pour le rideau qui, comme le sien, devait être écarté chez les Caudront.

On aurait pu rêver plus discret. Aurélie, à l'évidence, n'était pas à cela près. Elle ignorait simplement ce genre de contrainte et réussissait surtout à désarmer leurs conséquences par sa seule façon d'être, souriante et sans détour.

Il alla l'attendre sur son perron. Les phares l'éblouirent quelques instants. La cour atteinte, Aurélie les éteignit en même temps qu'elle coupait le moteur de son camion. Dans l'ombre revenue, il entendit claquer la portière et vit la silhouette de la jeune femme naître peu à peu dans la lumière diffuse qui s'échappait de sa porte ouverte.

— Ils sont là, tes chats ? demanda-t-elle en grimpant les marches du perron.

Elle avait le don de le désarmer. S'il s'attendait à avoir à se préoccuper des trois chats !

— Mes chats… répéta-t-il. Ce sont mes chats… si on veut. Ils vivaient ici bien avant que j'arrive. Ils sont restés, voilà tout, mais jamais je ne les ai touchés. On pourrait presque dire que c'est moi qui habite chez eux.

L'hypothèse la fit sourire, mais elle ne releva pas. Elle était déjà passée à autre chose. Elle le dépassa, franchit la porte.

— C'est ça, ta maison ?

— Eh oui. C'est là que j'habite.

— Depuis longtemps ? Je ne te connaissais pas.

— Ça dépend.

— Ça dépend de quoi ? De ton humeur ?

— Non. Ça dépend de quoi on parle. Si c'est de pré- ou de post-68.

Elle sourit de l'allusion en même temps qu'il la regrettait. Il allait falloir entrer dans les explications.

— Ça veut dire quoi ?

— Ça veut dire que, dans le premier cas, ça fait tellement longtemps que c'était même la maison de mes parents. J'y ai passé pas mal d'années de ma jeunesse.

— Et dans le deuxième cas ?

— Ça ne fait que quelques semaines. Je suis venu me percher là pour mes vieux jours.

Elle avait jeté un rapide coup d'œil circulaire sur la pièce, puis s'était installée à la table, sans façon. Il vint s'asseoir en face d'elle.

— Ça doit te changer.

— C'est vrai, mais ce n'est pas désagréable.

— Ça t'ennuie si je reste dans ta cour pour la nuit ? Comme ça, demain matin, je verrai tes chats.

— Pourquoi tu veux que ça m'ennuie ? Au contraire.

Il était partagé entre le plaisir un peu machiste qu'elle ait choisi de venir poser le squat chez lui et la crainte de voir resurgir, à son contact, les vieux démons du passé.

— Tu n'as pas quelque chose à grignoter ? J'ai faim.

Allons bon ! Lui qui avait évacué le problème quelques instants auparavant.

— C'est que… Je n'ai pas grand-chose. Enfin, en rassemblant les restes…

— Attends. Dans mon camion, j'ai ce qu'il faut.

Il préparait des pâtes quand elle revint, les bras encombrés de sachets, de boîtes en plastique et même d'une bouteille. Elle posa le tout sur la table.

— Si on ne s'en sort pas avec ça...

Ils firent la dînette. Ce n'était qu'un prétexte. Elle avait envie de parler, mais surtout de faire parler Sylvestre qui l'intriguait. Elle livra juste ce qu'il fallait d'elle-même pour qu'il n'eût plus d'autre choix que d'en faire autant.

— Parce que, pour toi, lui demanda-t-elle, il y a eu un pré- et un post-68 ?

— Pour moi et pour beaucoup d'autres.

— Mais pour toi ?

Il n'y échapperait pas. Il savait qu'une fois que le fil aurait commencé à se dévider il faudrait bien en tirer la pelote jusqu'au bout. Il y avait tant à dire... Et lui qui était venu se réfugier là pour ne plus avoir à y penser...

— Oh, pour moi, quel intérêt... tenta-t-il d'éluder.

C'était pour le moins maladroit. Il lui aurait maintenu qu'il était simplement rentré dans le rang, comme tant d'autres, elle aurait été déçue mais s'en serait trouvée désarmée. En entretenant le mystère, il la laissait libre de tout imaginer. Elle insista :

— Bon, mais 68, ça ne s'est pas arrêté pour tout le monde. Les autonomes, le Larzac... J'aurais bien voulu en être, moi. J'étais juste un peu jeune. Tu as vécu ça, toi.

Ce n'était même pas une question. Dans le calme nocturne de la maison, ils étaient face à face, terminant leur repas d'une pomme qu'ils n'en finissaient pas d'éplucher. Elle avait un si beau regard, que valorisaient encore les ombres laissées par le modeste éclairage de la pièce. Ce n'était qu'une impression, mais il lui semblait parfois qu'elle en jouait pour le mettre à nu, pour qu'il n'ait plus d'autre choix que de se raconter.

Parler… Laisser s'échapper le flot de paroles qu'il sentait grouiller en lui… Jamais il n'avait parlé. Et si c'était ça, cette lourde contention des épreuves endurées, qui le laissait perpétuellement au bord du gouffre ? Parler, comme on dépose un fardeau. Laisser les mots s'échapper pour rompre avec les angoisses qu'ils décrivaient…

Après tout, se dit-il. Pour que ce soit dit une fois pour toutes, pour m'en libérer… Oui, c'est ça, me libérer…

10

C'était évidemment en mai 68 que tout avait basculé. Avant cela, Sylvestre savait-il seulement qu'il était en révolte contre son père ? Son père et le reste du monde, ce monde vieillissant, sclérosé, pris dans le carcan de ses règles surannées, incapable de discerner la formidable dynamique que lui, Sylvestre, comme tous les jeunes de son âge, était prêt à insuffler à tout cela, pour que ça change, pourvu qu'on le soulage du poids de l'autorité écrasante à laquelle il se sentait assujetti.

L'affaire des travaux de la maison en avait été le meilleur exemple en même temps que le catalyseur de toutes ses rancœurs. Que ne l'avait-on laissé faire ? Il avait des idées, Sylvestre. Il avait du monde une conception moderne et active qui ferait table rase de toutes ces petitesses dès qu'il serait libre de s'exprimer.

Oui mais, en attendant cette échéance tant désirée qui n'interviendrait qu'au jour si lointain de son vingt et unième anniversaire, il n'y avait pas d'autre choix que d'obéir. C'était comme ça et personne encore, autour de lui, n'avait l'idée qu'il puisse en aller autrement.

Encore heureux que la nature de Sylvestre l'ait poussé, dans ce temps de révolte refoulée, à se réfugier dans le seul espace apaisé qu'il se connût : celui des études, dans lesquelles, en garçon raisonnable et travailleur, il voyait alors le meilleur moyen de se préparer à l'avenir décomplexé qu'il se promettait.

Ce fut dans cet état d'esprit qu'il réussit brillamment son bac. Après une année préparatoire, il put intégrer à la rentrée 1967 l'école de commerce parisienne dont il guignait le diplôme.

Tout se passa au mieux dans un premier temps. Mais vint le printemps 1968. Paris s'embrasa. D'abord, à l'abri de sa grande école, Sylvestre n'y comprit rien et refusa de s'en mêler. Mais les échos du grand chambardement qui révolutionnait le Quartier latin firent plus que battre au seuil de son vénérable établissement. Comme les autres, il connut de tumultueuses « assemblées générales ». Puis les cours furent suspendus.

Sylvestre, désœuvré, aurait pu alors faire le choix de reprendre le chemin du Morvan et d'aller y attendre que les choses se calment. Outre que l'idée ne lui en vint pas, il eut la curiosité de chercher à comprendre. Il commença par éviter comme la peste les manifestations de rues et les affrontements avec les forces de l'ordre. Mais il devint vite un habitué de tous les « forums » et de toutes les « assemblées générales » qui faisaient florès.

Ce fut notamment à la Sorbonne que lui vint la révélation. Que faisaient tous ces jeunes déchaînés si ce n'était remettre en cause et condamner sans appel cette société d'un autre âge qui s'obstinait, selon eux, à brimer les libertés ? Qu'on les laisse faire, et on verrait bien si le monde n'avancerait pas mieux ! En quelques jours, le sage étudiant ayant pour seul horizon son diplôme et sa majorité passa du fond des amphis, où s'entassaient discrètement les paisibles et timides observateurs, aux premiers rangs, là où bouillonnaient les idées.

De là à passer aux actes, il n'y avait qu'un pas que Sylvestre franchit gaillardement en adhérant avec enthousiasme à un groupe évidemment « révolutionnaire » et partisan des solutions les plus radicales. Le changement qui s'opéra en lui le fut plus encore. Il avait trop longtemps refoulé sa révolte. Elle n'explosa qu'avec plus de violence. Il fut dès lors de toutes les manifestations de rues, de tous les accrochages, de toutes les escarmouches que les groupes les plus extrémistes s'ingéniaient à multiplier pour s'affronter aux forces de l'ordre. Il prit des coups, mais en donna certainement plus encore. Sa réputation fut vite faite. On le mit systématiquement en avant et il ne tarda pas à assumer des responsabilités.

Mais il n'y avait pas que ses compagnons de lutte pour l'avoir remarqué. Les indicateurs de la police qui truffaient les manifestations eurent tôt fait de transmettre son signalement à leurs commanditaires. Il fut fiché, repéré, recherché. Plusieurs fois arrêté, il ne dut qu'à l'encombrement des cachots d'être assez vite relâché, non sans, à deux ou trois reprises, avoir subi des passages à tabac censés lui faire passer le goût de la bagarre. Ils ne firent que décupler sa hargne et sa volonté d'en découdre.

Quand survint le week-end de la Pentecôte et que tout se débanda, il fut de ceux qui, loin de se résigner, hurlèrent à la trahison, à l'abandon en rase campagne, et qui jurèrent que ce n'était qu'un début. Ecœuré, il traîna quelques semaines dans les rues de Paris, espérant toujours que la lutte reprendrait, mais sans que jamais l'idée lui vînt d'aller se calmer et panser ses plaies en Morvan. Il n'en avait certainement pas encore conscience, mais la vérité était qu'il avait totalement rompu avec son existence antérieure. Il se projetait déjà avec une force incroyable dans un monde rêvé, exempt de toutes contraintes et où triompherait tout un fatras d'idées qu'il croyait nouvelles et dont personne ne lui dit jamais que leur manquait le ciment des réalités.

Cet été-là, il suivit un groupe de comparses bien décidé à aller fonder un autre monde dans une vieille ferme de Lozère que possédaient les parents de l'un d'eux. L'expérience lui laissa un goût amer. Il en revint à l'automne, retrouva quelques amis. Ils passèrent l'hiver vaille que vaille dans un squat du XXe arrondissement. Il s'y enticha de quelques hippies et rêva de partir avec eux au festival de Woodstock. Il n'avait évidemment pas le premier sou du billet d'avion. Eux avaient les moyens de se les payer, ce qui ne manqua pas de l'étonner. Il n'en resta pas moins seul, mais parvint in extremis à s'agréger à un groupe en partance pour l'île de Wight, moins lointaine. La prestation de Bob Dylan lui fut une révélation.

Il fallut pourtant penser à revenir en France. Ce fut en débarquant au Bourget qu'il se fit arrêter. On ne l'avait pas oublié. On lui chercha des noises. On lui fit bien savoir que, quoi qu'il fasse, on n'en avait pas fini avec lui. Puis, comme on ne trouvait rien pour justifier son maintien à l'ombre, on le relâcha en lui disant à bientôt…

Ce séjour injustifié en prison expliqua en partie son passage à un niveau supérieur de radicalisation. Rendu à la liberté mais furieux, il eut tôt fait de rencontrer quelques jusqu'au-boutistes comme lui qui se constituaient alors en mouvements « autonomes ». Ceux-là avaient bien plus pour référence la bande à Baader, dont la violence sévissait au-delà du Rhin, que l'idéal un peu fumeux des adeptes soixante-huitards de la liberté pour tous et en tout.

Sylvestre ne s'étendit pas sur cette période de son existence. Aurélie n'insista pas. Il y avait eu alors trop de violences, de casses, d'attentats et même de meurtres. A quelque niveau qu'il y ait été mêlé, elle comprenait qu'il préférât garder cela pour lui.

Heureusement, il y avait eu l'affaire du camp militaire du Larzac pour l'éloigner de Paris. Comment aurait-il pu ne pas en être ? Une fois de plus en première ligne, une fois de plus au nombre des plus enragés, il n'en gardait pas pour autant un mauvais souvenir. Il y avait eu là-haut, sur le plateau battu de tous les vents, de grands moments de solidarité et de fraternité entre manifestants et autochtones. Mais surtout, c'était sur le Larzac qu'il avait fait la connaissance de celle qui devait devenir son épouse.

— Parce que tu as été marié ? sursauta Aurélie.

Eh oui. Et pourquoi pas ? Nathalie était une militante occasionnelle. Avec quelques amies, elle était venue là, le temps d'une semaine de vacances, chercher le grand frisson de l'aventure, auprès des vrais, des purs, des durs, comme Sylvestre, dont le combat dépassait largement le seul cadre de l'extension du camp militaire à laquelle ils s'opposaient.

Alors que s'achevaient les années soixante-dix, le Larzac était le point de fixation d'une contestation qui sentait le vent tourner. Jusque-là indifférentes sinon méfiantes, les classes populaires adhéraient en grand nombre en même temps que montait l'espoir d'un vrai changement. Tenir bon ! Il fallait tenir bon jusqu'à l'avènement de ce grand soir tant espéré. Ils y avaient cru… même s'il n'a pas fallu attendre le milieu des années quatre-vingt pour que la déception reprenne le dessus.

Entre-temps, Sylvestre avait tiré sa révérence. Nathalie l'avait remonté à Paris. C'était elle qui l'avait littéralement désintoxiqué. Ils s'étaient mariés. Elle lui avait trouvé un job qui lui plaisait. Il secondait un libraire un peu anarchiste dont il devint rapidement le bras droit. Pendant que son patron disparaissait des jours entiers à la poursuite de ses chimères, Sylvestre, qui s'était pris de passion pour les livres, tenait la librairie et la faisait prospérer.

La naissance de Thomas, en 1987, aurait pu sceller une fois pour toutes son destin d'homme tranquille partageant sa vie entre son foyer et ses livres. Il en fut quelques années ainsi. Mais il est des marques laissées par le passé qui ne s'effacent jamais totalement. Il reconnut un jour, dans un client de la librairie, un ancien comparse de ses années les plus folles.

Ce fut de grandes retrouvailles. Ils prirent l'habitude de se retrouver, certains soirs, dans une taverne place de Furstenberg. La curiosité leur vint de savoir ce qu'étaient devenus leurs anciens amis. Un groupe se reconstitua. Plus question de manifestations. Juste le plaisir équivoque de discussions à n'en plus finir au cours desquelles ils refaisaient indéfiniment le monde tel qu'ils l'avaient rêvé.

Nathalie n'apprécia pas. Elle vit le danger, ne sut pas y parer. Elle crut pouvoir imposer à Sylvestre de renoncer. Il ne céda pas. Leurs rapports s'envenimèrent. La malchance voulut que cela aille en empirant jusqu'à ce que le « plan Juppé » de réformes du régime des retraites et de la sécurité sociale provoque les grandes grèves de l'automne 1995. A nouveau les « manifs », à nouveau la contestation. Ils crurent le beau temps revenu. Pour Sylvestre, ce fut, par-dessus le marché, un moyen plus ou moins conscient d'échapper aux scènes de plus en plus fréquentes qui l'opposaient à Nathalie.

Elle demanda le divorce au moment même où le libraire qui employait Sylvestre, furieux de ses absences répétées et lassé d'un commerce qui ne l'intéressait pas vraiment, décida brutalement de mettre la clef sous la porte. En quelques jours, Sylvestre se retrouva seul, sans lieu où aller et sans travail. La belle solidarité des années soixante avait fait long feu. Il n'avait personne vers qui se tourner. Il ne réagit pas, se laissa glisser...

Commencèrent alors les années les plus sombres de son existence. Il connut les bas-fonds de la misère. A y réfléchir, des années plus tard, il lui semblait qu'il s'y était complu. Il n'avait rien fait pour s'en sortir, subissant sans broncher, résigné et peut-être convaincu que tout cela finalement était dans l'ordre des choses.

Il ne dut son salut qu'à un brave homme qui l'avait repéré, dans le quartier où il zonait habituellement, et qui s'inquiétait un peu pour lui. Il s'arrêtait parfois à sa hauteur, quand Sylvestre faisait la manche, assis à même le trottoir. Il glissait un petit billet dans sa poche et lui faisait la conversation quelques minutes.

« Je t'ai trouvé un boulot », lui avait-il annoncé un jour.

Sylvestre s'était contenté de hausser les épaules, mais il avait tout de même tendu l'oreille.

« Oh, ce n'est pas grand-chose. Ce n'est pas bien cher payé, mais ça pourrait te dépanner. C'est gardien de nuit. C'est un commerçant du coin qui a toujours peur qu'on lui pirate son dépôt. Tu y arrives le soir. Tu fais le tour. Si tout va bien, tu as un lit dans un bureau. C'est même chauffé l'hiver. T'attends le matin et puis basta. »

Ce fut la perspective de passer les nuits d'hiver au chaud qui avait décidé Sylvestre. Le brave homme l'emmena chez lui, lui ouvrit sa salle de bains et lui brossa même ses vêtements pour qu'il soit à peu près présentable. Sylvestre fut embauché et passa dès lors toutes ses nuits, durant près de dix ans, au coin du radiateur, dans un petit bureau où, chaque matin, il lui fallait replier le lit de camp qu'on lui avait octroyé.

Il atteignit ainsi l'âge de la retraite. On lui alloua une pension. Elle était évidemment tellement maigre que, lorsqu'il avait payé le loyer pourtant modeste de la petite chambre qu'il s'était trouvée, il ne lui restait pratiquement rien pour vivre. Il tint ainsi quelques mois, comprit vite que ce ne serait pas vivable longtemps. L'horizon s'obscurcissait à nouveau quand il retrouva les clefs de la maison de ses parents au fond d'un sac. L'idée lui vint qu'il pourrait peut-être s'y réfugier.

A force d'économie, au temps où il était gardien de nuit, il avait réussi à se payer une vieille voiture sur l'entretien et trop souvent le dépannage de laquelle il portait une attention jalouse. Elle put contenir sans peine tout ce qu'il possédait et parvint encore à le transporter sans encombre jusqu'à Chamasson.

— Voilà, dit-il. Tu sais tout, ou presque. Je ne sais pas pourquoi je me suis lancé à te raconter tout ça. Tu es bien la première à qui ça m'arrive de me confier. Je ne sais pas... Peut-être cette soirée... Enfin bref, tu sais tout.

Aurélie l'avait laissé parler sans jamais l'interrompre. Elle se tenait penchée sur la table, devant lui, le menton posé sur ses poings, et elle ne le quittait pas des yeux.

— Et ta femme, ton gamin ?

— J'ai perdu le contact. Je ne sais pas ce qu'ils sont devenus. Ça m'est bien arrivé de repasser devant notre appartement. Ils n'y étaient plus. Depuis... Plus rien.

— Et tu ne voudrais pas les retrouver ? Ton gamin au moins...

— Comment faire ? Et puis... Quelle image il doit avoir de moi ?

Elle n'insista pas. Ce n'était pas le moment. Mais déjà elle entrevoyait le rôle que, peut-être, un jour, elle aimerait jouer.

— Et tes parents ? Jamais tu n'as eu envie de les revoir ?

Il hocha la tête tristement.

— C'était à l'automne 68, reprit-il. Quand je suis remonté de Lozère. La belle communauté que nous voulions créer partait déjà à vau-l'eau. Je n'ai pas attendu que ça coule pour de bon. Je n'avais plus rien, plus un sou. Je me suis arrêté ici, chez mes parents. Ils m'ont reçu, mais j'ai vite réalisé qu'ils n'avaient pas d'autre idée en tête que de me reprendre en main. Ils ne pouvaient pas comprendre. Au lieu d'admettre, de tenter de faire avec, ils ont voulu en revenir très exactement là où on en était avant mai 68. Ça n'a évidemment pas marché. Ça s'est même fini par une engueulade grave avec mon père. J'ai décidé de partir. Il a fait l'erreur de me dire « Si tu franchis cette porte, ce sera pour toujours. Ce ne sera pas la peine de revenir »... Je ne suis pas revenu.

Toujours le menton appuyé sur ses poings, au ras de la table, elle lui adressa un lumineux sourire. Celui qu'il lui rendit la rassura. Il n'avait rien de la tristesse ou de la nostalgie qu'elle aurait regretté d'y trouver. Il exprimait surtout un grand soulagement. Peut-être Sylvestre, avant de se jeter dans ce grand récit, ne s'en croyait-il pas capable. Il venait de remporter une grande victoire sur lui-même. Elle avait conscience d'en avoir été l'artisan et ce n'était pas son moindre plaisir. Maintenant, il fallait tourner la page.

— Tu as vu l'heure ! s'exclama-t-elle tout à coup. On est là à causer... Bientôt la nuit sera passée. Tu n'aurais pas une tisane ou quelque chose comme ça ? Après, je file.

— Tu files ?! Tu ne vas pas reprendre la route...

— Non. Je file dormir dans mon camion.

— Tu ne vas pas dormir dans ce truc-là !

Dans leurs regards brillait la même braise un peu provocatrice.

— Et où veux-tu que je dorme ? Dans ton lit, peut-être !

La tentation était si grande. Il savait qu'il ne serait pas nécessaire d'insister beaucoup. Il se souvint tout à coup de son âge, de ses cheveux grisonnants, de son renoncement, des raisons pour lesquelles il était venu se réfugier là. De quoi aurait-il l'air ?

— Je... je disais ça comme ça... bredouilla-t-il. Si tu dis que tu y es bien, dans ton camion...

Elle marqua le coup. Ce n'était certes pas la réponse qu'elle attendait. Mais elle se reprit vite :

— Demain, si tu veux, je te montrerai. Tu verras que c'est confortable. Il y a même le chauffage. Je l'ai branché en arrivant. Il doit y faire tout doux, dans mon camion.

Ils burent leur tisane en silence, l'un en face de l'autre. Il ne quitta pas des yeux le fond de sa tasse.

— Allez, j'y vais, dit-elle en reposant la sienne.

Il lui dit bonsoir sur le perron, attendit que la lumière se soit allumée dans son camion et rentra. Il se sentait malheureux. Une fois de plus, il s'était dérobé. Il avait dû la décevoir. C'était toujours la même chose. Il s'était si souvent laissé emporter par des illusions qu'il en était devenu incapable d'accomplir ses actes jusqu'au bout.

Etait-ce cela, la libération escomptée ?

11

Le lendemain à l'aube, il fut réveillé par le bruit du camion qui démarrait. Il l'entendit cahoter dans les ornières du chemin, puis s'engager sur la route.

C'est aussi bien comme ça, se dit-il sans en penser un mot.

Quand il descendit, à l'endroit précis où il avait ramassé la lettre d'Agathe le jour de son arrivée, il trouva un mot qu'Aurélie avait glissé sous la porte. *Je continue mon errance*, écrivait-elle. *Je repasserai un de ces jours. Merci pour la soirée. Ce fut un moment très fort.*

Il chiffonna le papier, le jeta dans la cheminée. « Un moment très fort... » Savait-elle au moins à quel point il avait pu l'être pour lui ? Savait-elle l'effort énorme qu'il avait dû consentir pour libérer tous les mots de ce récit avec lesquels elle était partie, sans se soucier de la déchirure qu'elle lui laissait ? Il s'en voulait de s'être laissé aller. Il s'était découvert. Que ferait-elle de tout cela ? C'était la paix de son refuge qu'il avait inconsidérément dilapidée. Plus jamais il n'y serait le simple fils des Tardy. Il lui avait donné de quoi faire de lui ce qu'il était ; un réprouvé, un être plombé à jamais par un passé équivoque, un paria de la société. A nouveau et à jamais, il faudrait qu'il assume.

Comme à son habitude quand l'humeur était morose, il s'était assis sur la plus haute marche du perron et laissait tourner le moulin à idées noires. C'était l'heure où les trois chats évoluaient à proximité de la maison, attendant le lait qu'il ne manquait pas, chaque matin, de leur servir dans une écuelle posée sur les marches. Il les vit sortir du bois l'un après l'autre et s'asseoir, très droits, très dignes, à la limite de la cour, juste en face de lui. Que le camion ait disparu ne semblait pas les chagriner outre mesure.

— Vous vous en foutez, vous, leur dit-il. Vous avez la bonne part.

A sa plus grande surprise, il les vit se relever et venir vers lui, à pas comptés, la queue toute droite. Ils vinrent jusqu'au perron, mais durent décider d'un commun accord que c'était là un acte d'une telle familiarité qu'il n'avait pas à être poussé plus loin. Ils se couchèrent au pied de la première marche. Les paupières à demi closes, ils ne le quittaient pas des yeux et ronronnaient. Il en fut ému. Allons, si ceux-là au moins lui manifestaient à leur façon une telle sympathie, c'était qu'il restait tout de même un peu de lumière quelque part.

— Je vais vous chercher du lait, leur dit-il en veillant à se lever aussi doucement qu'il le put pour ne pas les effaroucher.

Il discerna la tension de leurs corps prêts à fuir, mais ils ne bougèrent pas. Quand il revint avec sa bouteille de lait, ils étaient assis en rond, à bonne distance de l'écuelle, et attendaient. Il les servit, recula de deux pas. Ils hésitèrent un instant, puis la tentation l'emporta sur la méfiance. Ils vinrent laper le lait en faisant mine de se désintéresser de lui. Il eût suffi d'un geste pour qu'ils se sauvent. Il s'en garda bien et leur abandonna même le terrain en se retirant aussi discrètement qu'il le put, dans sa maison.

Ils lui avaient changé les idées. Il lui parut tout à coup urgent de faire quelque chose, de ne pas rester là à ruminer ses inquiétudes et ses amertumes. Mais quoi faire, quoi entreprendre ? D'abord prendre du champ, sortir d'entre ces quatre murs où il étouffait. Enfiler le premier chemin venu et se perdre dans l'espace, fendre du bois ou s'attaquer au nettoyage du puits tant de fois envisagé et toujours remis à plus tard… N'importe quoi, mais faire quelque chose…

Il attrapa son inévitable cache-col qui traînait sur le dossier d'une chaise, se le noua autour du cou et sortit. Pour un peu, il se serait cogné à son voisin qui levait déjà la main, en escaladant les trois marches du perron désertées par les chats, pour frapper à sa porte.

— Ah ben, Joseph ! Vous veniez me voir ?

— Tu partais ?

— Non, simplement j'allais prendre l'air. Entrez donc.

— Non, pas la peine. Je voulais te dire… Ça t'a plu, hier soir ? Ça fait toujours plaisir, une petite causerie comme ça, non ?

Il venait aux nouvelles. Sylvestre en sourit sans trop le montrer.

— Vouai, sympa, confirma-t-il. Même que, nous, on a prolongé, se mouilla-t-il tout de suite pour ne pas laisser tout l'avantage au vieux.

— C'est ce qu'on a vu. Un numéro, l'Aurélie. Et la voilà déjà repartie…

— A l'aube ! Elle m'a laissé un mot en me disant qu'elle repasserait un de ces quatre. On le reverra, son camion.

— Ça me fait plaisir pour toi.

Ça, c'était une allusion directe à ce qu'il imaginait !

— Oh, vous savez, moi… La solitude me va aussi bien.

— Tu dis ça, mais les bonnes grâces d'une gentille petite femme comme ça, ce n'est pas pour déplaire, pas vrai ?

Démentir, remettre les choses dans leurs vraies perspectives ? A quoi bon. L'autre n'en croirait pas un mot. Après tout, quel mal y avait-il à ce qu'il en pense bien plus qu'il ne s'en était passé ? Sylvestre renonça à argumenter. Il préféra changer de sujet :

— Vous ne savez pas ? Les chats, ils sont presque venus dans mes jambes, ce matin.

— Quand je te disais… Les sauvageons, c'est fait pour s'entendre ! Mais, tu sais, les bêtes, ça les sent, ces choses-là. Tu as beau dire, tu as beau faire, tu n'es plus tout à fait le même, ce matin. Ils l'ont bien senti, marche.

Sacré Joseph ! Il n'en démordrait pas. Et Sylvestre qui se faisait tant de reproches pour ne pas avoir été à la hauteur... Par chance, le vieux s'était trouvé un bon prétexte pour venir faire parler son voisin. Il s'en souvint juste à temps :

— Dis, au fait, ton pré, celui de la source, tu ne voudrais pas le faire brouter ? C'est que ça lui ferait du bien. Si tu le laisses comme ça, il va finir par se prendre en ronces et en fougères.

— Vous voulez y mettre vos vaches ? Allez-y, pas de problème. Pour ce que j'en ferai...

— Penses-tu, mes vaches, elles ont bien assez comme ça ! Un bourricot. Tu ne veux pas un bourricot ? J'ai un ami, il en a un. Il ne sait plus quoi en faire. Il avait payé ça à son petit-fils. Tu parles ! Il ne vient plus jamais. D'abord, il ne s'y est pas trop intéressé, à la bourrique. Maintenant, il a grandi. Pense plus qu'aux filles ! Alors, si tu le veux, sûr que ça l'arrangerait. Lui, les bêtes, ce n'est pas trop son truc. Sorti de son jardin et de sa télé, il n'y a plus personne. Ça te dirait, une bourrique, là-derrière, dans ton pré ?

Sylvestre en resta sidéré. Un âne ! Posséder un âne, avoir à s'occuper d'un âne... Avait-il jamais envisagé pareille chose ? Il fallait qu'il en reçoive la proposition pour qu'il réalise qu'il y avait, pour lui, deux espèces d'hommes. Ceux qui possédaient des bêtes, avaient le savoir nécessaire, mais leur étaient attachés comme à une sorte de servitude. Et puis ceux qui n'avaient à se soucier que d'eux-mêmes, qui ne savaient rien de l'art de commander aux bêtes et ne s'en souciaient pas.

Ses parents avaient eu un chien. Il en évoquait le souvenir avec plaisir. L'idée de s'attribuer une part de la possession de cet animal qu'il aimait bien ne lui serait pourtant jamais venue à l'esprit. C'était le chien de ses parents. Lui n'intervenait en rien dans cette affaire-là.

De la même façon, il s'était gagné la sympathie des trois chats en se gardant bien d'intervenir dans leur existence. Ce qu'il redoutait le plus, c'était la dépendance. Et il lui semblait qu'elle liait autant les maîtres que leurs animaux. Il n'était qu'à voir à quel point ses trois vaches imposaient leur rythme à l'existence de Joseph. Supporterait-il de se contraindre aux exigences de l'entretien d'un âne ?

— Vous croyez que je saurai ? demanda-t-il au vieux bonhomme que le cours des pensées de Sylvestre aurait effaré.

Joseph s'esclaffa.

— Pour un âne ! Faut pas être sorti de Saint-Cyr pour avoir un âne sur son pré ! Tu vas lui dire bonjour une fois de temps en temps. Tu lui amènes une carotte ou un croûton de pain. Ça fait bien l'affaire.

— Et l'hiver ? Comment je ferai, l'hiver ?

— Ça passe l'hiver dehors, un âne. D'ailleurs, chez le copain, tu verrais ça. C'est qu'il est à la dure, le bourricot. Ce sera toujours mieux ici. Si tu veux, je t'aiderai à lui bâtir un bout d'abri. Ou bien, les jours de plus grand froid, tu le rentreras dans ton écurie. Tu lui mets une fourchée de foin et il est content. Alors, je lui dis de te l'amener, cette bourrique ?

Un âne derrière sa maison... Ce serait comme une affirmation qu'il était bien chez lui, qu'il s'y installait, qu'il prenait possession de son espace en même temps que celui-ci lui imposait sa marque. C'était là que résidait la tentation, mais il y avait toujours, comme dans chacun de ses actes, cette réserve, cette inquiétude de se faire subtiliser un peu de sa farouche indépendance.

— Je ne sais pas trop... hésita-t-il encore.

— Qu'est-ce que tu t'inquiètes ! Je t'aiderai. Si tu ne sais pas, je m'en occuperai, moi, de ta bourrique.

Il comprit que Joseph en avait surtout très envie pour lui-même.

— Vous n'avez qu'à le prendre, vous.

Le vieux fit la grimace.

— C'est l'Antoinette. Elle ne veut pas. Elle dit qu'on ne met pas un âne avec des vaches. Et puis, tout de même, mon pré, une bête de plus, ça ferait juste.

— Bon, si ce n'est que pour le pré et pour qu'il ne soit pas avec les vaches, il n'a qu'à l'amener, votre ami. Mais vous m'aiderez ?

— Promis. Pour ce qu'il y a à faire, sur un âne...

Comme de juste, Aurélie réapparut le jour même où l'âne prenait possession de son nouveau domaine. Elle s'enthousiasma, exigea d'aller sur-le-champ faire sa connaissance. Sylvestre y consentit. Elle fit un crochet jusqu'à son camion, en ouvrit la porte, appela :

— Allez, viens. On va se promener.

Un grand chien en jaillit. Le poil raide poivre et sel, le regard sombre à demi dissimulé derrière d'épais sourcils, il vint gambader autour des jambes de Sylvestre.

— D'où tu le sors, celui-là ?

— Je l'ai trouvé. Un chien abandonné. Pauvre bête. Je ne pouvais pas le laisser comme ça. Je l'ai pris. Il est gentil, tu sais.

Sylvestre n'en doutait pas, mais une vague inquiétude le tarabustait. Il lui semblait qu'entre l'âne et ce chien il y avait comme une concomitance qui pourrait bien finir par porter ombrage à sa tranquillité.

— Et mes trois chats, qu'est-ce qu'ils vont en dire, de ton clebs ?

— Oh, ils s'y feront. Il n'est pas méchant. Et puis d'abord, il ne court pas après les chats. Tu n'aimes pas les chiens ?

— Si, si, bien sûr. Mais enfin… Un âne, un chien… On va bientôt faire ménagerie, ici.

— Tu es bien râleur, aujourd'hui.

Ils s'étaient engagés dans le chemin à peine tracé qui conduisait au pré en sinuant entre les arbres.

Le chien, nez au sol, investiguait ce nouveau terrain d'ébats. Aurélie se pendit au cou de Sylvestre, se serra contre lui.

— Tu n'es pas content que je sois revenue ?

Elle l'obligea à s'arrêter et lui fit face.

— Qu'est-ce que tu vas chercher ? Bien sûr que je suis content. Je suis content que toi, tu sois revenue. Mais tous ces animaux... Je n'y retrouve plus ma vie, moi.

Bras tendus, les mains dans sa nuque, elle le dévisageait avec le sourire vaguement carnassier de celle qui, cette fois, n'est pas décidée à laisser échapper sa proie.

— Oublie-les, dit-elle. Pense à nous.

Le moyen de faire autrement ? Il posa ses mains sur ses hanches, l'attira à lui. Elle enfouit la tête dans son épaule et se serra contre lui, de tout son corps.

Mais elle interrompit vite leur étreinte.

— Viens, dit-elle en le prenant par la main. Viens me montrer cet âne. On rentrera après.

Il était évidemment tout en haut du pré, non loin de la source. Ces deux inconnus qui montaient vers lui en l'appelant ne lui disaient rien qui vaille. S'il ne chercha pas à fuir, montrant par là qu'il était un âne bien élevé, il ne fit pas un pas vers eux. Ils l'atteignirent à bout de souffle.

— Qu'est-ce qu'il est mignon ! s'émerveilla Aurélie en le prenant par le cou et en lui faisant mille mamours.

Il se laissait faire paisiblement, mais ne semblait pas particulièrement sensible à ces débordements d'affection. Ce fut Sylvestre qui l'intéressa beaucoup plus lorsqu'il sortit de sa poche les deux croûtons de pain qu'il avait pris la précaution d'emporter. Se dégageant doucement des bras d'Aurélie, il vint jusqu'à lui et tendit des lèvres gourmandes.

— La gueule, dit-elle, un peu vexée. Il n'y a que ça qui compte.

Civilement et peut-être dans l'espoir que d'autres croûtes de pain jailliraient des poches de Sylvestre, il les raccompagna jusqu'à la porte du pré. Ils lui distribuèrent encore quelques caresses, puis, main dans la main, reprirent le chemin de la ferme. Le chien y était déjà.

12

Cette nuit-là, le camion fut déserté. Ce qui n'échappa pas à la sagacité de Joseph. Pendant qu'Antoinette préparait le café du petit déjeuner, embusqué au coin de son rideau, il surveillait la cour de son voisin, dans laquelle il ne se passait rien.

— Quand je le disais... Ce coup-ci, il a emballé, le Sylvestre. Si on avait cru ! Va donc t'y fier. Pour un peu, on l'aurait plaint. T'as vu ça comme il sait y faire, le fils Tardy ?

Tel n'était évidemment pas le point de vue d'Antoinette. Elle ronchonnait pendant que Joseph, hilare, ne quittait pas le coin du rideau.

— Ce que c'est bête, les hommes, grommela-t-elle. Tu n'y as même rien vu. Il n'en faut pas beaucoup pour te berner. Où c'est que tu as vu que c'est lui qui a emballé, comme tu dis ? C'est elle, bien sûr. C'est elle qui l'a allumé, comme on allume une chandelle. Si c'est pas un malheur. Si c'est pas une honte. Une fille pareille...

— Ils font bien ce qu'ils veulent.

Non seulement Joseph ne voyait là rien de bien choquant, mais, au fond de lui, il enviait bien un peu ces façons de faire décomplexées. Il eût été un temps, elles l'auraient bien arrangé. Pas question, bien sûr, d'exprimer ça aussi crûment devant Antoinette, qui n'aurait certainement pas apprécié. Il n'en trouvait pas moins réjouissant que son épouse, qui, à quelques jours de là, paniquait à l'idée de rencontrer leur nouveau voisin, en soit maintenant à prendre sa défense. Le pauvre homme victime de l'agression d'une effrontée !

Sylvestre n'avait certainement pas le même point de vue. Depuis son coin de rideau obstinément relevé, Joseph le vit apparaître, le temps de servir aux trois chats leur ration quotidienne de lait, puis disparaître aussi vite.

Un bon petit déjeuner en tête à tête après une nuit d'amour, pensa-t-il. Ne sont pas heureux, ces jeunes-là ?

Il n'y avait plus rien à voir. Il laissa retomber le rideau et vint s'asseoir devant son café, qu'Antoinette venait de lui servir. Après tout, le Sylvestre, il n'avait guère qu'une bonne dizaine d'années de moins que lui. Elles n'en faisaient pas moins la différence. Il considéra sans indulgence son épouse qui s'était installée en face de lui et qui, la mine toujours aussi chiffonnée, se réchauffait les mains à son bol.

Peut-être bien que ce sont eux qui ont choisi le bon côté du manche, osa-t-il penser pendant qu'Antoinette, occupée de ses scrupules, ne se souciait pas plus de lui que d'habitude.

Ils n'eurent plus qu'à se faire à la présence du camion dans leur paysage quotidien. Ils ne parurent d'ailleurs pas s'en formaliser. Ce fut à peine s'ils marquèrent une certaine curiosité pour ce nouveau changement intervenant dans le cadre de leur existence pourtant si longtemps immuable. Mais ils n'aimèrent pas l'insistance que mettait Aurélie à vouloir les approcher.

Sylvestre, au moins, avait eu le bon goût de comprendre dès le premier instant que sauvages ils étaient, sauvages ils entendaient rester. Il leur parlait de loin, attisant leur curiosité mais s'en tenant là. Si vous en voulez plus, semblait-il leur dire, à vous de faire le premier geste. Ils s'en gardèrent bien. Il leur suffisait de profiter de cette présence dont ils découvraient qu'elle leur avait peut-être manqué.

L'activisme d'Aurélie dépassait amplement leurs capacités à frayer avec de nouveaux venus. Dès qu'elle s'approchait d'eux, malgré ses mines aguichantes et ses « Petits, petits, venez donc... venez que je vous caresse », ils s'éloignaient. La queue toute droite, l'air vaguement offensés, ils s'enfonçaient dans le sous-bois et mettaient quelques broussailles entre elle et eux. De là, ils l'observaient à nouveau, à bonne distance, avec des airs ulcérés de vieilles filles à qui on aurait manqué de respect. Elle s'en amusait. Ils en étaient d'autant plus offusqués et finissaient par s'éloigner, toujours aussi dignes, toujours sans avoir l'air de se presser, mais avec le sentiment très net de se faire un peu déposséder de leur territoire.

— Laisse-les donc, lui disait Sylvestre. Ce sont de vrais sauvageons.

— Dommage. Ils sont si beaux.

— C'est peut-être pour ça qu'ils sont beaux, parce qu'ils sont sauvages.

Elle éclatait de rire.

— Je te reconnais bien là, sauvageon toi-même !

Il jubilait. Elle l'avait si bien compris.

Sans se prendre la tête, il acceptait les choses telles qu'elles venaient. C'était elle, évidemment, qui avait décidé de tout et qui continuait de mener le jeu. Il ne cherchait même pas à discerner les raisons qui avaient bien pu la pousser à jeter son dévolu sur lui. Le bonhomme usé, grisonnant, mal attifé, tel qu'il se voyait, avait depuis longtemps fait une croix sur ce qui avait pu être, dans une autre vie, son pouvoir de séduction. Il avait cru avoir simplement tourné la page et ne s'en était pas trouvé plus mal.

A chaque époque de l'existence ses plaisirs. Ceux-là ne lui manquaient plus. Depuis qu'il était revenu à Chamasson, il croyait les compenser largement par la tranquillité qu'il y avait trouvée et la liberté de mener sa vie comme il l'entendait. Il eût été plus jeune, il se serait reconnu une bonne part d'égoïsme. Mais à son âge et après tout ce qu'il avait vécu, il estimait ne plus avoir de comptes à rendre qu'à lui-même.

Il ne s'en abandonna pas moins avec délectation aux plaisirs de la vie à deux. Entre le camion qui ne bougeait plus guère et la maison, ils eurent tôt fait de s'organiser. Il dut s'y contraindre, le fit sans déplaisir. Elle avait un don tout à fait particulier pour présenter les choses sous leur meilleur jour, et lui, qui ne demandait qu'à voir durer indéfiniment leur lune de miel, se pliait sans rechigner à l'ordre nouveau qu'elle instaurait dans son quotidien.

Joseph parvint à se faire discret durant plusieurs jours, mais il mourait d'envie de traverser le petit bois pour aller voir comment cela se passait sur son autre lisière. Sylvestre, avant cette aventure, était plus empressé à venir lui tenir compagnie dans son étable ou à le recevoir, pour une petite causette dans sa cour. Ils ne se voyaient plus et déjà, bien que leurs rapports ne datent que de quelques semaines, cela lui manquait. Pour un peu, si ce désintérêt s'était prolongé, il aurait rejoint le parti d'Antoinette, toujours aussi réservée, sinon hostile, à l'égard d'Aurélie.

Peut-être, fine mouche, celle-ci eut-elle l'intuition de ces relations de voisinage à ne surtout pas négliger. Ce fut elle qui rompit l'isolement de ce pauvre Joseph. Elle n'hésita pas à mettre les trois chats dans le coup pour arriver à ses fins. Les ayant repérés qui prenaient le soleil dans une minuscule clairière entre les deux fermes, elle attendit que Joseph vînt à passer, vacant à ses multiples petites tâches de fermier retraité, pour tenter une nouvelle fois de les amadouer. Elle n'eut évidemment pas plus de succès que d'ordinaire, mais tenait le prétexte rêvé pour engager la conversation avec le vieux dont ses « Petits, petits, venez donc… » avait attiré l'attention.

— Rien à faire, lui dit-elle. Ils ne veulent pas que je les approche. Ils sont si beaux ! Vous devez bien avoir un truc, vous, pour les apprivoiser.

Un seau au bout de chaque bras, il s'était arrêté au milieu de sa cour et l'observait en riant sous cape.

— Pas la peine. Vous n'y arriverez pas. Des chats comme ça, ils traîneront toujours autour des maisons sans jamais se laisser prendre. Ils sont comme ça. Vous ne les changerez pas.

Le temps qu'il parle, elle avait traversé le petit bois et l'avait rejoint dans sa cour.

— Qu'est-ce que vous faites, là ?

— Ben, je m'occupe de mes bêtes. C'est que ça demande encore du temps, ces animaux-là.

Ils étaient au fond aussi curieux l'un que l'autre de mieux se connaître.

— C'est quoi, ça ? demanda Aurélie en désignant les seaux qu'il portait toujours à bout de bras.

— Ben, c'est de la mouture. De la farine avec quelques compléments.

Elle fit la grimace.

— Des produits chimiques…

Il en rit, mais fut tout de suite sur la défensive :

— Qu'est-ce que vous me dites là ? Des produits chimiques ? ! Et puis si ça leur fait du bien, aux vaches. Pour la quantité que je leur mets…

Elle jugea opportun de changer de sujet :

— Je peux les voir, vos vaches ?

— Bien sûr. Venez donc.

Là, elle avait visé juste. Rien ne pouvait faire plus plaisir à Joseph que de faire admirer le bon état de ses bêtes. Elle ne fut pas avare de compliments. Il fut aux anges. Il ne perdait pas pour autant le fil de ses interrogations :

— Alors, comme ça, vous vous installez avec le Sylvestre ?

Si la question la surprit, elle se garda bien de le montrer.

— On peut dire comme ça, fit-elle, prudente. Je l'aime bien. C'est un drôle de gars. On s'entend bien.

Joseph en aurait bien aimé un peu plus, mais il préféra ne pas insister.

— On l'a bien connu quand il était gamin, dit-il. Et puis ses parents, monsieur et madame Tardy, des anciens instituteurs, c'était qu'on s'entendait bien avec eux.

— Parce que vous, vous avez toujours habité ici ?

— C'est même que j'y suis né. Mon père était paysan. J'ai pris sa suite. Maintenant, bien sûr, il n'y aura personne pour reprendre.

— Et vos enfants ?

Il s'esclaffa.

— A la ville, mes enfants ! Un gars, une fille. Tous les deux mariés. Je suis quatre fois grand-père. Sûr qu'ils sont bien mieux où ils sont.

— Ça ne vous fait pas de la peine de savoir que votre ferme va disparaître ?

Il tourna vers elle un regard mi-sidéré, mi-méfiant. De quoi elle venait s'occuper, celle-là, avec ses questions là où ça faisait mal ?

— De la peine... répéta-t-il. Sûr que ça me fait de la peine. Mais le moyen de faire autrement ? C'est comme ça. Il n'y a pas à y revenir.

— Quel gâchis, dit-elle.

Cette fois, il se tourna vivement vers elle. Ils se tenaient debout, côte à côte, dans la porte de l'étable. Derrière eux, il y avait la présence des vaches qu'ils entendaient se mouvoir lentement, piétiner, tirer le foin du râtelier et le mâcher. Devant, il y avait la cour, puis le bois au-delà duquel on distinguait nettement, au travers du fouillis des branches encore nues, la pente claire du pré montant jusqu'à la crête.

— Qu'est-ce que vous me dites là ? s'étonna-t-il. De quoi vous parlez, avec votre gâchis ?

— Des millions de chômeurs, dit-elle comme si elle se parlait à elle-même, et ces centaines de milliers d'emplois qu'on tue pour laisser la place à des Ravalot ou pire encore...

Il en resta bouche bée. S'il s'attendait à ça… Le lire dans le journal, à la rigueur, mais là, dans la porte de son étable, de la bouche d'une jolie fille…

— Eh, vous me dites ça à moi, fit-il parce qu'il fallait bien répondre. Je suis bien d'accord, mais vous croyez qu'on nous a demandé notre avis ?

— Vous le donnez, votre avis.

— Ah bon ?

— Bien sûr, quand vous votez.

Il leva les bras au ciel. Pour le coup, ça le dépassait. Avait-il jamais pensé à des choses comme celle-là ?

— Et le Sylvestre, il en dit quoi, de tout ça ?

Elle tourna vers lui un regard amusé.

— Pour l'heure, Sylvestre, je crois qu'il préfère ne plus en dire grand-chose. Mais si vous saviez ce qu'il s'est battu, toute sa vie, pour des idées comme celle-là…

Une fois de plus, avec ses façons de répondre comme on ne s'y attendait pas, elle lui avait coupé le sifflet. Il y avait là tant à imaginer, un domaine si vaste où se perdaient les questions qu'il se posait à propos de son nouveau voisin, qu'il ne sut par quel bout tenter de pénétrer le mystère. Elle vit sa perplexité et en rit.

— Ne vous inquiétez pas. Le jour où ça le prendra, il vous en parlera. Je suis sûr que vous auriez beaucoup de choses à vous dire, sur des sujets comme celui-là.

Joseph s'en trouva rassuré. Son voisin, s'il avait tant de choses à dire, c'était qu'il ne risquait pas de le perdre avant longtemps. Les yeux perdus en direction de son pré, il parut quelques instants ruminer tout ce qu'ils venaient de se dire.

— C'est drôle, reprit-il enfin. Deux maisons comme ça, tellement perdues au fond des bois qu'on ne sait même pas pourquoi elles sont encore habitées. Et puis, pour s'y retrouver, des vieux paysans qu'on a oubliés là, comme l'Antoinette et moi, et puis vous, avec des idées comme vous en avez... On fait tout de même une population bizarre.

— Des simples parmi les simples, dit-elle. En ville, on serait des marginaux, des que la société rejette. Ici, on vit. On est pauvres, mais qu'est-ce que ça veut dire d'être pauvre quand on est heureux ?

— On a le nécessaire, voulut-il corriger.

— Le nécessaire, ce n'est pas seulement l'assiette pleine. C'est aussi de pouvoir garder la tête haute.

Il confirma énergiquement du menton.

— Ça, pour sûr qu'on le peut. Et celui qui viendrait dire le contraire...

— Vous, comme Sylvestre, comme moi, ici, on existe encore. Mais pour combien de temps ? Nous sommes des survivants.

Il fit la grimace.

— Vous croyez ?

— Qu'est-ce qu'il restera quand on ne sera plus là, quand les Ravalot et consorts auront tout pris ?

— Vous êtes jeunes, vous. L'Antoinette et moi, je ne dis pas. Mais vous...

— C'est bien pour ça qu'il faut se battre. C'est ce que je fais. C'est ce qu'il a fait toute sa vie ou presque, Sylvestre. Et au fond, en étant là, en maintenant en vie un minuscule hameau comme celui-là, c'est encore ce que l'on fait.

— En empêchant Ravalot de piquer les sources !

— Par exemple. Encore qu'il a bien fallu partager avec lui. Ça prouve bien qu'on aura encore longtemps à se battre. Mais au fait, elle est où, cette source ? J'aimerais bien la voir, moi.

— Allez donc chercher le Sylvestre. On y monte.

Il avait déjà saisi son bâton et son chien gambadait devant lui. Des discussions comme celle qu'il venait d'avoir, c'était bien, mais il ne fallait pas que ça dure trop longtemps.

Elle revint avec Sylvestre, que l'idée de la suivre jusqu'à la source avait sorti sans trop de peine de la lecture dans laquelle il était plongé. Tous les trois de front, les chiens, qui n'avaient pas été longs à fraterniser, allant et venant devant eux, sous le regard attentif des trois chats embusqués à la lisière du bois, ils montèrent jusqu'à la source. Rien n'y avait changé depuis que Joseph et Sylvestre avaient dissimulé les cadenas sciés sous quelques feuilles mortes. Ils en déplacèrent quelques-unes pour qu'Aurélie puisse admirer leur exploit, puis les remirent soigneusement en place.

Sylvestre voulut profiter de l'occasion pour aller s'assurer que l'abreuvoir de Ravalot se remplissait bien. Ils le suivirent. Les broutards étaient à proximité, pas le moins du monde assoiffés, et le niveau du grand bac métallique était tout à fait satisfaisant. Il n'y avait rien à craindre de ce côté-là.

Quelque chose, pourtant, semblait chagriner Aurélie. Elle ne s'en ouvrit aux deux hommes que lorsqu'ils eurent regagné la source :

— Attendez voir, dit-elle. Ce truc bizarre pour passer la clôture, qui c'est qui l'a installé ?

— Le sautou ? C'est lui, pardi. C'est le Ravalot, quand il a fait le coup de détourner la source.

— Et vous le laissez ?

Ils échangèrent un regard sidéré. Ils n'y avaient même jamais pensé.

— Il faut supprimer ça, insista-t-elle. De quel droit il fait un truc pareil ?

— Ben…

— Moi, je vous le dis. Déjà beau que vous lui laissiez de l'eau. Il ne va tout de même pas venir, par-dessus le marché, faire sa loi dans ton pré, Sylvestre…

— Vouai… mais… Peut-être bien que ça va lui mettre la puce à l'oreille. S'il trouve le coup, il serait encore chiche de faire des embrouilles.

— Et alors ? Tu es chez toi, oui ou non ? Et puis tiens, tu sais ce que je ferais, moi, pour que ce soit clair ? Un grand panneau, là, juste en haut de la source, « Propriété privée, défense d'entrer », et je te le planterais face à son pré.

Joseph rigolait. Culottée, la petite. Mais ma foi, peut-être bien que c'est elle qui a raison ! Sylvestre était plus perplexe. Si ennuis il y avait, ils seraient pour lui.

— Tu n'as pas à hésiter, insista-t-elle. Tu es chez toi. Il n'a rien à y faire.

Elle riait aussi, pas peu satisfaite de son idée. Toujours hésitant, Sylvestre les dévisageait l'un après l'autre. Leur hilarité le gagna. Un bon coup… Un bon tour à lui jouer, au Ravalot.

— Banco ! admit-il enfin. Et puis tiens, pour faire bonne mesure, sur le panneau, on ajoutera « Attention : pièges à loups ! ».

Ils redescendirent en chantonnant, comme trois collégiens en goguette.

13

Bien que les troupeaux aient pris leurs habitudes, dans leurs herbages, depuis longtemps, Eugène Ravalot ne manquait pas de faire des tournées d'inspection à chaque fois que possible. Il surveillait particulièrement sa vingtaine de broutards, qu'il avait retrouvés assoiffés vers Chamasson. Des fois que l'eau de la source, sous la crête, aurait une nouvelle fois changé de destination…

Essaimées à flanc de coteau, les jeunes bêtes semblaient se comporter tout à fait normalement, mais il était méfiant. Il n'avait pas plu depuis des semaines et, même s'il ne faisait pas encore bien chaud, il craignait la sécheresse.

Tu vois le coup que ça lâche, là-haut… Comment je leur donnerai à boire, moi, à ces bêtes-là ?

Il jeta un coup d'œil à la montre du tableau de bord de son 4 × 4. C'était qu'il y en avait, du travail qui attendait, à la ferme. Mais en faisant vite… Il n'était pas tranquille. C'était qui, ce type dont on disait qu'il s'était installé dans la maison des Tardy, dans ce coin perdu de Chamasson, là-haut, à côté des vieux Caudront ? Ça le tarabustait, cette histoire-là. Il n'aimait rien moins que de ne pas savoir qui était son adversaire. Et maintenant, cette folle d'écolo traînant partout avec son camion qui venait se mettre à la colle avec lui… Il ne manquait plus que ça.

Ces marginaux, ces manipulateurs de grandes idées qu'il estimait complètement farfelues, c'était son angoisse. Il avait beau avoir éliminé l'un après l'autre tous ceux qui auraient pu le concurrencer dans le pays, se sentir le plus « gros », le plus fort, il n'était rien qui l'inquiétât plus que ces espèces de mouches du coche. Sous des prétextes qu'il estimait plus fumeux les uns que les autres, ils étaient capables d'ameuter le monde entier. Ils lui avaient déjà attiré de sérieux ennuis. Jusqu'au préfet qui s'en était mêlé. Il avait dû négocier, promettre de respecter les règlements…

Parlons-en de leurs règlements ! Juste des mots. Est-ce qu'ils savaient seulement ce que c'était, de travailler et de gagner sa vie, ceux qui rédigeaient des âneries pareilles ? Et il aurait fallu, juste pour faire plaisir à ces écolos de malheur, qu'il déclare ce que contenait l'alimentation de ses bêtes, qu'il renonce aux coupes à blanc, qu'il dépense un fric fou pour refaire les chemins, après que ses engins forestiers y étaient passés… Et puis quoi encore ? Ils voulaient quoi, ces gens-là ? Qu'il renonce ? Qu'on en revienne au temps du père Caudront ?

Et celui-là, quel jeu jouait-il, là-haut, dans sa ferme de misère ? A ce qu'on disait, il était au mieux avec ce type qui s'était installé à côté de chez lui. Tu parles d'une population ! Et il fallait que lui, Eugène Ravalot, le plus gros entrepreneur de travaux agricoles et forestiers loin à la ronde, perde encore son temps à cavaler dans les prés pour s'assurer qu'ils n'étaient pas en train de lui jouer un vilain tour… Si ce n'était pas un malheur…

Il ressassait toutes ces mauvaises raisons d'en vouloir au monde entier tout en soufflant comme un bœuf en montant la côte de Chamasson. Les bêtes levaient la tête et, tout en continuant de mâchouiller leur herbe, le regardaient passer avec curiosité. Ce qui les étonnait le plus, c'était qu'il ne s'occupait pas d'elles. Il allait au plus droit, peinant dans la pente, mais se refusant obstinément à ralentir le pas.

C'était qu'il y en avait, du travail, qui attendait à la ferme.

Il atteignit enfin l'abreuvoir. C'était à peine si son trop-plein coulait, mais le bac était plein d'une belle eau bien claire. C'était l'essentiel. Il tourna la tête, l'attention attirée par quelque chose de bizarre, là-haut, sur la crête, au-dessus de la source. Il y alla.

Propriété privée, défense d'entrer
Attention : pièges à loups

Il en fut estomaqué. Ne manquaient pas de culot, les traîne-misère de Chamasson ! Et son sautou ? Disparu, le sautou. Il faillit céder à la colère. Il eut la tentation d'aller arracher le poteau supportant le panneau peint à la va-vite. Mais au fait, l'eau coulait toujours vers son abreuvoir... C'était donc qu'ils avaient admis de la lui laisser.

— Les cons ! dit-il tout haut. Même pas le cran de m'affronter. Ils se sont déculottés. Alors, leur panneau, ce que j'en ai à faire... Et le sautou, je n'en ai même plus besoin, maintenant qu'ils font le travail pour moi.

Il rebroussa chemin et se laissa prendre par la pente pour rejoindre au plus vite sa voiture.

Le travail attendait, à la ferme.

Vieux, pensa-t-il en descendant, je m'en vais te leur en faire, moi, de la publicité, à ces fainéants tout juste bons à emmerder le monde. Leur panneau, sûr qu'il va bien faire rigoler !

Il n'était pas plus rassuré pour autant. Il y avait là-bas, dans ces deux maisons minables de Chamasson, un nid de contestataires qui était en train de prendre de l'ampleur. Il le redoutait d'autant plus qu'il n'en savait rien. Ce type, surtout, sorti d'on ne savait où, venu s'installer là sans tambour ni trompette, sans rien dire à personne, sans se montrer, et qui frayait déjà avec l'autre meneuse, pas capable de vivre ailleurs que dans son camion pourri mais la première à brailler quand il s'agissait de l'empêcher de travailler comme il l'entendait.

Partant du principe que la meilleure défense c'est l'attaque, il n'était pas décidé à se laisser faire.

Parce que, quoi ? Ils s'imaginent que je vais les laisser s'installer comme ça ? ! Attends voir que je m'en vais leur mener la vie dure, moi, à ces jean-foutre !

Il tint parole, mais ne fit pas rire autant qu'il l'avait escompté. Il y eut bien les quelques sourires narquois de ceux à qui ne déplaisait pas qu'on tienne tête à Eugène Ravalot. Il y en avait, mais, pour eux comme pour les autres, l'essentiel n'était pas là. Il y avait cet étonnant partage de l'eau auquel semblait avoir consenti ce grand type au sujet duquel on aurait bien aimé en savoir un peu plus. L'affrontement était bien plus dans leur nature que le consensus. Qu'il y ait consenti sans même débattre les choquait. On s'esclaffa donc moins qu'on ne s'interrogea.

C'était quoi, c'était qui, cet étranger qui prenait ses aises, là-haut, dans la maison Tardy depuis tant d'années fermée qu'on épiloguait sur ses capacités à servir encore de logement décent ? Il n'y avait pas qu'Eugène Ravalot pour qui cette interrogation tournait à l'obsession. « Ça doit être beau, là-dedans », commentait-on d'un air entendu, surtout depuis que le camion d'Aurélie avait été repéré, à poste fixe ou presque, dans la cour de Sylvestre. Tant que celui-ci avait été seul, on n'y avait pas trop prêté attention. Mais c'était que les choses avaient pris une autre dimension depuis que la belle rousse l'avait rejoint. Il y avait là un petit parfum possible de scandale dont on se régalait déjà.

Et le vieux Caudront qui ne se montrait pas. On aurait bien su le faire parler, lui. Il devait savoir.

Joseph ne descendait que rarement au pays. C'était loin et les deux vieux n'avaient pas de grands besoins. Le camion de l'épicier et celui du boulanger qui passaient là-haut toutes les semaines, chacun à son jour, suffisaient bien à les satisfaire. Y monter ? Aller aux nouvelles ? Depuis le temps qu'on avait oublié d'aller leur rendre visite, à l'Antoinette et au Joseph, de quoi aurait-on l'air ?

Il fallut longtemps pour que l'idée germât qu'il pouvait bien s'agir du fils des Tardy. Il n'y avait que les plus vieux pour s'en souvenir, de cette affaire-là. Elle avait fait du bruit, à l'époque, quand, encore sous l'émotion de cette révolution qui avait grondé dans les rues de Paris et à laquelle on n'avait rien compris, le père de Sylvestre ne s'était pas caché d'avoir flanqué son fils à la porte. C'était d'un coup, en une seule fois, l'intrusion brutale, dans le quotidien jusque-là épargné, de tout ce qu'on avait pu voir à la télévision. Tout ça pour des idées que le gamin avait prises là-haut, sur les barricades. L'instituteur de la vieille école n'avait pas entendu qu'elles franchissent le seuil de sa maison. Le fils n'avait rien cédé. Ils s'étaient fâchés. A force, on avait presque oublié que les Tardy avaient un fils… Les discussions allaient bon train :

— Ils avaient une fille, aussi.

— Oui, la Jeanne. Je m'en souviens. J'étais à l'école avec elle.

— Elle, on l'a revue à l'enterrement de son père, puis de sa mère.

— J'ai même bien parlé avec elle. Une dame, maintenant. Elle habite loin, dans le Sud-Ouest, vers Toulouse, je crois.

— Mais dis donc, cette maison-là, le partage, chez le notaire, a-t-il seulement été fait ?

— Un temps, je me souviens, on a dit que c'était bloqué à cause de lui. On ne savait pas ce qu'il était devenu. Peut-être qu'elle, la Jeanne, elle ne s'en est pas trop occupée non plus. Tout ce que je sais, c'est que quand il a été question de mettre l'eau de la commune à Chamasson on y a renoncé à cause de ça. Juste pour la maison des Caudront, ça revenait trop cher.

— Si ça tombe, elle ne le sait même pas, la Jeanne, que son frère, il est revenu vivre là...

Moment de silence. Il faut le temps des déductions. Et si, justement, ça l'intéressait, la Jeanne, de savoir ? Peut-être... A-t-il seulement le droit, l'autre escogriffe, là-haut, d'y habiter, dans cette maison-là ?

— Tu sais où elle habite, toi, la Jeanne ?

— Moi, non, mais pour savoir, sûr que ce ne serait pas bien difficile. Il y a le notaire...

— Attends. Celui-là, on ne va pas le mêler trop vite à nos affaires. Elle n'a pas laissé son adresse à quelqu'un ?

— Peut-être bien. C'était à ça que je pensais. Faudrait voir la Raymonde. Elles étaient encore bien copines, quand on était à l'école. Je sais qu'elles se sont retrouvées avec plaisir, à l'enterrement. Peut-être... Faudrait lui demander.

Juin resplendissait. Quelques jours de pluie étaient venus juste à temps fournir à la végétation le combustible de son explosion. Les pastels tendres des verts à l'infinie variété de tons, qui, depuis plusieurs semaines, colonisaient peu à peu les frondaisons, les haies et les prés, s'étaient pris, du jour au lendemain ou presque, d'une ardeur arborescente. Les bruns et les roux, ultimes vestiges de l'hiver, avaient été effacés par l'épaisseur foisonnante d'une végétation prête, semblait-il, à tout engloutir. Le soleil, en revenant, avait plaqué des nuances de verts chargées d'ombres sur les futaies et étincelantes de fraîcheur crue sur les prés. La moindre brise faisait naître des houles d'herbe neuve sur lesquelles dérivaient lentement les troupeaux.

C'était trop d'ardeur, trop de sève, trop d'éclats de vie, pour qu'Aurélie tienne en place.

« Pas pour longtemps, avait-elle dit un matin. Quelques jours. Et puis je reviendrai, n'aie crainte. »

Elle s'était envolée au rythme cahotant de son vieux camion que Sylvestre, debout sur son perron, avait regardé s'éloigner vers la route. Maintenant, avec la végétation revenue, la vue était vite bouchée. Ce n'était qu'au bruit de son accélération et des vitesses passées qu'il avait dû admettre qu'elle s'éloignait pour de bon.

Un peu perdu, il tourna en rond. Il s'était trop vite et trop facilement habitué à n'agir et à ne penser qu'en fonction de sa présence. Il lui fallut à nouveau admettre qu'il n'avait de compte à rendre qu'à lui-même. Elle n'avait pas résisté bien longtemps, sa carapace de vieil ours solitaire. Depuis qu'Aurélie était entrée dans sa vie, il ne s'en était pas une seule fois fait la remarque. Il suffisait qu'elle se soit éloignée de quelques tours de roues pour que lui revienne à l'esprit sa vieille angoisse d'être rattrapé par le monde. Comme s'il suffisait qu'elle soit là pour le protéger ou, à tout le moins, l'entretenir dans l'illusion que le lien était définitivement rompu.

Elle lui avait laissé son chien. Ce n'était pas du tout de nature à le rassurer. Avec les chats comme avec ce chien, elle ne communiquait qu'en fonction de ce qu'elle espérait obtenir d'eux. Ce n'était guère différent avec l'âne, qu'elle n'aimait aller voir que parce qu'il était « mignon »... Les regarder vivre indépendamment d'elle-même, respecter leur autonomie et savoir s'y inscrire sans les contraindre était un plaisir qu'elle ne connaissait pas. Les animaux le ressentaient parfaitement et avaient tendance à se détourner d'elle, ce qui l'exaspérait, et à réserver leurs manifestations de sympathie à Sylvestre, ce qui titillait sa jalousie.

Si elle revenait, ce ne serait donc certainement pas pour ce chien. Cela avait au moins l'avantage d'être clair. Sylvestre était prêt à en tirer la petite satisfaction d'orgueil que cela valait bien... si elle revenait ! Au fond de lui, il n'en doutait pas vraiment, mais il était ainsi fait qu'il ne pouvait pas s'empêcher de privilégier l'hypothèse la plus grise, même peu crédible, tant que la question resterait en suspens. Il continuerait inlassablement à s'en tracasser, à tourner en rond, incapable de concentrer son attention ailleurs que sur le malheur qu'il s'inventait.

« Ben oui, tu vois, n'avait-il pu s'empêcher d'expliquer à l'âne qui s'en fichait complètement mais ne l'avait pas montré, elle n'est pas là. Elle est partie. Allons, on est là, nous, le chien et moi. » Puis, en compagnie du dernier cité, il était revenu vers la maison sans trop savoir à quoi il allait occuper son attente.

Il n'eut pas à s'en soucier plus longtemps. A sa grande surprise, alors qu'il atteignait le pignon de la maison, il entendit le bruit d'une voiture qui s'engageait dans son chemin. Il s'arrêta net. Ce n'était pas Aurélie. Il aurait reconnu son camion entre mille. Il fallut qu'elle s'approchât, cahotant lentement dans les trous et les ornières, pour qu'il reconnaisse la petite voiture jaune du facteur. Il l'avait entrevue parfois dans la cour de Joseph, mais depuis qu'il vivait là, c'était la première fois qu'elle prenait la peine de venir jusque chez lui. Il fronça les sourcils. Encore cette crainte du monde capable de le rattraper jusque-là.

— Ben dites donc, faut y arriver, jusque chez vous…

Le facteur n'avait pas l'air d'apprécier outre mesure d'avoir à ajouter ce client à sa tournée.

— Sylvestre Tardy, c'est bien vous ?

— Heu… Oui.

— J'ai un recommandé pour vous.

Aïe... Ça devait arriver... A l'aide du stylo que lui tendait le facteur, il eut à donner deux signatures avant que lui soit remis un pli que le préposé tenait jusque-là à bonne distance, comme s'il avait craint qu'il ne lui soit arraché des mains. En haut et à gauche de l'enveloppe, en lettres élégantes, s'étalait le nom de l'expéditeur : *J. d'Araucourt*. Ne connaissait pas. Il jeta un coup d'œil à l'adresse. Un code postal qui ne lui disait rien, suivi d'un nom de pays dont il ne soupçonnait même pas l'existence. Sa lettre dans une main, l'autre caressant par habitude le crâne du chien assis à ses pieds, il attendit que la voiture du facteur se soit à nouveau engagée dans le chemin pour se décider à bouger.

Il s'était déjà persuadé qu'une ère d'ennuis s'ouvrait devant lui. Sinon, pourquoi ce recommandé ? Que pouvait-on lui apprendre de cette façon hormis de mauvaises nouvelles ? Il porta lentement le pli à hauteur de ses yeux. Ce pouvait-il qu'un simple rectangle de papier tel que celui-là puisse contenir une si lourde charge de menaces ? Non, il ne l'ouvrirait pas d'un doigt négligent en le déchirant. Aller jusqu'à la maison, trouver un couteau, le glisser dans la petite fente prévue à cet effet, couper à petits gestes prudents, ce serait autant de temps gagné.

Il fallut bien, pourtant, qu'arrive le moment où il dut sortir la lettre de l'enveloppe. Il la déplia lentement, lut. Après tout, cela se résumait assez aisément. Que sa sœur, Jeanne, se nommait d'Araucourt par le fait de son mariage et qu'elle résidait dans le département de la Haute-Garonne n'était pas l'essentiel. Qu'elle se déclarât « heureuse » de savoir qu'il existait encore et néanmoins « surprise » d'apprendre qu'il occupait la maison de leurs parents était déjà une façon plus précise d'entrer dans le vif du sujet. Qu'elle lui fît savoir qu'elle y consentait à condition qu'il « régularise la situation » soit en lui payant un demi-loyer, soit en lui rachetant la moitié du bien, « à ta convenance », avait au moins le mérite d'être clair.

Suivait toute une litanie de considérations et de détails qu'il trouva sordides. Il y était question de marche à suivre auprès du notaire chargé du dossier, de montant du loyer qu'il aurait à payer, à moins qu'il ne préfère faire expertiser le bien au cas où il envisagerait d'en garder la propriété... Il survola. Il ne put cependant ignorer le dernier alinéa de cette charmante missive. Sa sœur lui précisait qu'au cas où il ne jugerait pas utile de donner suite elle demanderait que soit mise en branle une procédure d'expulsion... Elle pouvait difficilement, là aussi, être plus claire.

Il n'avait pas le premier sou d'un loyer, aussi modeste serait-il. Quant à racheter... La solution s'imposait donc d'elle-même. Il n'avait plus rien à faire là. Le bonheur aurait été de courte durée...

14

Les trois chats n'avaient pas tardé à s'accommoder de la présence du chien. Après un premier temps d'observation méfiante, ils avaient vite compris que ce bon gros pataud était bien trop content de s'être retrouvé un toit pour oser enfreindre l'ordre donné de ne pas se mêler de leurs affaires. A peine perturbées, leurs habitudes d'observation discrète et d'attente quotidienne de leur écuelle de lait purent donc reprendre comme si de rien n'était.

La disparition du camion d'Aurélie leur avait été plutôt un soulagement. Outre qu'il encombrait leur vue sur la maison et sur la cour, ils n'avaient plus à craindre d'être dérangés par l'insistance maladroite que mettait la jeune femme à vouloir leur manifester une sympathie dont ils n'avaient que faire.

Il y eut bien l'intrusion fugace de cette petite camionnette jaune qui les importuna en les obligeant à fuir, à l'heure précise où ils se régalaient de leur lait quotidien. Aussitôt qu'elle fut repartie, ils revinrent s'attabler, mais quelque chose les avertit d'un changement néfaste. S'ils surveillèrent

Sylvestre du coin de l'œil durant tout le temps qu'il resta planté, au coin de la maison, son enveloppe à la main, ce fut moins par méfiance que par souci de ce qui lui arrivait.

De tout le reste de la journée, Sylvestre ne se montra pas. Le chien sortit bien à deux ou trois reprises, mais il se contenta d'aller lever la patte sur le tronc de l'arbre le plus proche. Il fit mine de s'intéresser à quelques fumets qui traînaient par là, mais les chats virent bien que ce n'était que pour donner le change. A chaque fois, il revint vite vers la maison, l'air pressé, comme s'il se passait là-dedans des choses essentielles. Le nez contre la porte, de la patte, il grattait doucement. Les chats, admiratifs, constataient que de ce seul geste il semblait avoir acquis le même pouvoir que l'homme. Comme lui, il franchissait sans problème cet obstacle auquel, ordinairement si adroits à atteindre des lieux accessibles à eux seuls, ils n'auraient jamais eu l'idée de s'attaquer. Est-ce ce jour-là que l'idée leur vint de tenter l'aventure d'en faire autant ?

Leurs préoccupations étaient pourtant ailleurs. Quelque chose les chiffonnait. Il faisait un temps superbe, presque estival. Depuis que le soleil avait entrepris sa ronde quotidienne d'un bord à l'autre du ciel, et alors qu'il n'était pas loin de son zénith, il faisait de plus en plus chaud ; une chaleur forte, saine, encore vierge des moiteurs de juillet et d'août. On ronronnait d'aise à s'y baigner. Et pourtant, la porte de la maison ne consentait à s'ouvrir qu'aux rares injonctions du chien alors que d'habitude, qu'il pleuve ou qu'il vente, elle était toujours béante, laissant les chats se régaler du spectacle entrevu des allées et venues de Sylvestre.

Il en fut de même le lendemain et encore les deux jours suivants. Au point que Joseph, à qui rien n'échappait depuis sa cour, finit par s'inquiéter. Il vint aux nouvelles, suivi comme son ombre par son chien. Celui-là, les chats s'en méfiaient assez pour préférer prendre le large. De loin, ils le virent s'installer sur le perron où le vieux, en entrant, lui intima l'ordre de l'attendre. Tant qu'il serait là, l'air important à faire celui qui monte la garde, ils ne pourraient donc pas s'approcher pour tenter d'en savoir plus. Autant en profiter pour vaquer à d'autres occupations. Il serait bien temps de revenir quand cet importun se serait éloigné. A la queue leu leu, ils prirent le chemin des prés.

Assis à sa table, ne cherchant même pas à dissimuler son air morose, Sylvestre invita Joseph à s'installer en face de lui d'un geste de la main. Il n'était nul besoin d'être grand clerc pour comprendre au premier coup d'œil que cela n'allait pas fort.

— Ben alors, fit le vieux sur le ton le plus jovial qu'il pût trouver. On ne te voit plus. Tu n'es pas malade, au moins ?

Sylvestre le rassura en hochant la tête de droite à gauche.

— Non, consentit-il à confirmer d'une voix lasse. Je ne suis pas malade. Des problèmes simplement, mais ce n'est pas grave. Ça va passer.

Son regard, sa tête basse, ses épaules avachies disaient le contraire. Joseph aurait bien voulu en savoir plus :

— Pas trop graves, au moins, tes problèmes ?

— Non, je vous dis. Ça va passer. Je vous mets un petit coup à boire ?

— Non, non. Je n'étais pas venu pour ça. Et puis, ce n'est pas l'heure.

Sylvestre parvint à sourire.

— Parce qu'il y a une heure pour ça ?

— Ben tout de même ! Mais non, ne te dérange pas. J'étais juste venu comme ça, parce que je me disais, trois jours sans le voir… Est-ce qu'on sait ? J'étais inquiet, quoi.

Il allait lui falloir perdre des voisins tels que ceux-là, si gentils, qui l'avaient si bien accueilli. Joseph ne pouvait pas se douter à quel point sa bonne intention faisait mal à Sylvestre. Le vieux mourait d'envie de savoir, c'était évident. Sylvestre sentit faiblir la ferme résolution qu'il avait prise de ne rien révéler, à personne, du contenu de la lettre de sa sœur. Mais après tout… Partir, s'il le fallait, sans avertir, sans la moindre explication ? S'il y en avait à l'égard de qui avoir ce comportement serait indigne, c'était bien Antoinette et Joseph.

— C'est que tu n'as pas l'air d'aller trop bien, insista celui-ci.

Sylvestre releva les yeux, accrocha son regard. Il y avait tant de sollicitude dans la façon qu'avait le vieux de froncer les sourcils et de le considérer gravement. Ses dernières hésitations furent balayées. Deux lettres étaient posées sur la table, devant lui. Celle d'Agathe et celle de Jeanne. Il prit la seconde et la tendit au vieux.

— Je n'ai pas mes lunettes. Comment tu veux que je lise ? Lis-moi, toi. D'abord c'est de qui ? Je connais ?

— Si vous connaissez !

Sylvestre ne lut pas la lettre. Il expliqua. Il n'y avait ni rancœur, ni emportement dans sa voix, rien qu'une grande lassitude. Joseph, en face de lui, avait tout de suite fait la grimace quand il avait appris de qui elle émanait. Il ne se faisait pas plus d'illusion que Sylvestre. Mais quand celui-ci en vint au détail des exigences, il eut l'air effaré.

— Est-ce que ça se fait de la sœur au frère ?

— Elle est si peu ma sœur. Plus de quarante ans qu'on ne s'est pas vus. Et puis même, quand on était gamins, on ne s'est jamais trop entendus. Je ne supportais pas qu'elle me fasse sentir à tout bout de champ qu'elle était l'aînée, qu'elle était raisonnable, elle, que je n'étais qu'une tête de pioche qui ne voulait rien entendre de ce qu'elle entendait m'imposer… Remarquez, elle n'avait pas tout à fait tort. Je n'ai jamais toléré qu'on me dicte ce que j'avais à faire. Ça ne m'a pas trop réussi, mais que voulez-vous, on ne se refait pas.

— N'empêche, entre un frère et une sœur, ce ne sont pas des façons de faire. Tu vas te battre, j'espère ?

Sylvestre haussa les épaules, l'air déjà résigné.

— Me battre ? Pour défendre quoi ? Elle est dans son droit.

— Non. Elle n'a pas le droit de te faire expulser. Tu as autant le droit qu'elle d'y être, dans cette maison.

Brave Joseph ! Il aurait ferraillé contre l'évidence pour le seul bonheur de défendre Sylvestre. Celui-ci n'avait pourtant pas l'air bien décidé à engager la bagarre. Il secouait la tête négativement, l'air plus chien battu que jamais.

— Bien sûr qu'elle a le droit, reprit-il. Elle a même tous les droits. Elle est installée, elle. Probablement honorablement connue dans son pays. Il n'est qu'à voir son écriture. Regardez. L'écriture d'une dame, sûre d'elle et de son bon droit. Je ne sais pas ce qu'il fait, son mari. Elle ne me le dit évidemment pas. Mais je mets ma main au feu que c'est un notable, un bourgeois, un monsieur bien sous tous rapports, à qui on porte chapeau bas. Je vous le dis, ça se voit rien que dans sa façon d'écrire, dans les mots qu'elle utilise, même dans son papier à lettres. Vous m'avez vu ce papier ? Un vélin de premier choix. Pas pour nous, du papier comme ça. Et moi, en face, je suis quoi ? Un paumé, un ex-révolté à qui il ne reste rien que son sens de la justice et de la liberté, qui hait tous ceux qui les détournent, cette justice et cette liberté, à leur bénéfice. Et Dieu sait s'ils sont nombreux, tous ces bourgeois, ces profiteurs à qui on a vendu la République… Qu'est-ce que je pèse, moi, face à tous ces requins ? Pas le droit de me jeter à la rue, vous dites ? Ça les gênerait, peut-être !

Il s'emportait, Sylvestre. Sous le regard ébahi et vaguement réprobateur de Joseph, les mots de ses vieux combats lui revenaient tout seuls à la bouche.

— Et ta copine, l'Aurélie ? Disparue ?

Peut-être Joseph n'avait-il pas très envie que leur conversation prenne cette tournure un peu trop polémique à son goût, mais il avait aussi son idée derrière la tête. En évoquant Aurélie, il n'en surprit pas moins Sylvestre.

— Aurélie ? Allez savoir où elle est… Elle m'a dit qu'elle reviendrait. Mais elle ne m'a pas dit quand.

— Ah bon. Ce n'est pas que vous vous êtes fâchés ?

Sylvestre parvint à en rire.

— Non, bien sûr qu'on ne s'est pas chamaillés. Mais vous savez comment elle est. Elle ne tient pas en place. Il y a cette affaire d'aéroport vers Nantes dont ils ne veulent pas, ses copains et elle. Ça la travaille, cette affaire-là. Peut-être bien qu'elle y est repartie. Elle ne m'a pas dit.

— Le principal, c'est qu'elle t'a dit qu'elle allait revenir. Si tu veux bien m'écouter, tu sais ce que je ferais, moi, à ta place ?

— Non. Dites toujours.

— Rien ! Je ne ferais rien. J'attendrais qu'elle réapparaisse. Elle, elle saura quoi te dire. Moi, je ne suis qu'un vieux paysan qui n'y comprend pas grand-chose, à toutes vos affaires de bourgeois, de justice, de liberté… Qu'est-ce que tu veux que je te dise ? Je pense que tu ne dois pas te laisser faire, mais le moyen pour ça… Là, je cale. Elle, elle saura. Elle t'aidera. Vous vous êtes bien trouvés, tous les deux. Des grandes idées et toujours la révolte. Sûr qu'elle ne te laissera pas tomber.

Sylvestre se garda bien de relever. Savait-il seulement ce qu'il ferait demain ? Il en était déjà à se demander s'il avait bien fait de parler. Bientôt, ce ne serait plus son affaire. Tout le monde saurait, tout le monde voudrait le conseiller. Mais personne ne subirait à sa place la nouvelle épreuve qui se dessinait.

Sans s'engager, il remercia Joseph avec d'autant plus de chaleur qu'il savait sincères les paroles du vieux.

— Et puis, tu devrais te bouger, lui dit encore le vieux alors qu'il avait déjà la main sur la poignée de la porte. Il n'y a rien de bon à gagner à rester là, à ta table, à ruminer tout ça. Viens donc avec moi. Cet après-midi, j'irais bien faire un peu de bois. Ça te dit ?

Ce n'était pas la saison et son bois, Joseph en avait coupé et fendu plus qu'il ne lui en fallait l'hiver précédent. Ce n'était évidemment qu'un prétexte pour pousser Sylvestre hors de chez lui. Celui-ci n'était pas dupe. Il accepta pour faire plaisir au vieux, mais aussi pour partager sa compagnie aussi longtemps qu'il le pourrait.

Au grand dam des chats, le camion encombrait à nouveau la cour quand Joseph et Sylvestre rentrèrent du bois. Le soleil se couchait. On en était à cet instant exquis où, de la chaleur du jour, ne subsistait qu'une infinie douceur de l'air s'harmonisant à ravir avec les lumières dorées du soir qui se tamisaient peu à peu d'ombres.

— Va donc la chercher. Venez prendre l'apéro à la maison, crut bon de proposer Joseph.

Ce n'était pas du tout du goût de Sylvestre, trop heureux du moment de tendre intimité qu'il se promettait déjà.

— Merci, Joseph. C'est gentil d'y avoir pensé, mais, ce soir, ça m'étonnerait qu'elle ait encore envie de bouger. Comme je la connais, elle a dû rouler toute la journée. Elle doit être crevée.

Le vieux comprit. Il osa un petit sourire complice.

— Vouai, je vois le genre. Faut-il que je sois bête. Et même une vieille bête. On n'y pense plus, à mon âge, au plaisir des amoureux, quand ils se retrouvent. Va donc. Et si vous voulez, vous viendrez demain soir.

— C'est ça, demain soir. Je lui proposerai. Je pense qu'elle sera d'accord.

Il filait déjà. Elle l'attendait dans la maison, occupée à mettre de l'ordre et à faire la vaisselle qu'il avait quelque peu délaissée. Le torchon à la main, elle lui sauta au cou. Ils s'étreignirent longuement avec passion.

— Le chien et moi, on a cru qu'on ne te reverrait pas, dit-il quand ils eurent repris leur souffle.

— Ballot ! Je te l'avais dit. Tu savais bien que je reviendrais.

Il en convint, dit que ce n'était que pour la faire marcher et la reprit dans ses bras.

Ce fut pour lui comme une trêve. Le bonheur de la retrouver était assez fort pour avoir retranché de son esprit le souci lancinant de son devenir. Lui qui, le matin même, en était à se voir jeté sur les chemins, il lui semblait maintenant qu'ils ne se quitteraient plus et peu lui importait de savoir où loger cette folle passion.

Ils retrouvèrent avec délectation le plaisir de leur dînette en tête à tête. Peu à peu, pourtant, Sylvestre sentit renaître en lui l'hydre de ses préoccupations. Il fit tout ce qu'il put pour n'en rien laisser paraître avant la fin de leur repas. Mal probablement, car, alors qu'il allait se lever de table, elle lui prit les mains et l'obligea à rester assis.

— Toi, il y a quelque chose qui ne va pas. Un problème ? Pas trop grave, j'espère.

Il baissa les yeux, resta un long moment silencieux, pris par le vertige des mots qui, une fois encore, allaient devoir être prononcés. Puis il se leva, alla sortir la lettre de sa sœur du tiroir où il l'avait rangée et la tendit à Aurélie. Elle eut juste un petit hochement de tête entendu quand elle vit de qui elle émanait. L'air grave, elle lut sans rien laisser transparaître de ce qu'elle pensait. Puis elle posa la lettre sur la table, à côté de son assiette, en lissa machinalement les plis du plat de la main avant de lever les yeux sur Sylvestre. Debout au bout de la table, il attendait anxieusement ses réactions. Elle s'était délibérément composé le regard le plus neutre possible avec juste une petite pointe interrogative.

— Alors ? se contenta-t-elle de demander.

Il parut complètement désarçonné.

— Alors… Alors… bafouilla-t-il. Que veux-tu que je te dise ? Je n'ai plus rien à faire ici, voilà tout. Le jour où ils viendront me virer, je partirai. Ils me laisseront bien le temps de faire mon bagage. Ce n'est pas ce qui prendra le plus de temps.

— Et tu iras où ?

Il soutint quelques instants son regard puis s'en détourna en faisant semblant de commencer à ranger la table.

— Tu ne partiras pas, dit-elle.

Jamais il ne lui avait entendu un ton si sec, si dur.

— D'abord tu es ici chez toi autant qu'elle. Ils n'ont pas le droit de t'expulser.

— Je sais. C'est exactement ce que m'a déjà dit Joseph.

— Eh bien, tu vois. Il est plein de bon sens, cet homme-là. On le savait. Mais ensuite, ce qu'il ne t'a certainement pas dit, parce qu'il ne pouvait pas le savoir, c'est qu'on s'opposera à ce qu'ils te virent, si jamais ils s'y risquaient.

Il s'esclaffa.

— Tu penses... J'y crois... Qui c'est, « on », d'abord ?

— Non mais, qu'est-ce que tu crois ? Qu'on n'est pas capables de se mobiliser ? Parce que c'est cousu de fil blanc, ton truc. Tu n'y as rien vu, toi, je parie. Que ta sœur se réveille comme ça, d'un coup, et sur ce ton-là, ça ne t'a pas étonné ? Tu es d'une naïveté, mon pauvre Sylvestre.

Il n'était pas d'humeur à se faire ainsi rabrouer. Ni surtout à retomber dans les discussions sans fin sur les mille raisons qui pouvaient peut-être expliquer les manœuvres occultes, les insinuations, les coups fourrés de Pierre, Paul ou Jacques. Il en avait assez vécu, de ces réunions interminables où l'on pointait du doigt tous les ennemis du peuple réels ou supposés. Pour lui, c'était fini, tout ça. Plus encore peut-être parce que, cette fois, il ne s'agissait pas d'une grande cause altruiste, mais de lui, de lui seul, de sa petite personne. Il n'entendait pas qu'on décidât pour lui. Il y avait saturation. Il ne voulait plus en entendre parler.

Il se rassit en face d'elle.

— Arrête, tu veux, dit-il sur un ton qui se voulait calme, mais qui était surtout très las. Bon, d'accord, je suis un grand naïf. Et après ? Qu'est-ce que ça change, que ce soit l'un ou l'autre qui l'ait prévenue, ma sœur ? La seule vérité, c'est que je ne suis pas à ma place, ici. Ils me le feront toujours sentir. Alors, moi, tu vois, me battre… Ras le bol. Pour qu'ils aillent ressortir des vieilles histoires, des vieux trucs dans lesquels j'ai été mouillé, voici des années ? Je ne m'en sortirai pas. Je ne m'en sortirai plus ; plus jamais. Alors, pas la peine. Je mets les pouces et on n'en parle plus.

— Tu rigoles ? Qu'est-ce que tu vas ressortir ce qui a pu se passer du temps de Mathusalem ? Tu es un peu maso, toi, non ? Ça te plaît de jouer les victimes expiatoires ? Comme s'il s'agissait de ça. Et puis d'ailleurs, qu'est-ce que tu crois ? Il ne s'agit pas de toi. S'il n'y avait que toi, excuse-moi, il n'est pas dit qu'on se mobiliserait. C'est de Ravalot et de son clan qu'il s'agit. Ce sont eux, bien sûr, qui sont derrière ce coup-là. On en a ras le bol de leurs petites magouilles. On ne les laissera pas faire la loi ici. Ce n'est pas à eux de décider qui peut ou ne peut pas vivre dans le coin. C'est pour ça qu'on se battra et que tu resteras.

Du cousu main ! L'art consommé de la transmutation des choses les plus anodines en grandes causes au nom desquelles ameuter des foules entières.

— Chapeau ! ironisa Sylvestre. Où l'on reconnaît le grand débatteur. Désolé, il n'y a pas de féminin… Signe des temps, il faudra l'inventer. Rien que pour toi !

Prise par son raisonnement, il lui fallut quelques instants avant de réaliser qu'il se moquait d'elle. Elle le préférait ainsi. Elle éclata de rire, fit le geste de le frapper au travers de la table. Il se recula en faisant semblant de se protéger de son bras replié.

— Allons, on ne s'en sortira pas ce soir, préféra-t-elle rompre. Viens, on range vite et on va se coucher. On sera mieux…

Il en convenait, mais une pensée lui trottait dans la tête, dont il savait déjà qu'il serait incapable de la garder pour lui. Pour ce soir, c'était trop tard, mais, tout de même, peut-être, un jour… Il finit par ne pas résister à l'envie d'y faire allusion :

— A l'occasion, dit-il, il faudra que je te parle d'Agathe.

— C'est qui, Agathe ?

— Une vieille copine du temps des manifs. Je l'avais perdue de vue, comme les autres. C'est elle qui m'a retrouvé. D'une drôle de façon. Je te raconterai.

Elle rangeait déjà la table et ne semblait pas trop pressée de connaître le détail de l'histoire d'Agathe. Il se leva et, plutôt que de l'aider, lui barra le passage quand elle revenait de l'évier, les mains vides. Il la prit dans ses bras.

— Laisse tout ça. On rangera demain. Pour l'heure, on a mieux à faire.

Elle se rendit en lui tendant ses lèvres.

15

Les chats durent s'y faire. Le camion d'Aurélie n'était pas près de repartir. Elle avait décidé que, sauf appel impérieux des uns ou des autres de ses amis mobilisés sur quelques causes essentielles, elle ne s'éloignerait plus tant que ne serait pas réglée l'affaire de Sylvestre. Elle redoutait moins l'activisme de Jeanne d'Araucourt que les réactions imprévisibles de son frère, qu'un moment de déprime pouvait jeter dans des extrémités déraisonnables.

Elle en convint avec Joseph et Antoinette. Avec cette dernière, surtout. Les réserves qu'avaient pu lui inspirer tour à tour l'arrivée impromptue de Sylvestre puis la façon décomplexée qu'Aurélie avait eue de s'installer chez lui appartenaient au passé. Elle était outrée par ce que lui avait expliqué Joseph des exigences et des menaces de Jeanne d'Araucourt. Passant d'un extrême à l'autre, elle était maintenant la plus résolue à prendre le parti de Sylvestre. Il fallait qu'on s'oppose par tous les moyens à ce qu'il soit jeté dehors.

Il y avait là une de ces connivences qui apparaissent parfois entre les plus modestes, ceux qui n'ont d'autres moyens de faire valoir ce qu'ils estiment être leurs droits que de faire nombre. Face à l'adversité, ils pressentent l'impérieuse nécessité de se regrouper, de faire taire les innombrables griefs qu'ils peuvent se porter les uns aux autres et de ne plus avoir pour horizon que la défense de leur cause.

A ceci près que Sylvestre, le premier intéressé, n'y croyait plus. Il s'était tellement brûlé les ailes à s'enflammer trop vite, trop seul, pour ce genre de combats perdus d'avance. Il n'attendait plus rien de personne.

Aurélie, elle, avait toutes les raisons de ne rien vouloir concéder. Dès le premier instant, elle avait compris que se trouvait là, de façon minuscule, dans ces deux maisons qui, seules, ne pesaient rien face au rouleau compresseur des intérêts locaux, la conjonction des sentiments d'injustice et de révolte dont peuvent naître les plus grands enthousiasmes. Elle était bien décidée à agir pour que prenne et lève la pâte de cette contestation-là.

Probablement bien loin de toutes ces considérations, madame d'Araucourt devait avoir d'autres chats à fouetter. Comme il fallait s'y attendre, on n'entendit plus parler d'elle, pas plus que de ses menaces d'expulsion. L'affaire en serait certainement restée là si la malchance n'avait pas voulu que l'été dans lequel on s'engageait soit particulièrement sec.

Bien que réputée ne jamais tarir, la source ne tarda pas à éprouver quelques difficultés à approvisionner tout à la fois l'abreuvoir des broutards d'Eugène Ravalot et les robinets de la maison de Sylvestre, où le séjour d'Aurélie doublait la consommation ordinaire.

Sylvestre ne commença à s'inquiéter que lorsqu'un soir, d'un doigt surpris, il ramassa, près de la bonde de son lavabo, un dépôt brunâtre dont l'origine ne pouvait pas faire de doute. Il en parla à Joseph. Sur-le-champ, ils partirent en expédition jusqu'à la source. Elle leur confirma le bien-fondé de leurs soupçons. Si, la nuit, pendant qu'ils ne tiraient pas d'eau, elle refaisait suffisamment ses réserves pour que le trop-plein alimente l'abreuvoir, dès le matin, après les toilettes et le petit déjeuner, le niveau était déjà trop bas pour qu'elle puisse assurer ce complément de service. En fin de journée, elle était tellement basse que l'eau qui s'en écoulait entraînait avec elle le limon qui tapissait le fond du petit bassin.

Non seulement il allait falloir envisager de se rationner sérieusement, mais il était surtout à craindre qu'Eugène Ravalot, qui n'allait pas manquer de se préoccuper de l'abreuvement de ses bêtes, ne découvre le pot aux roses. Le temps des ennuis n'allait pas manquer de revenir. En pestant contre l'absence du sautou qu'ils avaient eux-mêmes supprimé, ils poussèrent jusqu'à l'abreuvoir. On n'était qu'en fin de matinée et il n'était rempli qu'aux deux tiers. Encore quelques jours comme ça et il y avait fort à parier que commenceraient à monter du bas du pré les appels des jeunes bovins assoiffés.

— Et alors ? fut la réaction d'Aurélie quand ils lui annoncèrent la mauvaise nouvelle. Nous d'abord, trancha-t-elle sèchement. Vous avez été bien braves de lui en laisser, quand il voulait tout piquer. Maintenant, plus question de céder. Attends voir. Je m'en vais lui écrire, moi. On ne va tout de même pas devoir se rationner pour rendre service à ce monsieur…

Joseph était partagé. D'un côté, il était d'accord avec Aurélie et il admirait même sa fermeté. D'un autre côté, il rejoignait sans nuance l'inquiétude de Sylvestre. Déclarer la guerre était une chose, avoir les moyens d'en assumer les conséquences en était une autre.

— Tu crois… tenta Sylvestre.

— Si je crois ! Venez avec. On va même la lui rédiger tout de suite, cette lettre.

Devant les deux hommes perplexes, elle s'installa à la table, un bloc à lettres devant elle, et commença à rédiger en leur faisant la lecture.

— « Monsieur, dans un souci d'apaisement, nous vous avons laissé le bénéfice du trop-plein de la source de Chamasson pour abreuver vos bêtes. Jusqu'à maintenant, cette solution de partage a fonctionné parfaitement pour le bien de tous. Or, il se trouve que la sécheresse que nous vivons, en réduisant notablement le débit de la source, nous contraint à… » A quoi ? dit-elle en levant le nez vers eux. A supprimer le trop-plein ?

— Ben… Peut-être, c'est trop dur. Si tu disais « à le remonter » ? Ça passerait peut-être mieux.

— Ça revient au même. Mais enfin, si tu préfères…

Elle reprit sa rédaction :

— « … nous contraint à… », à relever ? Non, ça ne va pas. A rehausser ! Tiens, rehausser, ça fait mieux : « à rehausser le niveau du trop-plein. Au cas où cette sécheresse persisterait, il est à craindre que votre abreuvoir ne puisse plus être alimenté en quantité suffisante pour satisfaire les besoins de vos bêtes. Il vous appartient, en conséquence, de prendre les mesures nécessaires pour compenser cette impossibilité dans laquelle nous nous trouvons de laisser couler suffisamment d'eau vers votre abreuvoir. Veuillez croire, Monsieur… », etc., etc.

Elle relut sa prose. Ils se tenaient toujours, tous les deux, debout devant elle, au coin de la table, et ne semblaient pas tout à fait convaincus de la pertinence de l'opération. Mais elle avait l'air tellement décidée ! Ils ne savaient quoi dire.

— Pas mal ! estima-t-elle enfin. Hein ? Qu'est-ce que vous en dites ? Pas trop dur. On le prévient. Qu'est-ce qu'il a à en dire ? On est encore trop braves. Allez, ouste. Je mets ça sous enveloppe et à la poste !

La réaction vint par où Sylvestre l'attendait le moins. Eugène Ravalot dut estimer qu'il ne tenait pas totalement le bon bout en exigeant l'usage prioritaire de la source au bénéfice de ses bêtes. Joseph, qui surveillait en douce, vint leur annoncer un soir qu'à sa grande surprise il avait vu un tracteur arriver dans le grand pré Ravalot. Sur sa fourche, à l'avant, il portait un abreuvoir métallique qu'il avait délicatement déposé près de la porte. De la lourde tonne sur roues qu'il tractait, il l'avait empli d'eau à ras bord. Elle devait être d'une grande contenance, car il l'avait laissée là, prête à compenser dès qu'il le faudrait ce que les bêtes n'allaient pas manquer de consommer.

Ils se gardèrent bien de crier victoire et si Aurélie n'en démordait pas de sa résolution à faire face, Sylvestre se prépara au coup suivant. Il avait évidemment raison. Le téléphone dut marcher entre la ferme Ravalot et la Haute-Garonne. Ils n'eurent à attendre que deux jours avant qu'un beau matin une grande limousine noire tente l'aventure de s'engager dans le chemin défoncé qui joignait la route à la maison Tardy.

Seul le chien, dont la garde, dès lors qu'on ne s'en prenait pas à sa pâtée, était le dernier de ses soucis, ne broncha pas. Sous l'œil attentif de Sylvestre et Aurélie, chacun à un coin de rideau, des trois chats, prudemment retranchés dans l'ombre du sous-bois, et de Joseph, opportunément de passage dans sa cour, après avoir copieusement patiné et dérapé dans le chemin, le brillant de sa carrosserie quelque peu altéré par la poussière, la voiture vint se garer entre le camion et la maison. En descendit un homme d'un certain âge, le complet veston irréprochable, mais l'air consterné à la vue de l'état de son véhicule. Sans surprise, il alla chercher sur le siège arrière une serviette en cuir au noir assorti à celui de son pantalon. L'œil sévère, il vint enfin vers le perron.

Ils avaient compris. Sylvestre avait déjà son air de chien battu prêt à tous les renoncements lorsque son regard rencontra celui d'Aurélie, qui pétillait de l'ardeur avec laquelle on va au combat. Il alla jusqu'à la porte et l'ouvrit avant qu'on ait frappé. C'était bien entendu le notaire. Il se présenta brièvement avant d'aller poser sa serviette sur la table comme s'il était chez lui, de l'ouvrir et d'en sortir une chemise cartonnée d'un beau vert tendre.

— Monsieur Sylvestre Tardy ? demanda-t-il pour la forme.

— C'est moi.

— Et… madame ?

De quoi il se mêlait, celui-là ? Qu'est-ce ça pouvait lui faire que Sylvestre ait une dame chez lui ? Le regard d'Aurélie lança des flammes.

— Je suis une amie, dit-elle sèchement.

Il fallut bien qu'il s'en contente. Il ne parut d'ailleurs pas éprouver le besoin d'insister.

— Mon étude gère le dossier de cette maison, attaqua-t-il. Dossier en attente depuis très longtemps, faute d'avoir pu vous contacter, monsieur Tardy. J'ai là par ailleurs une requête de votre sœur, Jeanne d'Araucourt née Tardy, qui me charge, en plus de conclure les démarches inhérentes à l'héritage de vos parents, démarches restées en suspens du fait de votre absence, d'établir avec vous les conditions dans lesquelles vous pourrez la dédommager de l'usage que vous faites, sans l'en avoir avertie, de ce bien lui appartenant pour moitié.

Il reprit son souffle. Sylvestre fixait sur lui un regard tétanisé d'angoisse. Aurélie se contenait. Il parut attendre une réaction qui ne vint pas.

— Bon, reprit-il. Je vous ai préparé un petit mémorandum vous exposant aussi clairement que possible l'état de cette affaire. Vous voudrez bien en prendre connaissance et me transmettre vos conclusions dans les délais les plus brefs. Par ailleurs, madame votre sœur m'a demandé de vous préciser que, sans réponse sous quinzaine, elle me mandaterait pour que j'entreprenne une procédure d'expulsion à votre égard. Voilà. Je crois que tout est dit. Vous avez des observations à formuler ?

Sylvestre n'en avait évidemment pas. Il était dans un tel état de tension qu'il aurait été incapable de prononcer un mot. Aurélie le vit bien. Elle s'était tenue légèrement à l'écart jusque-là. Elle fit un pas en avant.

— Vous savez forcément que vous n'avez pas le droit d'agir ainsi, dit-elle.

En toutes autres circonstances, l'air ulcéré que prit le notaire eût été risible.

— Co… comment ça, madame ? bafouilla-t-il. Comment pouvez-vous…

— Sylvestre est ici chez lui tout autant que sa sœur. Qu'il y ait débat entre eux pour savoir ce qu'ils vont faire de la maison de leurs parents, c'est une chose. Que vous prétendiez pouvoir l'expulser de chez lui, c'en est une autre. Et vous savez mieux que moi où est la différence.

Il voulut avoir le dernier mot :

— Mais de quel droit, madame…

Elle ne le laissa pas finir :

— Du droit que je prends de dénoncer une irrégularité doublée d'une injustice quand il s'en trouve. Et tel est le cas. Vous le savez très bien. Maintenant, vous avez fait votre sale boulot. Vous pouvez disposer.

Il n'insista pas, mais partit furieux en promettant si fort que ça ne se passerait pas comme ça que les chats, que leur curiosité avait rapprochés de la maison, s'esbignèrent à nouveau dans le bois, et que Joseph, depuis sa cour, s'alarma. Il attendit que la belle voiture soit à nouveau engagée dans son numéro de gymkhana pour venir aux nouvelles.

— Et alors ? demanda-t-il d'une voix inquiète en pointant un nez prudent au coin de la porte.

— Vous tombez bien, Joseph. Entrez donc.

Aurélie était encore sous le coup de l'excitation. Sylvestre, bougon, faisait semblant de lire les documents que le notaire lui avait laissés. De tout le temps que prit Aurélie pour mettre Joseph au courant, il n'en leva pas le nez.

— Tu vois, ne l'en apostropha-t-elle pas moins quand elle en eut fini avec Joseph. Suffit de taper sur la table. Regarde donc. Pour le coup du sautou qu'on a supprimé, il s'est écrasé, le Ravalot. Pour les cadenas, je ne dis pas. Ça m'étonnerait, mais on ne sait pas. Peut-être qu'il n'a pas encore vu. Notre lettre, tu as vu l'effet ? Il a dit amen. Ce coup-ci, ça fera pareil. Maintenant, il sait qu'on ne se laissera pas faire. Voilà tout.

Sylvestre n'était toujours pas en état de répliquer. Joseph prit le parti de parler à sa place et de traduire la part d'inquiétude qu'il savait partager avec lui :

— Peut-être, dit-il. Mais maintenant, c'est de la Jeanne qu'il va falloir se méfier. Sûr que ce sont eux, les Ravalot et compagnie qui l'ont prévenue. Ça, c'était après le coup du panneau « Propriété privée » et du sautou démonté. Cette fois, s'ils l'ont décidée à faire donner le notaire, c'est à cause de la lettre. A craindre qu'ils ne sortent le grand numéro...

— Le grand numéro ? De quoi vous me parlez, là ? Qu'est-ce que vous voulez qu'ils fassent de plus ? Qu'ils asticotent Jeanne pour qu'elle lui fasse encore plus d'embêtements ? Et après ? Quels autres embêtements elle peut lui faire ? Il ne peut pas payer, soit. Ça se constate, ça. Après, c'est une affaire de famille, entre un frère et une sœur. Ravalot et sa bande, ils n'ont rien à voir là-dedans.

Elle mettait un peu de mauvaise foi à ne rien vouloir entendre, mais, au fond, Joseph devait admettre que sa tactique, pour brutale qu'elle était, en valait bien une autre.

— Reste tout de même qu'il va bien falloir qu'il s'entende avec sa sœur, celui-là.

Du menton, il désignait Sylvestre, qui paraissait toujours aussi étranger à leur conversation. Renonçant à faire semblant de l'étudier, il avait reposé le dossier du notaire sur la table, s'était assis du bout des fesses et, l'air toujours aussi sombre, les considérait sans sembler bien les voir.

— T'entends ? lui demanda Aurélie. Il a raison, Joseph.

Il haussa les épaules.

— M'entendre avec Jeanne ? Et comment ? Jamais on ne s'est entendus. Ce n'est pas maintenant que ça va commencer.

— Ah, évidemment, si tu pars sur un raisonnement pareil…

Joseph en avait assez entendu. Il avait à faire dans sa cour.

— Bon, dit-il. Pas de tout ça, mais il faut que j'y aille, moi. On en reparle quand vous voulez. Et puis, si vous avez besoin… Vous savez qu'on est là.

— Tu vois, tu n'es pas seul, tenta d'insister Aurélie dès qu'il les eut quittés. Ces gens-là, ce seront les premiers à se mobiliser s'il le faut.

C'était ce qu'il ne fallait pas dire. Sylvestre sursauta.

— Ah non ! bondit-il. On ne va pas recommencer avec des trucs comme ça. J'en ai assez de tout ça. J'en ai assez vu. Tu ne vas tout de même pas ameuter la moitié du pays, déballer tout ça sur la place publique !… Ça je ne veux pas. Autant partir.

Elle s'en trouva sans voix, sans arguments, incapable de répliquer. Bras ballants, sans le quitter des yeux, elle erra quelques instants dans la pièce. Puis elle tira une chaise, la planta au milieu du passage et s'assit face à lui, les bras croisés. Elle avait assez milité, participé à toutes les luttes possibles et imaginables, pour comprendre. Elle dont l'ardeur restait intacte n'en avait pas moins beaucoup de mal à concevoir qu'on puisse en venir, un jour, par lassitude, à nier, comme le faisait Sylvestre, toute cette énergie qu'ils dépensaient tous sans compter au service des causes les plus diverses. Elle savait que ce genre de rupture n'était pas un cas isolé. Mais, à s'y trouver confrontée, elle se sentait complètement désarmée.

Ils restèrent un long moment ainsi, face à face, silencieux, lui enfermé dans son refus obstiné, elle cherchant désespérément par où atteindre la faille qui devait bien exister. Une idée lui vint enfin. Une idée infime dont rien ne lui disait, hormis son intuition, qu'elle pourrait l'aider à le convaincre. Elle hésita longuement à la formuler. Rien ne l'assurait que l'effet ne serait pas à l'opposé de ce qu'elle espérait. Elle finit par s'y résoudre par défaut, pour ne rien avoir trouvé d'autre à lui faire valoir :

— C'est qui, Agathe ? demanda-t-elle à brûle-pourpoint, avec la peur au ventre qu'il en profite pour se défiler.

Il eut l'air sidéré.

— Pourquoi tu me demandes ça ?

— Tu m'as dit l'autre jour que tu me raconterais.

Il parut se détendre, parvint même à esquisser un sourire. Elle eut bien du mal à ne pas laisser paraître un profond soupir de soulagement.

— Attends, dit-il.

Il alla ouvrir le même tiroir d'où, à quelques soirs de là, il avait sorti les deux lettres. Il en revint avec celle d'Agathe, la tendit à Aurélie.

— Lis, dit-il. Je te dirai après qui était Agathe.

16

— Pourquoi tu m'as parlé d'elle au passé ? Elle existe encore, Agathe, puisqu'elle t'écrit.

Sylvestre sourit en reprenant la lettre des mains d'Aurélie.

— Oui, bien sûr. Enfin, je pense. Cette lettre, ça fait plus de trois ans qu'elle l'a écrite.

— Et, naturellement, tu ne lui as jamais répondu.

Il confirma d'un geste du menton. Il occupait ses doigts à ranger soigneusement la lettre d'Agathe dans son enveloppe et faisait visiblement durer le plaisir. Aurélie eut la tentation de questionner. Elle s'en abstint juste à temps. Passant sans transition d'un extrême à l'autre, il était tout à coup trop souriant, trop détendu, pour que l'envie de raconter ne le tienne pas. Mais il fallait que les mots se mettent en place. Il fallait prendre patience.

— Tu te souviens ? commença-t-il enfin. La première fois que tu es venue ici, en partant, le matin, tu m'as glissé un mot sous la porte. Tu te souviens ?

Elle dut confirmer. Elle était toujours sur sa chaise au milieu du passage et lui assis du bout des fesses sur la table. Il plongea du nez vers la lettre d'Agathe qu'il tenait à la main.

— Eh bien, cette lettre-là, je l'ai trouvée à l'endroit précis où a atterri le mot que tu m'as laissé. C'était le jour même de mon arrivée, après que j'ai eu bien du mal à ouvrir la porte. Ça faisait trois ans qu'elle attendait là.

— Et c'est qui, Agathe ?

C'était évidemment ce qui importait à Aurélie et ce que Sylvestre avait le plus de mal à formuler. Il eut un geste vague de la main, prit encore le temps de se tourner vers la table, où il posa la lettre. Puis il eut un gros soupir en refaisant face à Aurélie. Cette fois, il n'avait plus d'autre choix que de se jeter à l'eau.

— Agathe, c'est... Comment te dire ? J'ai l'impression de l'avoir toujours connue. En fait, ça remonte à 1968...

S'étaient-ils seulement remarqués, les toutes premières fois, dans la foule des étudiants en grève, lors des premiers forums, à la Sorbonne, à l'Odéon ou ailleurs ? C'était avec le temps, à force de se retrouver dans les mêmes réunions, les mêmes défilés, puis sur les mêmes barricades, qu'ils avaient fini, avec d'autres, par se constituer en groupes, par affinités, pour clamer ensemble des convictions d'autant plus fortes qu'elles étaient tout nouvellement acquises.

Ensuite, ils ne s'étaient plus guère quittés. Elle était descendue avec lui en Lozère. Ils avaient cru se perdre de vue quand il avait compris que ces « communautés » de circonstance n'étaient qu'illusions fugaces. Il était remonté vers le Morvan d'abord, puis vers Paris après s'être brouillé avec son père. Agathe et lui s'étaient retrouvés parmi les « autonomes » les plus radicaux des années soixante-dix et avaient fini par migrer ensemble vers le Larzac, où ils avaient longuement séjourné. Une nouvelle fois, ils s'étaient séparés sans trop penser se revoir quand Sylvestre avait repris le chemin de Paris en compagnie de Nathalie, qui devait devenir son épouse.

La page semblait bien tournée. Pourtant, à plus de dix ans de là, quand Sylvestre, au grand dam de Nathalie, prit l'habitude de se retrouver avec quelques amis du bon temps de la contestation, dans un caboulot de la place de Furstenberg, une des premières qu'ils retrouvèrent et qui vint les rejoindre fut Agathe.

Elle y était d'autant plus à l'aise qu'elle n'avait pas rompu avec son passé. Loin de là. Sylvestre, sidéré, découvrit qu'elle avait fait son chemin. Il n'était pas de forums, de colloques, de grandes messes de toutes ces associations où se remuaient à pleins paniers les idées dont ils avaient jadis griffonné les brouillons, auxquels elle ne participait pas. C'était là, sur le levain qu'ils avaient pétri de toutes leurs ardeurs désordonnées, qu'étaient en train d'éclore de grands mouvements tels que l'écologie et, un peu plus tard, l'altermondialisme.

Et c'était là que Sylvestre, ébahi, avait réalisé ce qui avait toujours fait la différence entre Agathe et lui. C'était certes avec la même ardeur qu'ils avaient l'un et l'autre appelé la révolution de leurs vœux. Mais là où lui ne pensait qu'à passer en force, par la lutte au sens physique du terme, par l'opposition frontale, elle avait vite compris que leur efficacité, si elle devait se démontrer, ne s'inscrirait que dans le long terme. Très vite, elle avait fait partie de ces « responsables » que Sylvestre et ses amis méprisaient un peu et considéraient facilement au mieux comme des gêneurs, au pire comme des traîtres. Eux n'avaient récolté que des coups, des blessures, physiques et surtout morales, rencontré que des abandons et beaucoup de solitude, pendant que des groupes de réflexions se structuraient, de plus en plus loin d'eux, et continuaient à se battre, sur un autre terrain, d'une autre façon.

Seule Agathe avait compris le drame de Sylvestre, sommé par Nathalie de choisir entre ses amis et son foyer. Elle avait fait ce qu'elle pouvait. Elle tenta de le raisonner, n'était peut-être pas la mieux placée pour cela. Elle renoua avec Nathalie, qu'elle avait connue sur le Larzac et avec laquelle elle avait un peu sympathisé. Elles se retrouvèrent avec plaisir. Nathalie alla jusqu'à l'inviter à plusieurs reprises chez eux. Elle dut espérer pendant un temps qu'Agathe aurait suffisamment d'influence sur Sylvestre pour le ramener dans le droit chemin.

Les grèves de 1995 et l'illusion, pour quelques nostalgiques tels que Sylvestre, que « tout recommençait » firent déborder le vase. Nathalie y perdit ses dernières illusions et rompit brutalement. Si Sylvestre eut la tentation de garder le contact avec Agathe, le dénuement dans lequel il se retrouva du jour au lendemain et la rapide dérive qui s'ensuivit l'en dissuadèrent. Question d'amour-propre. Une fois de plus, leurs chemins divergèrent. Et ce n'était pas sur celui particulièrement fangeux où Sylvestre se retrouvait engagé qu'ils risquaient de se retrouver.

— Eh bien, tu vois. Elle ne t'a pas oublié, elle.

Il avait parlé d'une traite, sur un ton monocorde, ne relevant que rarement les yeux pour s'assurer de l'attention d'Aurélie. Il eut une moue un peu narquoise.

— Parce que tu crois que je l'avais oubliée, moi ?

— C'est avec elle que tu aurais dû vivre ; pas avec Nathalie.

Il eut l'air sidéré.

— N'importe quoi ! Il n'y a jamais eu d'amour entre nous. C'était autre chose. Appelle ça comme tu veux : amitié, estime réciproque, attachement, tout ce que tu voudras, mais pas d'amour. Avec le caractère qu'elle a, on n'aurait pas tenu huit jours ensemble.

Elle se retint de lui répliquer qu'en matière de fichu caractère il se posait un peu là. Ce n'était pas le moment.

— N'empêche, elle a su te retrouver.

— Non. Elle a essayé, d'accord. C'était sympa. Mais je ne lui ai pas répondu. Elle ne sait pas que je suis là. Elle ne sait même pas si j'existe encore.

— Eh bien maintenant tu vas le faire. Tu vas lui écrire.

Il considéra longuement Aurélie, toujours assise sur sa chaise devant lui. Son air résolu ne lui laissa aucun doute. Ce n'était pas une question, pas même une suggestion. Sans être un ordre, c'était une invitation si forte qu'elle ferait tout pour qu'il ne s'y dérobe pas. Il n'y était pourtant nullement décidé.

— Et pour quoi faire ? demanda-t-il. Ça servirait à quoi ? Renouer avec tout ça ? Tu sais bien que je ne le veux à aucun prix. C'est du passé. On n'en parle plus.

A sa grande surprise, elle n'insista pas. Elle se leva, alla remettre la chaise à sa place.

— Tête de cochon, dit-elle. Parce que tu crois que c'est comme ça que tu vas t'en sortir ?

La matinée était passée sans qu'ils y prennent garde. Il n'était que temps de penser à déjeuner. Elle prit prétexte du repas à préparer pour réfléchir devant ses fourneaux. La perspective d'une expulsion ne l'inquiétait guère. Leur argument tenait. Sylvestre avait tout autant le droit que sa sœur d'habiter la maison de leurs parents. Du moins n'aurait-il pas de difficultés à faire traîner une procédure, en admettant qu'elle soit engagée, durant très longtemps. Quant aux dédommagements réclamés par Jeanne, il suffirait d'une déclaration d'insolvabilité de Sylvestre pour qu'il n'en soit plus question. Le problème était qu'il ne s'y résoudrait évidemment jamais. Il y verrait une humiliation de plus et refuserait obstinément, comme il savait si bien le faire, d'en passer par là.

En fait, ce que redoutait Aurélie c'était le cinéma que Sylvestre n'allait pas manquer de se faire. Elle se souciait bien moins du notaire et de toutes ses paperasses que des réactions trop prévisibles de son amant.

La perspective de devoir rester là aussi longtemps que durerait cette affaire n'était pas pour lui plaire. On pouvait d'un jour à l'autre l'appeler à la rescousse sur une manifestation ou sur une autre. Il y avait cet aéroport, dans la région nantaise, où la contestation ne mollissait pas et ce barrage, dans le Tarn, où il y avait eu mort d'homme. Il y avait aussi toutes ces luttes qui se multipliaient autour d'entreprises qu'on fermait à tour de bras sans trop se soucier des salariés qu'on laissait sur le carreau. Elle était trop engagée dans tous ces combats pour accepter de gaieté de cœur d'y renoncer. D'ailleurs, si on faisait appel à elle, c'était qu'elle y avait son utilité. Elle avait des compétences. Elle savait négocier, mais elle savait aussi entretenir l'enthousiasme des foules. Ça se savait. On ne comprendrait pas qu'elle refuse.

D'instinct, Agathe lui était apparue comme le relais possible pour veiller à ce que Sylvestre ne fasse pas de bêtise. Tenir bon, dans de pareils cas, n'est pas évident. Livré à lui-même, il ne chercherait même pas à se défendre. Qui d'autre qu'Agathe pouvait la relayer si elle devait s'éloigner ? Ce qu'elle venait d'entendre de la bouche de Sylvestre n'avait fait que renforcer sa conviction. Aurélie était persuadée de n'avoir rien à redouter d'Agathe. A l'évidence, il n'y avait rien eu d'autre, entre Sylvestre et elle, qu'une grande amitié et une tout aussi grande estime. La séduction n'avait jamais eu sa place entre eux.

Comment, pour autant, obtenir qu'il consente à lui donner signe de vie ? Ce n'était pas gagné d'avance. A moins que… Parce qu'il y avait aussi ce qu'elle venait d'apprendre au sujet des rapports qui avaient existé entre Agathe et Nathalie. Qui disait qu'ils étaient rompus ? Retisser autour de Sylvestre un réseau de relations, qu'elles soient familiales ou amicales, apparaissait à Aurélie comme le plus sûr moyen de l'aider à sortir de l'espèce d'autisme dans lequel il s'enfermait. Ils avaient divorcé, certes. Nathalie avait probablement refait sa vie. Mais il était tout de même le père de son fils. Son fils… Et si c'était là la corde sensible sur laquelle jouer ? Agathe était l'unique fil qu'elle pouvait suivre. Peut-être, avec un peu de chance, mènerait-il jusqu'à lui. Encore fallait-il le renouer, ce fil. Encore fallait-il qu'en trois ans de temps il ne se soit pas rompu.

Rien, désormais, ne pourrait empêcher Aurélie de tout tenter pour en avoir le cœur net. Elle savait que c'était s'aventurer bien loin des problèmes posés par Jeanne et par le notaire et attisés par le clan Ravalot, mais elle n'avait pas le choix. C'était la seule piste qui s'offrait à ses investigations. Elle était bien ténue, bien hypothétique. Comme toujours, pourtant, Aurélie s'en remettait à son intuition, qui lui disait qu'un lien, peut-être, pouvait se révéler.

Elle laissa passer le déjeuner sans remettre la question sur le tapis. Puis elle prétexta une course à faire pour démarrer le camion et disparaître. Il fallait laisser Sylvestre mijoter dans ses angoisses. Il fallait qu'il se fasse des bleus et des bosses au moral en se cognant aux murs qui obstruaient son horizon. Elle l'espérait ensuite plus malléable.

Elle revint en fin d'après-midi. La maison était grande ouverte, mais ni Sylvestre ni le chien n'étaient visibles. Même les chats semblaient s'être évaporés. Si ceux-ci les avaient suivis, ils ne devaient pas être bien loin. Elle se dirigea à tout hasard vers le pré. Avant d'en atteindre la barrière, elle les vit. A mi-pente, dans la lumière dorée du soleil couchant, Sylvestre était assis dans l'herbe, le chien couché à ses pieds. L'âne broutait à trois pas d'eux. Les trois chats se tenaient à bonne distance, à la limite de l'ombre, pas loin de la lisière du bois.

Elle ne se montra pas. Le chien avait brièvement levé la tête, comme s'il avait deviné sa présence, mais il avait dû l'identifier. Il s'était recouché. Adossée à un arbre, elle resta un long moment à les observer. Une paisible entente émanait du groupe qu'ils formaient. Chacun était à sa place et s'y trouvait bien. Même le tourbillon d'idées noires qui devait se déchaîner sous le crâne de Sylvestre ne pouvait empêcher que de sa place, contre son arbre, elle le devina à l'aise au milieu de ses bêtes. Elle en ressentit de la frustration. Elle aurait aimé s'inscrire dans leur cercle et y trouver le même équilibre qu'eux.

En avaient-ils seulement conscience ? Sylvestre, au fond, agissait à l'image de ses animaux que satisfaisait leur état de l'instant. L'avenir et ses angoisses n'avaient pas de sens pour eux. Lui ne pouvait pas se réfugier pleinement dans cette ignorance. Il en subissait la torture, mais il se comportait comme s'il suffisait de nier l'existence du lendemain pour que se prolonge indéfiniment l'insouciance de l'instant.

Etait-ce là que résidait la différence fondamentale entre l'homme et les animaux ? Et si c'était du jour où était venu au premier le désir de prendre en main son devenir qu'était née toute l'ambiguïté du monde ?

C'était bien le moment de se poser de telles questions. Un instant, elle envia la sérénité inconsciente des animaux, puis se reprit. Sylvestre n'était évidemment pas dans un état normal. Peu importait de savoir quand il avait craqué, ni même pour quelles raisons précises. Il était hors du temps et des réalités. Il convenait bien au tempérament d'Aurélie, en fin de compte, que lui échoie la lourde tâche de le sortir tout à la fois de cet état anormal et des problèmes qu'il lui occasionnait.

Elle était bien placée pour savoir qu'en toutes choses et en tous lieux il ne fait pas bon être « différent ». Sylvestre n'en avait certainement pas mesuré le risque en venant se réfugier dans la maison de ses parents. Dans son comportement comme dans son état, il était pourtant la victime toute désignée de ceux qui ne peuvent tolérer qu'on ne soit pas exactement à leur image.

Il n'y avait guère eu que Joseph et Antoinette pour, au-delà de leurs premières méfiances, reconnaître en lui un de leurs pareils, un petit, un simple. Les deux vieux n'en demandaient pas plus. Il leur avait plu que leur minuscule communauté s'élargisse d'une âme à la recherche de la même simplicité. Mais qu'entendaient-ils à la lutte qu'il allait falloir mener pour que les grands tourbillons des ambitions et des jalousies s'éloignent et les épargnent ?

Là-haut, dans le pré, à l'exception de l'âne qui allait doucement au gré des senteurs de l'herbe qu'il broutait, personne n'avait bougé. Aurélie contourna discrètement l'arbre auquel elle était longtemps restée adossée et reprit le chemin de la ferme. S'il en était besoin, ce petit intermède avait été comme une confirmation supplémentaire dans sa résolution de sauver Sylvestre.

A la maison, sans hésiter, elle alla ouvrir le tiroir de la petite table de travail dont il lui avait dit qu'elle avait été celle de son père. C'était de là qu'à deux reprises elle l'avait vu sortir des courriers qu'il voulait lui montrer. Il y avait la lettre de Jeanne puis celle d'Agathe. Ce fut celle-là qu'elle ouvrit. Elle la parcourut rapidement, retrouva vite ce qu'elle cherchait.

— Alors, on fait quoi ? demanda-t-elle à Sylvestre quand il réapparut.

Il la contempla un long moment, l'air étonné.

— Qu'est-ce que tu veux qu'on fasse ? Il n'y a rien à faire.

Elle n'insista pas.

17

Agathe reposa le combiné du téléphone sur son socle et alla se planter devant la large porte-fenêtre de son salon, d'où le regard s'évadait sans retenue sur le littoral des Issambres puis sur la Méditerranée. Quelques embarcations, bateaux de pêcheurs ou de plaisanciers, étiraient l'écume de leurs sillages au large de la côte. Plus loin, près de l'horizon, on distinguait à peine, dans la légère brume, les silhouettes de deux ou trois cargos.

— Si je m'attendais... murmura-t-elle.

Elle avait certainement été très belle, de cette beauté imposante des femmes que ne traumatise pas leur grande taille et qui savent en jouer pour en imposer aux hommes. Avec l'âge était venu le temps où elle avait dû renoncer simultanément à plaire et à lutter contre une tendance irréversible à l'embonpoint. Les fils argentés s'étaient multipliés dans son abondante chevelure brune. Elle n'avait pas cherché à les dissimuler. Seuls le regard et le geste n'avaient rien perdu de leur vivacité. Loin de se lamenter sur les inévitables outrages du temps, elle estimait non sans raison que ce qu'elle avait indéniablement gagné en prestance valait bien les éclats fugaces de sa beauté envolée.

Retirée, depuis sa retraite, dans la villa perdue au milieu de la pinède des Issambres qu'elle avait héritée de ses parents et jalousement entretenue depuis leur disparition, elle ne s'en considérait pas pour autant coupée à jamais des débats qu'elle avait suscités et entretenus durant toute son active carrière. Après les contestations brouillonnes des années soixante et soixante-dix, elle avait vu naître le mouvement écologiste puis l'altermondialisme. Attachée de presse des uns, porte-parole des autres, déléguée de tel ou tel mouvement dans tous les grands forums qui s'étaient multipliés à travers le monde dans les années quatre-vingt-dix et au début du second millénaire, elle avait côtoyé toutes celles et tous ceux qui, peu à peu, avaient réussi à porter ces nouvelles idées dans les grands débats politiques. Elle restait en contact avec nombre d'entre eux et ne manquait aucune occasion de faire valoir ses façons de penser.

Si, dans les premiers temps, elle avait eu quelques difficultés à se faire à sa retraite, elle avait vite trouvé un équilibre non dénué de charme entre le temps qu'elle lui laissait et les quelques heures qu'elle consacrait chaque jour à entretenir ses vieilles amitiés et à ne rien sacrifier de ses idées.

Elle avait espéré quelque temps une réponse à sa lettre glissée sous la porte de la maison des parents de Sylvestre. Il y avait eu trop de choses, entre elle et lui, pendant trop d'années pour qu'elle n'ait pas longtemps regretté de l'avoir perdu de vue. La façon dont cela s'était fait lui avait d'ailleurs laissé du vague à l'âme.

Ce déchirement entre Nathalie et lui, le rôle qu'elle n'avait peut-être pas su tenir, puis cette disparition brutale, sans lendemain… N'aurait-elle pas dû consacrer un peu de son temps, à l'époque, à le rechercher ? Elle était convaincue, si elle s'y était prise à temps, qu'elle aurait au moins pu savoir ce qu'il était devenu. Elle s'était laissé prendre par ses multiples activités. Sur le coup, elle n'avait pas mesuré la profondeur du gouffre dans lequel il s'était évanoui.

Elle avait essayé de rester en contact avec Nathalie. Mais celle-ci avait été trop durement blessée par la disparition de Sylvestre. Agathe savait que, à tort ou à raison, elle lui en faisait porter une part de responsabilité. Les liens s'étaient peu à peu distendus. Elles correspondaient encore, de façon ponctuelle. A la nouvelle année, elles s'échangeaient leurs vœux. Il n'y avait pas si longtemps, elle avait reçu le faire-part de mariage de leur fils, Thomas. Elle avait tenté de profiter de cette circonstance heureuse pour renouer les fils. Elle avait écrit une longue lettre à Nathalie et l'avait même invitée à venir passer quelques jours aux Issambres si elle en avait l'occasion. Elle n'avait pas reçu de réponse.

Elle était assez lucide pour réaliser que si l'amitié qu'elle portait à Nathalie entrait pour une bonne part dans les efforts qu'elle avait consentis pour qu'elles restent en relation, il y avait surtout, au fond d'elle, l'espoir jamais éteint de voir un jour Sylvestre réapparaître. Qu'il n'ait pas réagi à sa bouteille à la mer glissée sous la porte d'une maison morvandelle close depuis certainement longtemps ne l'avait pas outre mesure étonnée. Il y avait eu l'espoir un peu fou que ça marche, mais la raison lui avait opportunément rappelé qu'il était brouillé depuis très longtemps avec ses parents. Peut-être même, depuis le temps, la maison ne lui appartenait-elle même plus. Elle imagina même des vacanciers, ouvrant leur résidence d'été et découvrant cette lettre à leurs pieds. S'ils l'avaient lue, ils n'avaient pas dû y comprendre grand-chose. Ils l'avaient probablement détruite, brisant à tout jamais le dernier et si frêle lien la reliant à Sylvestre.

Alors ce coup de téléphone, ce matin, à l'heure où, prenant son temps, elle ouvrait en grand sa maison sur la nature… Elle avait encore du mal à y croire. Qui était cette jeune femme ? Elle s'était d'abord présentée comme une amie de Sylvestre. Elle avait ajouté aussitôt, comme autant de titres à lister sur sa carte de visite, tous ses liens avec des associations et des mouvements de défense écologistes qu'Agathe était bien placée pour connaître puisqu'elle avait été à l'origine de leur création. Ce n'était évidemment pas un hasard. Peut-être une sorte de signe de reconnaissance indiqué par Sylvestre. Mais pourquoi n'avait-il pas appelé lui-même ? Les explications de cette Aurélie ne l'avaient pas totalement convaincue. Elle lui avait brossé un tableau d'un Sylvestre pusillanime, replié sur lui-même, partant battu, qui correspondait si peu à celui qu'avait connu Agathe et qu'elle avait tant apprécié.

Restait sa lettre, dont ce qu'Aurélie lui avait dit correspondait bien à la réalité. Et puis tous ces problèmes d'héritage et de malveillance locale auxquels, disait-elle, il se trouvait confronté. Que pouvait y faire Agathe ? Là, Aurélie était restée dans le flou. Ou du moins Agathe n'avait pas réussi à saisir le fond de sa pensée. En l'appelant ainsi au secours, elle avait évidemment une idée derrière la tête, mais la paisible retraitée des Issambres avait du mal à cerner la réalité de ce qui pouvait se passer dans ces collines sauvages, couvertes de forêts, qu'elle se souvenait avoir traversées à grand-peine, lorsqu'elle avait fait le détour de Chamasson.

Elle était alors en route vers sa retraite, voiture bondée d'une bonne part de son déménagement. Elle n'aspirait qu'à retrouver sa belle maison face à la mer, au milieu de sa pinède, et ne gardait pas un très bon souvenir du détour qu'elle avait fait par les petites routes zigzagantes du Morvan, dans ces paysages rudes et déserts où elle avait bien cru ne jamais dénicher ce minuscule hameau.

Et quelque chose commençait à lui souffler qu'elle n'avait guère d'autre choix que d'en entreprendre à nouveau le voyage. Pas question, bien entendu, de laisser passer cette chance inespérée de retrouver Sylvestre. Or, Aurélie lui avait bien expliqué, sous le sceau du plus grand secret, qu'elle lui téléphonait à son insu, lui-même refusant catégoriquement de s'en charger. C'était là, pour Agathe, un comportement incompréhensible. Lui à qui elle avait tant de fois reproché d'être trop fonceur, de prendre des coups pour ne pas avoir suffisamment réfléchi ses actes, elle ne pouvait concevoir qu'il en soit venu à ne plus oser saisir le téléphone pour l'appeler. A moins qu'il n'ait quelque chose à lui reprocher ? Absolument pas, avait promis Aurélie. Alors, pourquoi ? Il lui faudrait en avoir le cœur net. Et pour ce faire, puisqu'il ne voulait pas l'appeler, il n'y avait pas d'autre moyen que la confrontation directe.

Elle commença par se tromper et aboutit chez Joseph au moment où ce dernier, pour avoir la paix pendant qu'il le nettoyait, avait chassé toutes les habitantes du poulailler. Pas mécontentes de pouvoir profiter de ce moment de liberté, elles allaient et venaient dans la cour en picorant tout ce qui leur passait sous le bec et en caquetant à bâtons rompus. L'irruption énergique de la voiture d'Agathe sema une belle pagaille parmi elles.

— Qui c'est encore, ce gêneur ? ronchonna Joseph, qui grattait énergiquement le sol pavé du poulailler. Toujours quand il ne faut pas.

L'Antoinette, sûr qu'elle ne bougera pas. Va bien falloir que j'aille voir…

Mais il était tellement pris par sa tâche qu'il se répétait cette urgence sans parvenir à se décider à poser son grattoir.

— Sylvestre Tardy, c'est bien ici ?

Il en sursauta. Une voix de femme, mais si forte, chargée de tant d'autorité que Joseph, en se redressant précipitamment, en mit instinctivement la main à la casquette.

— Euh… Non. Le Sylvestre et l'Aurélie, c'est là-bas. C'est l'autre maison. Mais si ça vous arrange, vous pouvez laisser là votre auto. Elle ne dérange pas. Vous prenez le petit sentier, vous voyez, là, entre les arbres, et vous y êtes tout de suite.

Pour aimable qu'elle était, la proposition ne parut pas emporter l'adhésion d'Agathe. Elle remercia, remonta en voiture, fit fuir une demi-douzaine de poules en manœuvrant dans la cour, puis disparut du champ de vision de Joseph. Il se remit à son grattage, mais avec moins de zèle. Du coin de l'œil, il surveillait ce qu'il pouvait voir de la cour de ses voisins. Il entendit la voiture peiner comme toutes les autres, dans les ornières et les trous qui défendaient l'accès à la maison Tardy, l'aperçut qui venait se garer près du camion d'Aurélie. Maintenant qu'elle était arrivée à bon port, ce n'était plus son affaire. Grattoir en main, il se pencha à nouveau vers le pavé souillé de son poulailler et mobilisait déjà toute son énergie pour se remettre à le décaper lorsque des cris et des rires éclatèrent, si tonitruants qu'il s'en redressa vivement.

C'était bien de chez le Sylvestre que cela venait. D'où, d'ailleurs, si cela n'avait pas été de chez lui, vu qu'ils étaient seuls loin alentour ? Mais alors, c'était que ça rigolait et que ça en poussait, des exclamations. Jamais il n'avait entendu, de la part de ses voisins, pareille manifestation d'exubérance. Il eut la tentation d'abandonner là ses outils et d'aller aux nouvelles. Mais non, ça ne se faisait pas. L'Antoinette lui en aurait fait le reproche. Et puis d'ailleurs, il ne fallait pas qu'il perde de temps. Les poules ne pouvaient pas rester à traîner comme ça indéfiniment. Plus il tardait, plus elles s'éparpilleraient et plus il aurait de mal à les rentrer. A regret tout de même, il se remit au travail.

Il en était à pousser devant lui les dernières récalcitrantes quand il vit Sylvestre venir vers lui à grandes enjambées, par le petit sentier entre les arbres.

— Joseph, on a un service à vous demander ! cria-t-il d'aussi loin qu'il le put. On a quelqu'un à la maison. Une amie. Une amie qui débarque comme ça, sans prévenir. Des années et des années qu'on ne s'était plus vus. Et puis voilà qu'on s'aperçoit qu'on n'a presque plus de pain. Comme c'est bête, tout de même. Vous croyez qu'Antoinette pourra nous dépanner ?

Joseph n'en revenait pas. Ce n'était plus le même Sylvestre. Il ne se tenait plus légèrement voûté. Il s'était redressé, son sourire était lumineux. Il y avait dans ses yeux une lueur jubilatoire.

— Ben, bien sûr qu'elle va vous dépanner, l'Antoinette. Tiens, aide-moi donc à rentrer ces charognes-là, qui ne veulent rien entendre. Après on ira lui demander.

Les trois poules qui rechignaient à regagner leur enclos en caquetèrent longtemps d'indignation. Sylvestre ne prit pas les gants dont usait habituellement Joseph. Plié en deux, les bras grands ouverts au ras du sol, il eut tôt fait d'encercler les contestatrices et de les pousser avec une telle énergie vers la porte du poulailler qu'elles n'eurent d'autre choix, toutes plumes hérissées, que d'obtempérer. Même le chien. Habitué de la manœuvre, il avait été commis à la garde de la porte. Il n'eut que le temps de s'écarter, queue entre les pattes.

— Toi, quand tu t'y mets ! rigola Joseph en verrouillant la porte de son poulailler. Viens donc qu'on aille demander ça à l'Antoinette.

Il eut un petit temps d'hésitation, mais la curiosité fut évidemment la plus forte.

— C'est qui, cette amie-là ?

— Agathe ? Toute une histoire. Je vous dirai un jour.

Aurélie n'était pas peu fière de son coup du pain à aller demander en dépannage aux voisins. Les femmes, pourvu qu'elles soient en tête à tête, n'ont pas besoin de beaucoup de temps pour faire connaissance ; et même, en l'occurrence, pour s'apprécier. Agathe avait ses questions toutes prêtes. Il se trouva qu'elles correspondaient en tous points aux réponses qu'Aurélie n'eut pas à concocter plus longuement. Leur surprise, à l'une comme à l'autre, avait tout de même été l'explosion de joie de Sylvestre lorsqu'il avait vu apparaître Agathe. Lui qui avait si longtemps et si obstinément refusé de répondre à sa lettre !

Aurélie, plus discrètement, exultait. Jamais le moindre doute ne l'avait assaillie quant à la nécessité de le remettre en contact avec Agathe, mais, jusque-là, elle redoutait tout de même un peu sa réaction. Elle craignait surtout qu'il ne vienne à lui reprocher d'être allée fouiller dans ses papiers pour lui voler le numéro de téléphone d'Agathe. Elle avait besoin de sa confiance pour continuer d'agir. La perdre aurait été catastrophique. Au lieu de quoi, elle aussi, avant Joseph, l'avait vu se redresser et laisser s'épanouir dans son regard un sourire comme jamais il n'en avait arboré. La jalousie aurait pu la titiller. Elle n'en eut même pas l'idée. Elle était trop heureuse de constater le succès de sa démarche. Il lui semblait que l'essentiel était fait. Maintenant qu'Agathe était là, les liens allaient se renouer, le dialogue se rétablir. Sorti de sa solitude, Sylvestre redeviendrait le battant qu'il avait été. Les ennuis qu'on lui faisait n'y résisteraient pas. Il serait plus fort qu'eux.

C'était aller un peu vite en besogne. Le soir même, quand Agathe le poussa doucement sur la voie des confidences, le sourire s'éteignit à nouveau, le mutisme buté reprit ses droits.

Ils vivaient une soirée d'été d'une rare douceur. Ils avaient mangé dans la salle, puis ils avaient éteint les lumières et étaient sortis sur le perron. Ils s'étaient installés sur les marches. La nuit était transparente. Pas un souffle n'agitait l'air. C'était un moment suspendu d'une infinie quiétude.

Aurélie s'était délibérément mise à l'écart pour laisser le champ libre à Agathe. Elle caressait le chien couché de tout son long sur la pierre chaude du perron. Agathe parlait peu. Elle questionnait doucement, à petites phrases brèves, mais insistantes. Sylvestre marquait de longs silences, puis il s'engageait dans des réponses alambiquées, douloureuses, dont elles souffraient autant que lui.

Puis Agathe se tut. Peut-être, pour ce soir, en savait-elle assez. Ils laissèrent le silence se prolonger. Sylvestre, les coudes aux genoux, se tripotait nerveusement les mains. Tête basse, il ne les quittait pas des yeux. Agathe se tenait très droite, le regard perdu dans la masse sombre des frondaisons, de l'autre côté de la cour, que les rêves des oiseaux endormis sur leurs branches agitaient parfois de légers frémissements.

— Tu sais que ton fils est marié ? demanda-t-elle brusquement.

Sylvestre sursauta comme sous l'effet d'un coup. Il leva sur elle un regard de bête traquée.

— Thomas, marié…

Pour lui, il devait être resté l'enfant qu'il avait perdu avec le reste.

— Eh oui, mon petit vieux, reprit Agathe. Marié, Thomas. Si ça se trouve, tu es grand-père.

Aurélie vit distinctement les épaules de Sylvestre s'affaisser. Tant de joies, de bonheurs, de fiertés qu'il avait laissés échapper. Agathe avait changé de ton. Elle s'était faite plus incisive, plus ferme, plus elle-même.

— Alors voilà ce qu'on va faire, annonça-t-elle. Je vais trouver son adresse. Ça ne devrait pas être trop difficile. Je te la communiquerai. Là, ce sera à toi de jouer. Tu te mettras en rapport avec lui. Tu es son père. Il doit être curieux de connaître son père.

Elle se tourna lentement vers lui. Il n'avait pas bougé, mais tout dans son être indiquait une formidable tension.

— D'accord ? demanda-t-elle presque sèchement.

Il hocha doucement la tête de droite à gauche.

— Non, dit-il d'une voix sourde mais déterminée. Pas question. Arrête, Agathe, tu veux ? A quoi ça sert ? Pour toi, tout est certitude, blanc ou noir. Ça t'est facile. Toute ta vie a été comme ça. Il faut que tu comprennes que, pour moi, ça ne peut plus être comme avant. Trop d'accidents, trop de chutes. Mon fils ? Me présenter à lui pour lui dire « Je suis ton père, j'ai tout loupé dans ma vie, je suis un laissé-pour-compte de la société » ? Jamais. Surtout maintenant. Tu voudrais quoi ? Que j'apparaisse dans sa vie, comme ça, le bec enfariné, juste au moment où sa tante – parce que Jeanne, après tout, est sa tante – me réclame tant de sous ? Comment veux-tu qu'il ne s'imagine pas que je viens quémander ? Jamais, tu m'entends bien ? Jamais.

Le chien, étonné, ouvrit un œil. La main d'Aurélie avait cessé de courir sur son poil. Elle retenait son souffle en attendant la réaction d'Agathe. Celle-ci n'avait pas bronché. Elle semblait continuer de scruter l'ombre, dans les arbres, de l'autre côté de la cour. Les trois chats venaient d'apparaître. On ne voyait d'eux que leurs yeux brillant doucement dans la lueur lunaire. Ils semblaient avoir capté toute son attention. Elle les observa quelques instants sans y attacher trop d'importance, puis, lentement, elle se leva.

— Bon, ben ce n'est pas tout ça, mais ce serait peut-être l'heure d'aller se coucher, dit-elle. Vous aurez bien un petit coin où je puisse me rouler en boule.

Sylvestre ne bougea pas. Il ne quittait pas les trois chats du regard. Sur fond d'ombre, à la limite de la cour, on devinait leurs silhouettes qui se mouvaient lentement, s'entrecroisant, accrochant parfois quelques reflets de lueur lunaire, sans que jamais le léger scintillement de leurs yeux se détourne du perron qu'ils surveillaient.

18

— Si c'était la Jeanne, elle n'aurait pas demandé son chemin.

— Alors, qui ?

— Ce que j'en sais, moi.

Ça le travaillait, cette histoire de Chamasson. Qu'est-ce qu'ils manigançaient, là-haut, tous ces bons à rien, ces bras cassés ? Bien qu'il proclamât facilement ne craindre ni Dieu ni diable, Eugène Ravalot était ainsi fait que ce qu'il ne comprenait pas, ce qui échappait à sa logique très terre à terre, le plongeait dans les affres de l'inquiétude.

Depuis qu'ils s'étaient mis en travers de quelques-unes de ses initiatives, ces « écolos » surgis d'on ne sait où étaient devenus ses bêtes noires. Un concurrent lui cherchant des noises, une entreprise ou même une administration prétendant lui imposer des conditions trop dures à son goût ne lui faisaient pas peur. Il était en terrain connu. Il connaissait toutes les ficelles pour ne pas se laisser faire et pour finir par rouler son monde.

Mais des « écolos »… C'était quoi, ça ? Ça représentait quoi ? Comment se battre contre des gens qui ne manipulaient que des idées plus fumeuses les unes que les autres ? Par où les saisir ? Les quelques occasions qu'il avait eues de les affronter lui laissaient un très mauvais souvenir. Même s'il prétendait avoir réussi, à une ou deux reprises, à se mettre le sous-préfet dans la poche, même si, vaille que vaille, il avait fini par arriver à ses fins, il préférait passer sous silence les cas où il avait dû reculer.

Qu'est-ce que c'était que ce monde qui vous donnait d'une main les moyens matériels de travailler et de l'autre prétendait vous en empêcher sous des prétextes pour lui sans queue ni tête ? Protection de l'environnement, espèces ou espaces protégés… De quoi ils se mêlaient ? Qu'allaient-ils inventer ? Pour lui, il n'y avait rien d'autre qui vaille que l'évaluation des profits à tirer de telle ou telle opportunité. Rien d'autre ne comptait. Le jour où, sous prétexte de quelques ornières et de branchages abandonnés dans un chemin, on lui avait opposé « le respect du droit des promeneurs », il avait d'abord cru qu'on se foutait de lui. Non seulement il lui avait fallu admettre que ce n'était pas le cas, mais encore il avait subi la véritable humiliation d'être condamné à faire remonter son matériel dans une coupe lointaine pour y remettre les chemins en état. Cette affaire-là, elle lui était restée en travers de la gorge.

A force, il connaissait tous les noms de ces illuminés dont la seule motivation, selon lui, était la jalousie. Ce qu'on ne lui pardonnait pas, c'était d'avoir réussi, voilà tout. Alors, on inventait tout et n'importe quoi pour lui mettre des bâtons dans les roues, des foutaises dont il ne parvenait pas à comprendre par quelle aberration elles étaient prises en compte par la loi et par les tribunaux. « Sûr, disait-il, notre pays est tombé bien bas. Dans le temps, quand tu entreprenais, tu étais respecté. De nos jours, tu lèves le petit doigt et tout de suite tu as tous ces fous furieux pendus à tes basques. Pourquoi se gêneraient-ils ? On leur donne raison. Alors… »

C'était plus fort que lui. Cette histoire-là, elle tournait à l'obsession. Quand la Raymonde lui avait donné l'adresse de Jeanne d'Araucourt, il avait jubilé. Naïvement, il avait cru qu'il allait régler le problème d'un coup de cuillère à pot. La Jeanne, au téléphone, elle avait réagi comme il l'espérait. Mieux, même. A l'entendre, c'était qu'elle ne le portait pas dans son cœur, son frère. Il avait cru l'affaire réglée. Quand il avait reçu la lettre de Sylvestre l'avertissant que, du fait de la sécheresse, il n'y aurait bientôt plus d'eau pour ses bêtes, il avait déchanté. Peut-être serait-il nécessaire d'enfoncer le clou. Sans compter l'autre, la rouquine, avec son camion pourri, qui était réapparue là-haut et qui ne semblait plus vouloir en bouger.

Le coup de la source, ils ne l'emporteraient pas au paradis, foi de Ravalot. Il savait bien qu'il lui serait difficile de maintenir qu'il avait des droits sur cette source-là. L'autre, d'ailleurs, en évitant de le heurter de front, en lui concédant l'usage du trop-plein, avait agi avec adresse. Que pouvait-il dire, l'Eugène Ravalot ? La source n'était évidemment pas sur sa propriété. Il ne pouvait pas en exiger la totale disposition. Il fallait qu'on la lui ait soufflée, cette idée-là, au fils Tardy. Et qui d'autre sinon le Joseph Caudront ? Ah, mon ami, c'était qu'ils faisaient une belle équipe, tous ces moins que rien, là-haut, à Chamasson.

Cette fois, il s'était décidé à téléphoner au notaire. Celui-là, il s'en méfiait un peu et, jusque-là, il avait préféré ne pas trop le mettre dans le coup. Ses affaires, on commence par les régler soi-même, d'homme à homme. Le notaire, on ne l'y mêle que s'il faut vraiment montrer les dents.

Il avait pensé bien faire en l'avertissant, mais il n'était toujours pas très sûr d'avoir eu raison. D'après ce qu'il avait pu en apprendre, ça ne s'était pas trop bien passé, le jour où il était monté à Chamasson. Depuis, plus rien…

Et maintenant, cette autre voiture encombrant la cour embroussaillée de la maison Tardy… Une femme d'un certain âge et à l'air décidé, lui avait-on dit. Elle s'était arrêtée dans le pays pour demander son chemin. « J'y suis venue une fois, mais il y a bien longtemps, avait-elle dit. Je ne sais pas si je saurais retrouver. »

Tôt ce matin, il avait envoyé quelqu'un aux nouvelles. On lui avait confirmé qu'elle était toujours là. Une voiture immatriculée dans le Var, lui avait-on précisé. Qui ça pouvait bien être ? Et le Caudront qui ne descendait au pays que les trente-six du mois et dont, de toute façon, on ne pouvait rien tirer… Il savait bien que, de toute la journée, il se ferait de la bile avec cette affaire-là et ça le mettait de très méchante humeur.

Ce n'était pourtant pas le moment. Les foins étaient loin d'être finis. Jusque-là, on avait été servi par le temps, mais, avec cette fichue sécheresse, la quantité n'y était pas. Il fallait vite se dépêcher d'aller chercher sur des prés qu'on ne coupait pas ordinairement. Et la météo qui annonçait le retour de la pluie… D'un côté, on l'espérait, pour les pâturages qui jaunissaient à vue d'œil. De l'autre, ça pouvait être catastrophique pour les réserves de foin. Que ferait-il, l'hiver prochain, s'il se retrouvait à sec ? Il faudrait encore acheter. Et à quels prix ! Fichu métier.

Il ne l'aurait pourtant pas abandonné pour tout l'or du monde. C'était sa vie. Il n'existait qu'au travers de ces perpétuelles grandes manœuvres qu'il menait tambour battant et au rythme infernal desquelles tout et tous devaient se plier. Il était le maître des lieux et rien ne devait venir entraver la manifestation permanente de son autorité et de son ambition.

Qu'un grain de sable, tel que celui qui l'encombrait à Chamasson, vienne perturber le fonctionnement de la formidable machine à produire des revenus qu'il avait édifiée, et c'était toute son existence qui lui semblait remise en question. Il n'était évidemment pas question qu'il tolère cela plus longtemps.

— Qu'est-ce qu'on y peut, nous ? protestait madame Ravalot, que l'humeur exécrable de son mari exaspérait.

Elle prenait paisiblement le thé avec quelques amies quand il était passé en coup de vent, entre deux charrois de foin. Juste pour prendre une bouteille d'eau que, bien sûr, il ne trouvait pas assez vite à son goût.

— Il n'a plus que ce Tardy en tête. Comme si…

Il fallut bien qu'elle se lève et abandonne quelques instants ses amies, le temps de sortir de la porte du réfrigérateur la bouteille d'eau réclamée.

— Pourtant pas difficile, dit-elle en la lui tendant.

Il préféra ne pas répondre, disparut en coup de vent.

— Vous avez dit Tardy ?

Pour la secrétaire de mairie, ce thé chez madame Ravalot était une première. Elle n'était pas là depuis très longtemps et se trouvait très honorée de cette invitation. Sa méconnaissance du pays lui soufflait pourtant des questions étonnantes, qui laissaient ses voisines pantoises.

— Ben oui, quoi, le Tardy… Parlez-moi d'une affaire, celui-là. Il aurait mieux fait de ne pas réapparaître. Vous n'êtes pas au courant ?

— C'est que… On a eu une lettre d'un Tardy, il y a quelque temps, à la mairie. Thomas Tardy, c'est ça ?

Non, ce n'était pas ça, mais c'était plus qu'il n'en fallait pour allumer les curiosités.

— Thomas Tardy, répéta madame Ravalot... Tiens donc. Un Thomas, on ne connaît pas, mais on a eu des instituteurs, ici, dans le temps, qui s'appelaient Tardy. Ils ont laissé un fameux souvenir, mais...

L'autre ne la laissa pas achever. Elle avait le fil conducteur qu'il lui fallait et n'entendait pas qu'on le lui coupe :

— Ben oui, justement, reprit-elle. Elle était presque attendrissante, sa lettre. Il expliquait qu'il n'avait pas connu ses grands-parents paternels. Il n'en donnait pas la raison. Il disait simplement qu'il ne savait presque rien d'eux, si ce n'était qu'ils avaient été très longtemps instituteurs ici. Et il ajoutait qu'il aurait bien aimé être mis en rapport avec quelques-uns de leurs anciens élèves. Intéressant, non ?

Les yeux s'étaient écarquillés. Intéressant ? C'était peu de le dire. Elle faisait la bête, cette jeune secrétaire de mairie toute fraîche émoulue de ses formations, ou elle ignorait pour de bon tout ce que sa petite histoire avait de croustillant et même de détonant ?

— Il y a longtemps de cela ? voulut savoir madame Ravalot.

— Oh, pas encore trop. Un mois, un mois et demi. Le maire ne vous en a pas parlé ?

Eh bien, non. Monsieur le maire avait dû laisser cette lettre, pourtant du plus grand intérêt, se faire enterrer parmi bien d'autres documents en souffrance, sous son coude gauche. Il ne perdait pourtant rien pour attendre. Il y avait fort à parier que, informé, l'époux de l'hôtesse ne manquerait pas de la lui faire prestement ressortir de son tombeau de papiers.

On encensa juste ce qu'il fallait le geste sympathique de ce jeune homme qui s'inquiétait de ses grands-parents. On se garda bien de révéler à la secrétaire de mairie les arcanes de l'affaire passant par Chamasson dont elle semblait tout ignorer. On but du thé, on croqua des petits-fours et on se quitta grandes amies, non sans regretter sans le dire l'absence du maître de maison. On aurait tant aimé pouvoir rapporter de première main ce que sa réaction, à pareille annonce, allait inévitablement avoir de remarquable.

Cher monsieur, écrivit Eugène Ravalot le soir même du jour où il obtint du maire qu'il retrouve et lui montre la lettre de Thomas Tardy. *Notre maire vient de me faire passer votre récent courrier. Je m'empresse d'y répondre tant, pour moi, le souvenir de vos grands-parents, mes instituteurs, me fait chaud au cœur.*

C'était plus qu'un demi-mensonge. Eugène Ravalot était trop jeune. Il n'avait eu madame Tardy pour institutrice que pendant un an, le temps de son cours préparatoire et de la voir partir à la retraite en même temps que son mari. La vérité, s'il l'avait pratiquée, l'aurait obligé à confesser que tous les galopins de son âge s'étaient amplement réjouis de voir partir « le père Tardy », dont l'autorité, la sévérité et la règle dont il sanctionnait les doigts des récalcitrants avaient terrorisé un nombre considérable de classes d'âge.

Votre grand-mère s'occupait des plus petits avant que votre grand-père les prenne en charge pour leur faire préparer le certificat d'études ou, pour quelques-uns, pas nombreux à l'époque, l'entrée en sixième. C'était là l'aspect le plus évident, le plus visible du véritable sacerdoce qui était le leur. C'était des enseignants d'une autre époque, ces « hussards de la République » à qui l'on doit d'avoir appris à lire, à écrire et à compter à une France alors ignare. Non seulement ils se sont acquittés de cette tâche de façon remarquable, mais, au-delà des heures d'école, ils ont su aussi mettre tout leur savoir, toute leur culture au service d'un village qui en avait le plus grand besoin.

Je ne sais pas combien d'années de leur vie ils ont consacrées à notre école. Certainement l'essentiel de leur longue carrière. Mais je peux témoigner de l'empreinte qu'ils ont laissée et qui continue, aujourd'hui encore, de faire référence lorsqu'il s'agit d'évoquer droiture, dévouement et grandeur d'âme.

Leur influence ne s'est d'ailleurs pas arrêtée au jour de leur retraite. Bien avant que celle-ci intervienne, ils avaient fait l'acquisition d'une petite maison, au lieu-dit Chamasson, que votre grand-père a amoureusement aménagée des années durant en prévision de leurs vieux jours. Certes, ces années passées au service de notre village ne les avaient pas enrichis. C'est donc seul, de ses propres mains, qu'il a entrepris et mené à bien tous ces travaux. Nous allions parfois lui donner un coup de main. [Ce dont personne au pays, hormis apparemment l'auteur de cette lettre, ne gardait le moindre souvenir...] *Je dois à l'honnêteté de dire que c'était moins pour soulager sa fatigue que pour la chaleur et l'humanité de l'accueil que lui et madame votre grand-mère nous réservaient.*

Tout ceci étant écrit, Eugène Ravalot avait levé sa plume et était resté un long moment songeur. Non qu'il hésitât à porter les quelques accusations qu'il avait en tête. S'il n'avait rien eu d'autre à exposer que les platitudes qui précédaient, il aurait laissé l'exercice à d'autres. Mais il tenait à la forme. Ce qu'il allait aborder était évidemment l'essentiel de son propos. Il fallait qu'il veille à ce qu'il soit bien tourné. Il se lança :

J'aurais aimé pouvoir m'en tenir à ces propos. Je dois à la vérité de vous dire que j'ai beaucoup hésité à aborder dans cette lettre les sujets que nous avons, depuis quelque temps, de nous inquiéter du devenir de votre propriété de Chamasson. J'ai pensé, en définitive, que je devais à l'honnêteté autant qu'au souvenir de vos grands-parents de vous en tenir informé. Dans un premier temps, nous avons vu d'un bon œil le retour au pays de monsieur votre père. Il s'est vite avéré malheureusement qu'un conflit l'opposant à madame votre tante, Jeanne d'Araucourt, compliquait sérieusement une situation par ailleurs peu claire. Aux sommes considérables que votre père semble devoir à votre tante s'ajoute le montant non négligeable des impôts communaux et autres redevances restés impayés depuis la disparition de vos grands-parents. On ne peut également que s'alarmer des conditions sanitaires dans lesquelles vit votre père, la maison n'étant toujours pas raccordée aux réseaux communaux. Ce dernier ne semblant pas en mesure de faire face à toutes ses obligations, vous comprendrez que nous nous inquiétions pour lui autant que pour le reste du village, où ses agissements ont tendance à semer le trouble.

Croyez bien que je suis désolé de devoir porter tout ceci à votre connaissance. Je m'y suis résolu autant pour le souvenir de vos grands-parents, dont nous ne voudrions pas qu'il pâtisse de la situation actuelle, que pour vous, dont les droits sur la maison familiale risquent d'être contestés par les créanciers de votre père.

J'espère que vous ne me tiendrez pas rigueur de la franchise de mes propos. Elle ne m'a été dictée que par le souci de vous venir en aide.

Un fidèle parmi les fidèles au souvenir de vos grands-parents,

Eugène Ravalot

19

Quand Aurélie pointa un minois encore tout chiffonné de sommeil dans la salle, celle-ci était déjà grande ouverte sur la cour. Tamisés par les feuillages dont ils commençaient à peine à émerger, les rayons du soleil levant l'éclaboussaient de taches de lumière scintillant sur la rosée. Agathe avait sorti une chaise. Assise, elle tournait le dos à Aurélie. Légèrement penchée en avant, elle semblait en grande conversation avec des interlocuteurs mystérieux.

Ce n'était que les trois chats qui se tenaient côte à côte, assis sur leur cul à la lisière du bois comme à leur habitude. Ils ne la quittaient pas du regard et paraissaient très intéressés par le discours qu'elle leur tenait. Aurélie éclata de rire. Les chats parurent se tasser sur eux-mêmes et prirent un air bougon. Agathe se retourna lentement.

— Qu'est-ce qui te fait rire ?

— Tu ne te vois pas... Faut dire, ces chats, ils nous les feront toutes.

— Ils sont extraordinaires.

— Ce sont surtout des sauvageons. Ils sont inapprochables. On ne peut même pas les caresser.

— C'est leur charme.

Aurélie marqua le coup. Elle n'avait vraiment pas de chance, avec ces chats que tout le monde admirait et qui s'éloignaient d'elle systématiquement quand elle essayait de se montrer aimable.

— Tu ne trouves pas qu'ils ont quelque chose de Sylvestre ?

Ce fut au tour d'Agathe d'éclater de rire.

— C'est exactement ce que je venais de leur dire. J'ai tout de même ajouté qu'eux au moins, même s'ils n'en font qu'à leur tête, ils ont la correction d'écouter ce qu'on leur dit.

Elle s'était levée et, la chaise à la main, revenait vers le perron en haut duquel l'attendait Aurélie.

— Il dort encore ?

— Penses-tu. Il lit.

— Il n'a pas trop envie qu'on se retrouve face à face.

— Même pas. Il fait ça tous les matins.

— N'empêche. Il me connaît. Il doit se douter de ce qui l'attend.

— Tu vas l'engueuler ?

Agathe se contenta de sourire.

— Fais donc du café. Ça ne fera pas de mal. Je l'aurais bien fait moi-même, mais je ne savais pas où étaient les choses.

Elles étaient installées côte à côte sur les marches du perron, chauffant leurs mains aux bols de café qu'elles buvaient à petites gorgées, quand Sylvestre apparut. En pyjama, le cheveu en bataille et l'œil glauque, il avait petite allure. Au passage, il s'était servi en café. Il vint s'installer entre elles.

Le chien se tenait sur la pierre du seuil, le museau posé sur ses pattes jointes. Les chats n'avaient pas quitté leur poste d'observation. Puisqu'on ne s'intéressait plus à eux, ils s'étaient allongés dans l'herbe et semblaient jouer avec les premiers rayons du soleil.

— Ils sont super, tes chats, dit Agathe.

— Ce ne sont pas mes chats, la reprit-il d'une voix pâteuse. Ils étaient là bien avant moi. Ils m'ont accepté, c'est déjà beaucoup. Ceci dit, on s'entend bien, eux chez eux, moi chez moi.

— Aussi sauvages l'un que les autres.

Il se contenta de sourire sans démentir.

— Tu aurais dû naître chat, dit-elle en s'appuyant sur son épaule pour se relever.

Elle avait fini son café. Elle alla rincer son bol à l'évier puis revint se planter dans l'encadrement de la porte, près du chien. Toujours assis sur la plus haute marche du perron, serrés l'un contre l'autre, Aurélie et Sylvestre continuaient à se laisser bercer par la douceur du matin.

— Bon, ce n'est pas tout ça, décréta-t-elle, mais c'est que je ne suis pas d'ici, moi. Je ne vais pas vous encombrer pendant cent sept ans, et puis moi aussi j'ai un chat. Et il m'attend, lui.

Elle marqua un temps d'arrêt. Quand elle reprit, le ton n'était plus le même. Il était sec, presque cassant.

— C'est qu'on a à parler, Sylvestre. Je m'en vais m'habiller. Va donc en faire autant. Après, on se prendra un petit moment. D'accord ?

Elle aurait voulu le braquer qu'elle ne s'y serait pas prise autrement. Aurélie sentit Sylvestre crispé à côté d'elle.

— D'accord ? insista-t-elle.

— Vouai... D'accord...

Elle tourna les talons, disparut dans l'ombre de la pièce.

— Va, encouragea doucement Aurélie en caressant la cuisse de Sylvestre.

Il tourna vers elle un visage qui la sidéra. Il avait son œil noir des mauvais jours, mais il y ajoutait une sorte de sourire discret, vaguement carnassier. Il n'était plus le chien battu. A le rudoyer comme elle le faisait, Agathe était-elle enfin parvenue à entamer la carapace ? Etait-il décidé à se battre ? Aurélie en frémit d'espoir.

Quand Agathe réapparut, Sylvestre était déjà assis à la table, comme s'il l'attendait. Elle vint s'installer devant lui. Aurélie s'était activée quelques instants dans la cuisine, puis, à son tour, elle avait disparu vers le cabinet de toilette. Ils s'observèrent en silence quelques instants et il y avait dans leurs regards autant de bonheur de s'être retrouvés que de défis.

— D'abord, attaqua-t-elle, je voulais te dire, tu sais, ça me fait drôlement plaisir qu'on soit là, ensemble, l'un et l'autre, après tant de temps. Tu m'as vraiment manqué. J'en étais au point de ne plus savoir si j'espérais encore te revoir. Et te voilà en face de moi. J'en suis heureuse, Sylvestre. Rien d'autre à dire : heureuse. Tu sais que ce n'est pas un vain mot. Ceci étant, j'aimerais tout de même t'entendre m'expliquer pourquoi tu ne m'as pas donné signe de vie. Depuis que tu as trouvé ma lettre sous cette porte, bien sûr, mais même avant. Rien ne t'en empêchait. Tu savais très bien où me trouver. Tu savais très bien que je ne t'aurais pas laissé dans la panade. Pourquoi ne m'as-tu pas fait signe ? Ce n'était pourtant pas bien difficile.

— Justement parce que j'étais dans la panade, dit-il.

Elle haussa sèchement les épaules.

— Idiot. C'est d'une bêtise… Maintenant, qu'est-ce que c'est que cette histoire de ne pas vouloir assumer ton passé ? Tu aurais toutes les raisons d'en être fier. A moins que tes idées n'aient changé… Mais enfin, il ne me semble pas. Alors ?

Ils s'étaient l'un et l'autre raidis. Elle entendait bien aller au bout des choses ; lui n'appréciait évidemment pas le ton sur lequel elle prétendait s'immiscer dans ce qu'il avait de plus secret.

— Attends. Qui te permet de m'accuser de ne pas assumer mon passé ? Je l'assume à ma façon. C'est mon problème, non ? Et puis… J'en ai assez, de tout ça. Les ennuis, j'ai donné, tu vois. Les poux dans la tête, on m'en a assez cherché. Basta... Il y a un moment où trop c'est trop.

Elle eut l'air stupéfaite.

— Des ennuis ? Quels ennuis ?

— Tu le sais bien. Tout n'a pas été clair à certaines périodes. D'autres en ont eu, des ennuis.

— Tu rigoles ou tu te fais du cinéma ? Bon, je ne sais pas tout. Je me doute que tu as pu te trouver mêlé à des coups pas clairs. Mais qui de nous ne l'a pas été, à cette époque-là ? Certains ont eu la malchance de se faire prendre, d'accord. Dans une certaine mesure, ils ont payé pour les autres, tous les autres. C'est dégueulasse, je sais, mais tu n'y changeras rien. Quant à toi, avec ta petite gueule de contestataire de base, tu n'as même pas été recherché.

— Si.

— Oh, pas bien longtemps. Pas plus que les autres. S'ils avaient vraiment voulu te trouver, tu crois que tu leur aurais échappé longtemps ? Et puis zut, c'était il y a trente ans. Depuis le temps, il y a belle lurette que c'est amnistié, prescrit, tout ça. Alors, tu ne vas pas continuer à te pourrir la vie avec tes états d'âme, tes scrupules et je ne sais quoi encore qui n'intéressent personne.

Il bondit, l'interrompit sèchement :

— Personne sauf moi, dit-il. Qu'est-ce que tu veux que ça me fasse, tes amnisties, tes prescriptions ? Parce que tu crois qu'il s'agit de ça ?

Amnistiées, nos convictions ? Prescrite, notre cause perdue ? On a perdu, Agathe. Perdu ! C'est ça qu'il faut que tu te dises. Ce putain de monde du fric et des bourgeois nous a foutu une bonne branlée. Il faudra tout de même que tu l'admettes un jour. Amnistiées, prescrites, tu dis, toi ! Facile, non ? Ah, les braves gens qui pardonnent, qui vous passent gentiment la main dans les cheveux en vous disant « Bon, les bêtises, c'est fini, les enfants. On vous pardonne pour cette fois, mais il ne faudra pas recommencer »... Et vous, vous vous couchez, vous ronronnez béatement en promettant d'être bien sages... Eh bien, moi, non, tu vois, je ne demande pas pardon. De quoi ? Je me retire. Pas assez con, tout de même, pour continuer indéfiniment à me faire foutre sur la gueule quand tous les autres m'ont laissé tomber, je n'abdique rien. Je me retire. C'est tout. Et tant pis si mes « états d'âme », comme tu dis, continuent de me pourrir la vie.

Il venait d'avoir des mots qui avaient fait mal à Agathe. C'était toute sa vie de militante active qu'il insultait. Elle tiqua sous les coups portés, parvint à se contenir. Il n'aurait pas le dernier mot. Gâcher le plaisir de se retrouver, après tant d'années, par un tel échec serait vraiment trop bête. Elle prit le temps de s'astreindre au calme. Les bras croisés sur la table, légèrement penchée vers lui, elle ne le quittait pas des yeux. Il eut un geste de lassitude et se détourna.

— Arrête, tu veux, reprit-elle d'une voix un peu sourde, derrière laquelle on sentait encore rouler quelques relents de colère. Tu sais très bien que si tu as pris tant de coups, c'est que tu l'as bien voulu. Est-ce que j'en ai pris, moi ? Mais moi, au moins, j'ai continué le combat. Toi, tu veux que je te dise ? Tu as mauvaise conscience. Et la mauvaise conscience, mon petit vieux, elle n'a jamais encombré que ceux qu'elle travaille. Maintenant, tu vas me faire le plaisir de passer au-dessus de tout ça. Tu as autre chose à faire. D'abord, tu vas te mettre en contact avec ta sœur. Et tu vas lui tenir tête. Aurélie a mille fois raison. Tu es ici chez toi tout autant qu'elle. Quant à ce qu'elle a le culot de te réclamer, tu ne peux pas payer. C'est simple, non ? Alors tu vas arrêter de te faire des montagnes de choses qui n'en valent plus la peine. Et puis surtout, dès que j'aurai trouvé son adresse et que je te l'aurai passée, tu écriras à ton fils. Non mais, tu parles d'une tête de mule. Il est peut-être grand-père et il ne voudrait même pas le savoir ! Tu le feras ?

Très droit, les bras croisés sur la poitrine, il avait écouté le réquisitoire d'Agathe les sourcils froncés, mais avec une sorte de rogue détermination dans le regard. Peut-être fallait-il en venir là pour qu'il consente enfin à sortir de sa léthargie, mais le retour de balancier risquait d'être rude.

— Attends, dit-il. Tu ne crois pas que tu vas un peu loin, là, Agathe ? Je ne suis plus tout à fait un gamin, tout de même. Et puis, tes principes, désolé, mais je n'aurais pas cru ça de toi. La conscience, bonne ou mauvaise, ça existe. Facile de balayer ce qu'on peut en penser avec des arguments pareils. Tu es qui, toi, pour afficher un tel cynisme ? Quant à mes rapports avec ma sœur et mon fils, ça ne regarde que moi. Et pourquoi pas Nathalie, pendant que tu y es ? Elle a compté dans ma vie, Nathalie, non ? Si tu me trouves les coordonnées de Thomas, je t'en serai reconnaissant, mais l'usage que j'en ferai, c'est moi et moi seul que ça regarde.

Agathe en fut d'abord sidérée. Après ce qui venait d'être dit, elle n'espérait plus une telle concession. Elle resta un moment sans voix, à le considérer comme si elle le découvrait. Mais elle retrouva vite son sourire. Qu'il fasse sa tête de cochon, après les propos qu'ils venaient d'échanger, c'était la moindre des choses. C'était même plutôt une bonne réaction. Et puis, après tout, c'était lui qui avait raison. Ce qu'il ferait du lien renoué avec son fils, ça ne concernait que lui. Qu'il le revendique était déjà en soi une preuve qu'il n'en était plus à l'état d'étroit repliement sur lui-même dans lequel elle l'avait trouvé.

Aurélie était réapparue. Elle avait discrètement traversé la salle et était allée s'installer sur la plus haute marche du perron. Le chien était venu s'allonger près d'elle, en quête de ses caresses. Agathe se leva lentement, contourna la table, posa la main sur l'épaule de Sylvestre.

— Je vais te la trouver, va, cette adresse, dit-elle en s'éloignant vers la porte.

Aurélie leva les yeux sur elle. Toute souriante, Agathe lui fit un clin d'œil, puis son regard fila sur la cour et les bois qui l'entouraient.

— C'est d'un calme, chez vous, prononça-t-elle sur le ton le plus décontracté qui puisse se trouver.

Sylvestre, qui se levait à son tour en prenant son temps, en rigola doucement. Incomparable Agathe. Il avait conscience de s'être fait énergiquement étriller, ne lui en tenait pas rigueur, mais ne s'en sentait pas moins dans un drôle d'état, vaguement intermédiaire, comme s'il fallait que ses pensées se remettent en ordre. Il n'était pas mécontent de la façon dont il lui avait répondu. Il ne s'en était pas laissé conter, mais, au fond de lui, il savait très bien qu'il ne pourrait plus agir comme si ces quelques vérités bien senties ne lui avaient pas été assénées.

Il préféra remettre à plus tard l'analyse des changements que cela induisait et alla les rejoindre sur le perron inondé de lumière. Il commençait à faire chaud.

— Les trois chats ne sont pas là ? s'étonna Agathe.

— Tu veux les voir ? Attends, ça ne va pas être long.

Sylvestre alla chercher la bouteille de lait. Avant d'en verser dans l'écuelle, il cogna celle-ci à deux ou trois reprises sur la pierre. Il ne fallut que quelques instants pour que, comme par enchantement, trois silhouettes glissent à la limite du bois. Ils apparurent en plein soleil, s'avancèrent de quelques pas dans la cour, mais il y avait trop de monde sur le perron. Très droits, ils s'assirent côte à côte, l'air vaguement ulcérés qu'on les ait convoqués de cette façon un peu cavalière sans leur laisser la possibilité d'accéder à leur repas quotidien. Sylvestre prit l'écuelle et marcha vers eux. Ils comprirent, osèrent quelques pas dans sa direction. Il posa le récipient sur le sol, juste devant lui, mais ne s'éloigna pas. Ils hésitèrent quelques instants, cherchant à deviner ses intentions tout en s'assurant, à coups d'œil rapides, que personne, et surtout pas le chien, ne bougeait sur le perron. Rassurés, ils finirent par venir s'accroupir en rond aux pieds de Sylvestre et burent leur lait tout en ronronnant.

— Tu aurais pu les prendre, jugea Agathe quand il fut revenu vers elles. Il te suffisait de te baisser.

— Je n'aurais même pas pu les toucher, et il m'aurait fallu des semaines pour regagner leur confiance…

Elle donna un coup de coude à Aurélie.

— Il s'y connaît, en sauvageons ! ironisa-t-elle.

Puis elle se tourna vers lui.

— Je ne te connaissais pas de telles compétences. Comme quoi on en apprend tous les jours sur les amis.

Plutôt que de relever, il proposa qu'on aille rendre visite à l'âne.

Ils en revenaient lorsque Joseph les héla depuis sa cour :

— Venez donc ! Venez jusque-là.

Ils y allèrent. Le vieux n'avait pas d'autre motivation que de rencontrer Agathe. Il fallut entrer pour qu'elle fasse la connaissance d'Antoinette.

— Asseyez-vous donc. On a bien le temps.

Ils y passèrent deux heures. La bonhomie décomplexée d'Agathe eut tôt fait de ravir les deux vieux. On oublia les formes. On parla si librement qu'il fallut, à une ou deux reprises, qu'Aurélie ou Sylvestre y aillent de leur traduction, après que Joseph, pris par son élan, se fut laissé aller à quelques formules en patois. On en rit beaucoup, comme du reste. On trinqua et ils promirent de venir le soir même prolonger ce bon moment chez Sylvestre.

Agathe n'attendit pas qu'ils aient atteint sa maison pour s'étonner.

— Mince, dit-elle. Le prolétariat, je croyais connaître. Mais là, celui-là, je ne l'avais jamais rencontré. Et ils ont toujours vécu là, dans leur petite maison ?

— Toujours.

— Ils vivent de quoi, ces gens-là ?

Sylvestre eut tôt fait de lui énumérer leurs minces sources de revenus.

— Et tu sais ce qui m'a le plus étonnée ? reprit-elle. Voilà des gens qui ne bougent jamais de chez eux, qui ne voient rien d'autre que leur tout petit cercle bien étroit, et ils ont un jugement, une clairvoyance qu'on ne trouve pas toujours, loin de là, chez des citadins.

Aurélie jubilait. Sylvestre ne pouvait que confirmer.

— Et leur Ravalot… C'est peu de dire qu'ils ne l'aiment pas. Vous le connaissez ?

Ils s'esclaffèrent.

— Attends, on va te mettre au courant !

— Au fond, ce n'est qu'une question d'échelle, résuma Agathe une fois que lui eut été brossé le portrait de Ravalot. Nous, toute notre vie, on s'est battus contre des nébuleuses, des pouvoirs si vastes, si diffus qu'on les désignait d'un terme générique un peu fourre-tout : « le capital »… Tu penses… Ça veut dire quoi, pour des gens comme ça qui n'ont jamais eu deux sous vaillants ? Eux, ils possédaient la terre ou rêvaient de la posséder. Comment veux-tu qu'ils se soient retrouvés dans nos discours qui s'en prenaient au droit de propriété ? « La propriété, c'est le vol… » Avec une formule comme celle-là, il nous les a tous mis à dos une fois pour toutes, le petit père Proudhon. Et pourtant, leur Ravalot, c'est quoi ? Le possédant, celui qui leur a tout piqué et à qui ils ne savent pas quoi opposer…

Elle était partie. Elle théorisait. Aurélie buvait ses paroles. Sylvestre rigolait doucement, en se gardant bien de s'en mêler. Ce combat-là, depuis le temps qu'il était perdu…

20

Dès le lendemain matin, Agathe avait repris le chemin du Midi. Et l'été parut continuer de s'écouler paisiblement comme si rien ne s'était passé.

On avait râlé contre la sécheresse. La pluie revint. On ne tarda pas à pester contre son obstination. Les prés reverdirent. Les sources retrouvèrent leur débit normal. Septembre fut un festival de douceur raisonnablement arrosé, juste ce qu'il fallait pour que la nature garde sa superbe estivale.

A Chamasson, on faisait comme si aucune menace n'avait jamais existé. Hormis le camion d'Aurélie qui s'offrit quelques petites escapades, aucun véhicule ne se risqua à emprunter le chemin défoncé de la maison Tardy. Sylvestre, pareil à lui-même, ne manifestait plus la moindre inquiétude. Il semblait s'être fait à l'idée que les menaces de sa sœur n'étaient que de la gesticulation et qu'elle ne passerait pas à l'acte. Il trouvait à occuper son temps entre ses lectures, ses animaux et quelques bricolages qu'il entreprenait sans grande ardeur et menait rarement à leur terme.

Aurélie veillait, mais rien ne venait. Aucune nouvelle d'Agathe. Elle eut la tentation de lui téléphoner, n'osa pas. Si elle ne se manifestait pas, c'était simplement parce qu'elle n'avait rien de neuf. L'adresse de Thomas n'était probablement pas aussi facile à dénicher qu'elle l'avait espéré.

De l'autre côté du petit bois qui séparait les deux maisons, Joseph continuait imperturbablement à aller et venir dans sa ferme, exactement comme si elle existait encore. Il avait ressorti son vieux tracteur et sa presse plus ancienne encore, et, sans se presser, à son allure, il avait fait bien assez de foin pour nourrir ses trois vaches durant tout l'hiver. « J'ai même prévu pour ta bourrique », avait-il triomphalement annoncé à Sylvestre, à qui, bien entendu, l'idée n'était même pas venue de s'en préoccuper.

Pas plus de nouvelles d'Eugène Ravalot. Aurélie avait bien capté quelques échos, durant l'été, des promesses qu'il faisait de « rapidement régler le problème de Chamasson ». Mais ses menaces s'étaient enlisées dans le temps qui passait sans que quoi que ce soit survienne qui puisse altérer le calme des deux petites maisons perdues au milieu des bois et des prés. Avec l'eau revenue dans les sources, l'abreuvoir de ses broutards ne désemplissait plus. C'était pour lui une prise de moins sur la paix de Sylvestre. Il devait en être bien contrarié, mais il ne semblait pas, pour l'instant, avoir trouvé d'autres moyens de s'en prendre à ce « nid d'écolos » qu'il haïssait. Si Sylvestre s'en était complètement désintéressé, Aurélie restait vigilante.

Il fallut que vînt l'automne, saison de grande activité, en Morvan, dans les plantations de sapins de Noël, pour que preuve soit donnée que Ravalot n'avait en rien renoncé à créer des ennuis à Sylvestre.

Quelle ne fut pas la surprise de ce dernier de voir, un beau matin, un énorme tracteur attelé d'une remorque plus impressionnante encore déboucher du bois, au-dessus de chez lui, par un chemin à peine tracé, et traverser tranquillement sa cour. L'attelage était chargé d'une quantité impressionnante de petits sapins provenant probablement d'une plantation que Sylvestre avait remarquée en plein bois, relativement loin de chez lui.

Aurélie, sidérée, vit Sylvestre se précipiter et atteindre la cabine du tracteur avant que celui-ci s'engage dans le chemin de la route. Il fit tant et si bien, cria et gesticula si fort que le chauffeur finit par consentir à arrêter son engin et à ouvrir sa porte.

— On peut savoir ce que vous faites là ? l'apostropha Sylvestre.

L'autre avait des consignes. Il prit l'air le plus innocent qu'il put, eut un geste d'impuissance des deux mains.

— Je passe. Ça se voit, non ? se contenta-t-il de répondre avant de refermer sa porte de cabine et de redémarrer.

Sylvestre n'eut d'autre choix que de s'écarter et de laisser passer tracteur et remorque.

Aurélie tendit le dos. Il allait dramatiser, s'enfermer à nouveau dans son refus de dialoguer. Elle le vit revenir vers elle à grands pas et constata non sans surprise qu'il avait l'air bien plus furieux qu'abattu.

— Attends voir, grommela-t-il en passant à côté d'elle. S'ils s'imaginent que ça va se passer comme ça…

Il alla fourrager dans son matériel, en revint vite avec, à la main, un énorme cadenas.

— M'en vais chez Joseph. Je n'en ai pas pour longtemps.

Elle eut la tentation de lui emboîter le pas, se ravisa. Mieux valait observer.

Le vieux était dans sa cour, comme d'habitude. Il avait vu passer le tracteur et se doutait de ce qui amenait Sylvestre.

— Vous avez vu ? Ils ne manquent pas d'air. Ils ne peuvent pas passer ailleurs ?

— Les autres années, ça leur prenait des fois de passer par là. Mais c'était avant que tu viennes. Tu penses bien qu'ils ne vont pas changer leurs habitudes, bien au contraire.

— A qui c'est, ce tracteur-là ?

— Devine !

— Au Ravalot ?

— Tout juste. Le roi des sapins de Noël ! Là où il y a trois sous à faire, tu es sûr de le trouver, celui-là.

— Mais pour y monter, à leur plantation, ils ne sont pas passés par ma cour... Pourquoi ils ne prennent pas le même chemin pour redescendre ?

Le vieux eut un geste vague de la main.

— Est-ce qu'on sait ? C'est vrai que l'autre chemin, il est pas commode. Surtout à la descente. Alors, ils passent par là.

— Attendez voir qu'ils ne vont plus y passer longtemps... Vous n'auriez pas une chaîne à me prêter ?

— Une chaîne ? Qu'est-ce que tu veux faire d'une chaîne ?

— La tendre à l'entrée de mon chemin, pardi, avec ça au bout...

Sur la main grande ouverte qu'il tendit triomphalement reposait le cadenas.

— S'ils passent, il y a effraction. M'en fous, je ferai constater. Non mais, pour qui ils se prennent, ces mecs-là ?

Joseph n'en revenait pas. Il observa un instant le cadenas en se grattant la nuque, sous la casquette, puis son regard vint rejoindre celui de Sylvestre.

— Ben, vieux gars, voilà que tu te mets en colère. Je n'aurais jamais cru ça. Mais c'est que tu as bien raison. Faut pas te laisser faire. Attends voir que je te trouve une chaîne comme il faut...

Il la trouva, la remit avec quelques conseils d'utilisation à Sylvestre, qui s'en fut l'installer en travers de son chemin, d'un arbre à un autre. Il la verrouilla de son cadenas, admira quelques instants son travail, puis, avec à l'âme le sentiment d'avoir accompli œuvre nécessaire sinon utile, il revint chez lui.

L'opération, fort heureusement, lui avait pris plus de temps que prévu. Elle laissa à Aurélie, qui, ce jour-là, n'en fut pas à un étonnement près, celui de recueillir sans l'avoir demandé les confidences aussi inattendues qu'étonnantes de Joseph. Elle n'avait pas eu besoin de suivre Sylvestre chez le vieux pour comprendre ce qu'il y était allé faire. Quand elle l'avait vu retraverser la cour et s'engager dans le chemin sa chaîne à la main, elle s'était doutée de ses intentions. Elle n'en était pas moins stupéfaite. C'était qu'il n'entendait plus s'en laisser conter, le Sylvestre. Décidément, Agathe avait su le prendre. Elle l'avait réveillé.

Cela aurait suffi à la satisfaction d'Aurélie. Il avait pourtant fallu que Joseph, profitant de ce que Sylvestre était au bout de son chemin en train de bricoler sa chaîne, lui fît de grands signes. Intriguée, elle était allée vers lui.

— Viens. J'ai quelque chose à te demander, lui avait-il dit quand elle se fut assez approchée pour qu'il puisse lui parler sans élever la voix. Il avait l'air un peu fébrile, comme s'il avait été gêné par l'importance de la démarche qu'il osait entreprendre.

— Tu le savais, toi, que Sylvestre, il a un fils ?

Si elle s'attendait à celle-là ! Elle ne cacha pas son étonnement :

— Bien sûr que je le savais. Pourquoi vous me demandez ça ?

— C'est que… Je n'ai pas osé lui en parler, à lui. Des fois… On ne sait pas. Imagine-toi, il paraît que son fils, il cherche des renseignements sur son grand-père et sa grand-mère. A ce qu'on m'a dit, il a écrit à la mairie. Le maire, il a laissé traîner ça pendant pas mal de temps. Et puis voilà que, je ne sais pas trop comment, il y a le Ravalot qui est tombé sur cette lettre-là. Je me demande de quoi il se mêle, vu que, lui, il ne les a pas trop eus, les Tardy, comme instituteurs. Parce qu'il était trop jeune. Moi, c'est le contraire. Le père Tardy, je l'ai eu jusqu'au certificat d'études. Sévère, qu'il était, mais juste. Là-dessus, il n'y a rien à redire ; il était juste. Bref, depuis, que le Ravalot a ressorti ça, le maire en a parlé à tous ceux qui ont eu pour de bon monsieur et madame Tardy pour instituteurs. Il leur a même donné une copie de la lettre. C'est comme ça que ça m'est revenu aux oreilles. Tu n'étais pas au courant ?

Le long discours de Joseph avait laissé le temps à Aurélie de revenir de sa surprise.

— Vous l'avez, cette lettre ?

— Ah, non. Moi, je ne l'ai pas. Le maire, il a pas dû penser à moi, ni à Antoinette. Alors, le maire, il l'a donnée aux autres, cette lettre-là, mais pas à nous…

— Attendez, Joseph, c'est important. Sylvestre, son fils, ça fait bientôt vingt ans qu'il ne l'a pas vu. Il ne sait même pas où il est. Son adresse, on la recherche. Et on n'arrive pas à mettre la main dessus. Alors qu'elle circule, là, dans le pays... Jusque chez ce Ravalot, qui lui a peut-être déjà écrit. Il faut absolument qu'on l'ait. Vous ne pourriez pas nous la trouver ?

— Pas bien difficile. Le maire, du coup, il a donné une copie de cette lettre à tous ceux que ça intéressait. Sûr qu'elle doit être dessus, son adresse, vu qu'il demande des renseignements. M'en vais te trouver ça, marche.

— Vous avez bien fait de ne pas en parler à Sylvestre. Avec lui, on ne sait jamais comment il va réagir.

— C'est si grave que ça ?

A l'air à la fois attristé et incrédule de Joseph, elle avait compris l'océan de questions que le brave homme devait se poser.

— Ce n'est pas que c'est grave... Mais c'est compliqué, c'est très compliqué. C'est souvent comme ça, les affaires de famille...

L'œil sombre, il avait acquiescé.

— Si ce n'est pas un malheur, un homme si brave, si gentil...

— On vous expliquera. Je vous promets. Un jour, on prendra le temps et on vous expliquera. Mais en attendant, pas un mot à Sylvestre, d'accord ?

Comment ce brave Joseph ne l'aurait-il pas été ? Quand Sylvestre était rentré d'être allé poser sa chaîne et son cadenas, Aurélie vaquait à ses occupations comme si de rien n'était, cachant comme elle le pouvait le feu d'impatience qui la dévorait.

Pourvu que Joseph tienne parole. C'était bien la peine d'aller chercher si loin l'adresse de Thomas, alors qu'elle était distribuée dans tout le pays par le maire ! Quand Agathe saurait ça…

Les mêmes causes produisant les mêmes effets, dès le lendemain, à peu de chose près à la même heure, le même tracteur attelé de la même remorque chargée d'autant de petits sapins sinon plus que la veille fit irruption dans la cour de Sylvestre. Arrivant par les bois, l'attelage n'avait pas encore rencontré la chaîne de Sylvestre. Sauf à l'ignorer, ce qui ne poserait aucun problème aux roues monstrueuses de l'engin, elle allait l'empêcher de déboucher sur la route.

Sylvestre, comme la veille, l'obligea à s'arrêter. Le chauffeur, très certainement remonté par son patron, manifesta tout de suite sa mauvaise humeur :

— Vous n'allez tout de même pas me faire le même coup tous les jours ? Faut que je bosse, moi.

Sylvestre ne releva même pas.

— Vous ne pourrez pas passer.

— Pas passer ? Et qu'est-ce qui m'empêchera de passer ?

— Le chemin est barré, monsieur. C'est un chemin privé. Vous n'avez pas le droit de l'emprunter avec vos engins. Alors, vous allez faire demi-tour et repartir d'où vous venez.

L'autre, penché à la porte de sa cabine, en resta quelques secondes bouche bée, estomaqué. Jusqu'à en oublier qu'ils ne se connaissaient que de bien peu et que leurs rapports, jusque-là, ne les avaient pas particulièrement portés à quelque familiarité que ce soit.

— Attends, grommela-t-il. Tu rigoles ou quoi ? Tu te fous de moi ? Faire demi-tour avec un engin pareil ? Allez ouste, dégage. Tu vas voir, ton barrage, ce que je vais en faire, moi !

Il voulut refermer sa porte. Son pied, en même temps, s'allégeait sur l'embrayage. Le lourd convoi commença à frémir. Sylvestre, d'un bond, fut sur le marchepied du tracteur, tenant solidement ouverte la porte que le chauffeur tirait à lui.

— D'abord, on n'a pas élevé les cochons ensemble. D'accord ? Alors, votre tutoiement, vous le gardez pour vous. Maintenant, mon barrage, c'est une chaîne, une chaîne avec un gros cadenas. Si jamais vous le forcez, vous savez ce que ça veut dire ? Effraction. Et comptez sur moi pour vous en attirer, des emmerdements. Pas sûr que votre patron, monsieur Ravalot, appréciera.

Il sauta du marchepied, se recula de deux pas et, les mains sur les hanches, attendit. La porte de la cabine s'était refermée à grand fracas. Le tracteur ne bougeait toujours pas. Le chauffeur, les mains bien à plat sur son volant, les yeux rivés sur un lointain qu'il ne voyait pas, devait peser aussi vite qu'il le pouvait les avantages et les inconvénients de la situation. Il finit par se tourner lentement vers Sylvestre. Il hésita quelques instants, finit par rouvrir sa porte.

— Qu'est-ce qu'on fait ? demanda-t-il. Je ne peux pas faire demi-tour.

Sylvestre comprit qu'il avait gagné.

— Bon, pour cette fois, je m'en vais vous l'ouvrir, cette chaîne. Mais maintenant, vous saurez qu'elle est là. Vous passerez ailleurs. Laissez-moi le temps d'aller chercher la clef...

En trois enjambées, il fut à la maison. Aurélie surveillait la scène depuis la porte. Elle s'écarta pour le laisser passer. Elle reçut comme une caresse son large sourire et le clin d'œil triomphant qu'il lui fit au passage.

Ils ne revirent pas le tracteur et sa remorque de sapins de Noël. En revanche, dès le lendemain, avec des airs de conspirateur, Joseph n'eut aucun mal à attirer l'attention d'Aurélie sans que Sylvestre s'en aperçoive. Elle n'attendait que ça. Il lui glissa discrètement un bout de papier un peu chiffonné. De sa grande écriture un peu maladroite, il y avait recopié l'adresse de Thomas Tardy.

21

Eugène Ravalot avait tout lieu d'être satisfait. Certes, l'affaire traînait maintenant depuis de longs mois, mais, quand on sème, il faut avoir la patience d'attendre que lève et mûrisse la récolte.

L'autre écolo, là-haut, à Chamasson, il avait dû crier victoire. Un peu vite. Le chauffeur de son tracteur en était resté sans voix, lorsque Ravalot lui avait prêché le calme et la retenue.

« Laisse faire, lui avait-il dit. C'est vrai, ce chemin-là, il est privé. Il veut mettre une chaîne ? Laisse donc. On ne va pas se chamailler pour si peu.

— Ah ben oui, mais moi, par où je vais en redescendre, de la plantation des sapins de Noël ?

— On trouvera une solution. De toute façon, cette année, on n'y changera rien. Trop tard. Mais ça ne durera pas. Il ne va pas nous encombrer longtemps, cet oiseau-là. »

L'autre avait dû s'en contenter. Son patron n'allait tout de même pas lui expliquer par le menu le moyen qu'il avait trouvé pour se débarrasser une fois pour toutes de ces nuisibles. Il ne fallait pourtant pas être sorti de Saint-Cyr pour y penser. Et il n'y avait pas grand-chose à faire, juste donner à la machine à expulser le carburant dont elle avait besoin. Il n'avait pas été bien difficile à trouver. Il suffisait d'y penser, voilà tout. Les autres n'y avaient rien vu, mais lui, Eugène Ravalot, il ne lui avait pas fallu longtemps pour boucler ses calculs.

De tout le temps passé depuis que les parents Tardy avaient disparu, qui avait payé les impôts locaux ? Personne évidemment, puisque ni le notaire ni le fisc ne s'étaient inquiétés à temps de savoir où étaient passés les héritiers. Il n'aurait pourtant pas été difficile de demander à la Jeanne de laisser son adresse, quand elle était venue à l'enterrement de son père, puis à celui de sa mère. Il s'était trouvé que personne n'en avait eu l'idée. On l'avait laissée repartir en s'en remettant au notaire, qui allait bien faire en sorte de régler la succession.

Et comment aurait-il pu le faire sans savoir où étaient passés les héritiers ? Oh, il s'en serait certainement débrouillé si la commission en avait valu la peine. Mais justement, ça valait quoi, cette petite maison, là-haut, dans les bois ? Pas même de quoi y perdre son temps. Il avait d'autres chats à fouetter et s'en était d'autant moins soucié que les héritiers eux-mêmes n'avaient pas donné signe de vie.

Elle n'était pourtant pas bien difficile à trouver, cette adresse de la Jeanne. Le jour où il en avait eu besoin, il n'avait pas fallu longtemps à Eugène Ravalot pour mettre la main dessus. Et ce brave jeune

Thomas, le fils inespéré de Sylvestre, qui venait si gentiment et juste au bon moment s'enquérir des souvenirs qu'avaient pu garder les gens du pays de ses grands-parents ! Il ne pouvait pas mieux tomber, celui-là. C'était la cerise sur le gâteau.

Au passage, Ravalot se faisait tout de même la remarque qu'il fallait être bien bizarre pour se documenter de cette façon sur des grands-parents que Thomas disait lui-même n'avoir jamais connus, alors que son père venait de réapparaître dans le pays. Le savait-il seulement ? Probablement pas. Voilà, c'était ça, la société moderne. Même plus de sens de la famille, plus d'autorité du père, des individus oublieux des vraies valeurs, vivant chacun dans son coin et se souvenant parfois, quand ça leur prenait, qu'ils avaient tout de même des origines. « Même mes vaches, grognait-il tout haut, je connais leur filiation. Eux, ils n'en sont même plus capables. »

Ces familles dispersées, éclatées, c'était devenu tellement commun, tellement banal, qu'il avait fallu sa perspicacité pour voir tout le bénéfice qu'il pouvait tirer de cette soudaine résurrection de la famille Tardy. Il était allé en toucher deux mots au maire, qui en était resté sidéré :

« Qu'est-ce que tu me racontes là ? Depuis qu'on les cherche, ces héritiers-là, toi, tu avais leurs adresses et tu ne m'as rien dit ? ! »

Pour le coup, c'était lui qui allait se retrouver mis en cause ! Il lui fallut se défendre.

« Je n'avais rien du tout. C'est quand l'autre est réapparu, là-haut, à Chamasson. On en a parlé avec ma femme. Elle s'est souvenue que la Jeanne, elle était encore bien copine avec la Raymonde. On lui a demandé. Elle l'avait, l'adresse de Jeanne. Du coup, les héritiers, on les a. Le notaire, qu'est-ce qu'il attend pour faire le partage ? »

Il n'en avait pas dit plus. Cela avait suffi. Il arrivait bien au maire de se laisser dépasser un peu par les événements, mais, quand on l'aiguillait habilement, il savait tout de même voir où était l'intérêt de sa commune. Du côté du notaire, Eugène Ravalot se montra plus prudent. Il traitait avec lui d'affaires autrement importantes. Il se garda bien d'y mêler celle-là, dont il pouvait difficilement justifier qu'elle le concernât directement. Il n'en avait pas moins semé une graine. Elle serait longue à venir à maturité ; il le savait. Il prit patience, parvint encore à glisser au maire que l'adresse de Thomas, qu'il leur avait si opportunément fournie, méritait elle aussi de figurer dans le dossier du notaire.

A Chamasson, on ne se doutait de rien. Le temps passait et Sylvestre se reprenait à espérer. Agathe l'avait réveillé. Il ne doutait plus de son droit à vivre paisiblement dans la maison de ses parents et était même apparemment résolu à le défendre. Aurélie était plus circonspecte. Après qu'elle lui eut donné l'adresse de Thomas fournie par Joseph, elle avait surveillé, mais n'avait rien vu venir. Lui avait-il écrit ? Rien ne l'indiquait. Il détournait la conversation quand elle tentait de savoir, mais, après tout, il avait très bien pu profiter d'une de ses nombreuses absences pour le faire.

Et si oui, Thomas avait-il répondu ? Elle n'en savait pas plus et son souci était là. Elle avait pris soin de prévenir Agathe et de lui raconter comment, en fin de compte, cette adresse qu'ils cherchaient partout circulait librement dans tout le pays. Là non plus, elle n'avait pas eu de réponse et commençait à s'agacer de cette ignorance dans laquelle on semblait veiller à la tenir.

Elle finit par le dire vertement à Sylvestre, que cela ne parut pas émouvoir. Elle en fut à la fois vexée et peinée. Elle aurait pu se détourner, se désintéresser. Elle était assez indépendante de nature pour gérer une telle situation et ne pas s'y enliser. Elle s'était pourtant attachée à Sylvestre. L'aider à se sortir d'affaire aurait pu n'être, pour elle, qu'un combat comme un autre si ne s'y était pas ajoutée une dimension bien plus personnelle, bien plus affective. L'apparente indifférence à laquelle il lui semblait se heurter aurait pu, en d'autres circonstances, l'inciter à ne plus s'en mêler. Elle ne fit que décupler sa résolution. Pour Sylvestre et pour tout ce qui l'attachait à lui, elle irait au bout de ce qu'elle avait entrepris, quitte à user de ses propres réseaux.

Thomas habitait dans un de ces villages du nord de Paris dont on a fait, dans les années soixante, des villes tentaculaires parfaitement invivables. Elle n'eut aucun mal à s'y trouver quelques relais. Et les réponses vinrent vite. Thomas Tardy n'était pas un inconnu pour ceux qui, comme Aurélie, se souciaient de la précarisation galopante de ces banlieues.

Elle apprit vite que, père d'un petit garçon de quatre ans, il vivait avec sa femme dans un de ces immeubles défraîchis où s'entasse une humanité disparate ayant depuis longtemps perdu l'espoir de lendemains meilleurs. Elle apprit surtout que, comme beaucoup d'autres, il voyait des plans sociaux se profiler à l'horizon de la boîte dans laquelle il travaillait. Son poste ne semblait pas concerné. Ce qui ne l'empêchait pas de mener la lutte avec ses collègues tout en continuant à militer dans des mouvements alternatifs où ils auraient très bien pu se retrouver.

Bon sang ne saurait mentir, sourit Aurélie quand elle sut que le père n'aurait pas eu à rougir, s'il s'en était soucié, des agissements de son fils dans son engagement pour ce qu'il estimait être un monde plus juste. Sa décision fut vite prise. Elle prétexta une manifestation écologique lointaine qui nécessitait sa présence, grimpa dans son camion et prit la route.

Aussi grand que son père, le cheveu blond et l'œil clair, Thomas Tardy n'avait pas dans le regard cet air facilement inquiet que les épreuves avaient imprimé dans celui de Sylvestre. Question de temps ? se demanda anxieusement Aurélie quand elle se trouva face à lui.

Bien qu'elle ait eu amplement le temps d'y penser sur la route, expliquer qui elle était et ce qu'elle faisait là ne fut pas une affaire très simple. D'autant plus qu'elle le sentit se raidir. L'œil s'assombrit, mais la lueur qui y apparut n'avait rien du renoncement auquel s'abandonnait si facilement Sylvestre. Elle comprit qu'il allait falloir convaincre et que ce n'était pas gagné d'avance. Il l'avait accueillie dans un minuscule vestibule dont il tenait ouverte la porte sur le palier, comme si l'hypothèse existait qu'il la lui fasse repasser sans autre forme de procès.

Il la laissa parler sans l'interrompre, mais tout, dans son comportement, indiquait l'a priori hostile.

— Attendez, lui dit-il sèchement quand elle en eut fini de ses explications. Vous venez frapper comme ça à ma porte sans même m'avoir prévenu, sans même vous être inquiétée de savoir si ça m'intéressait de parler de tout ça… Qui vous dit que j'en ai envie ? Vous me dites que vous êtes l'amie de mon père. Moi, je veux bien le croire, mais pourquoi ce n'est pas lui qui est venu ? Ça lui fait honte de voir son fils ? Depuis le temps qu'il a disparu… Et puis, là, brusquement, voilà qu'ils réapparaissent de partout. Lui, une tante dont je ne savais même pas qu'elle existait, un notaire, les gens du pays, une autre de ses amies… Dites donc, c'est qu'il en a des amies, mon père ! Est-ce qu'ils me demandent, tous ces gens-là, si j'ai le temps, si je suis disposé à les voir tous me tomber dessus ? Comme si je n'avais rien d'autre à faire... Vous me direz, tout ça, bien sûr, c'est de ma faute. Si j'avais su...

Cet aveu parut le calmer. Il consentit enfin à fermer la porte et précéda Aurélie dans la salle de séjour.

— Venez, entrez. Au point où on en est...

Une table ronde, quatre chaises et un buffet suffisaient à meubler la pièce. Elle s'ouvrait par une large baie sur d'autres immeubles, tout aussi tristes et décatis, sur des balcons encombrés de bicyclettes, de trottinettes, de paraboles de télévision et de linge mis à sécher.

— Tenez, regardez, dit-il en saisissant quelques lettres empilées sur la table. Ça a commencé par celui-là. Un certain monsieur Ravalot. Ça vous dit quelque chose ? Ensuite, ça a été ma tante, ma chère tante dont je ne connaissais même pas l'existence et qui est tellement contente de s'être trouvé un neveu que son premier geste est de lui réclamer des sous, beaucoup de sous. Mais ce n'est qu'un début. Ensuite est venu un notaire. Alors lui, c'est le comble. Une petite fortune, qu'il demande. Non mais, et puis quoi encore ? Qu'est-ce qu'on me mêle à tout ça ? Et comme si ce n'était pas suffisant, cette femme, cette Agathe, qui prétend me rappeler avec des trémolos dans la voix le temps où elle me faisait sauter sur ses genoux. Et maintenant mon père, tout sucre et tout miel, tout content, dit-il, de retrouver son fils… S'il ne m'avait pas abandonné, il y a vingt ans, il n'aurait pas à me retrouver, vous ne pensez pas ?

Là, elle intervint :

— Il ne t'a pas abandonné.

Jusque-là, elle l'avait laissé parler sans intervenir. Qu'elle le tutoie en étant si catégorique le stupéfia. Il la considéra longuement, ne sachant plus très bien quelle contenance prendre.

— Vous… Vous me dites…

— Tu ne crois pas qu'on pourrait se tutoyer ? Nous menons les mêmes luttes, tu sais. Nous aurions très bien pu nous rencontrer sur une manif quelconque, à la porte de ta boîte, à lutter avec beaucoup d'autres contre des plans sociaux, ou pour la défense de bien d'autres causes.

— Ah bon…

— C'est pour ça que je me suis permis de venir directement chez toi, pour qu'on se rencontre, pour parler. On m'a dit que tu savais ce que c'était, le dialogue. C'est la raison pour laquelle, moi, je ne t'ai pas écrit.

Il parut ébranlé.

— Alors ?

Lui décrire Ravalot ? Lui expliquer son père, l'état dans lequel il était ? Lui exposer les luttes de village, les petites magouilles, les coups fourrés ? Ce serait si long. Elle ne s'en sortirait pas. Elle eut un sourire un peu narquois.

— Si on s'asseyait ?

— Je vous... Je t'en prie.

Ils s'installèrent face à face, de part et d'autre de la table ronde. Elle semblait chercher ses mots. Il les attendait, sans plus chercher à étaler sa colère.

— Ton père, dit-elle enfin, il a trois chats, un chien et un âne...

Elle aima les grands yeux interloqués qu'il ouvrit. Elle avait craint le geste d'exaspération. Il lui parut plus intrigué qu'autre chose.

— Le chien, reprit-elle, c'est moi qui l'ai trouvé au bord d'une route. Je le lui ai amené. Il l'a adopté. L'âne, c'est son voisin, Joseph, qui le lui a trouvé. Les trois chats, ils vivaient déjà dans la grange avant qu'il vienne s'installer là. Ce sont de vrais sauvageons. Personne ne les a jamais touchés. Une pareille indépendance, ça ne pouvait que plaire à ton père. Ils sont maintenant inséparables.

— Pourquoi tu me dis ça ?

Elle haussa doucement les épaules.

— Pourquoi je dis ça ? Parce que je crois que ça décrit bien ton père. Son âne, son chien et ses chats, au point où il en est, il n'y a que d'eux qu'il espère encore un peu d'amitié. Le reste... D'ailleurs, tu n'as rien à voir là-dedans, toi. Toutes ces affaires d'héritage, je n'en ai rien à faire. Encore moins que toi. Tout ce que je vois, c'est que depuis qu'il est là-haut, dans la maison de tes grands-parents, il va mieux, ton père. Peu à peu, il remonte la pente. On a fait ce qu'il a fallu, surtout Agathe, qui t'a aussi écrit. Alors, rien d'autre ne compte pour nous que le jour où ton fils aura un grand-père dans les bras duquel se précipiter, un grand-père qui l'emmènera voir son âne, qui l'autorisera à tirer les poils du chien et lui expliquera la fierté sauvage des chats. C'est pour ça que je suis là. Pour rien d'autre.

Thomas la dévisageait, l'air complètement effaré.

— Parce que... Parce que tu crois que je vais prendre ma femme, mon fils, et que je vais me précipiter vers lui ? Tu y crois, toi ? Plus de vingt ans que je n'ai plus de père. Les rares choses que j'en ai sues, c'étaient des coups fourrés, des poursuites, des accusations, des dettes. Et maintenant, tu voudrais qu'on se précipite ? ! J'ai eu le malheur de vouloir en savoir un peu plus sur mes grands-parents. Tu vois ce que j'y ai gagné ? J'aurais mieux fait de rester couché, ce jour-là ! Si j'avais su qu'il était réapparu là-bas... Tout ça parce qu'il a retrouvé ma trace.

— Pas lui.

— Comment ça, « pas lui » ?

— Ce n'est évidemment pas lui qui a retrouvé ta trace. Si tu savais ce que nous avons dû insister, Agathe et moi, pour qu'il accepte l'idée de t'écrire...

— Et bien, tu vois. C'est bien ce que je disais.

— Allons, ne retourne pas tout contre lui. Bien entendu qu'il mourait d'envie de retrouver son fils. Mais pas n'importe comment. Il ne voulait surtout pas que tu sois mêlé à tous les ennuis qu'il a. Son angoisse, c'était que tu t'imagines qu'il t'appelait au secours. C'est plus que de la fierté, chez lui. C'est de la susceptibilité. Mais ce n'est pas à moi de te raconter ce qu'a été sa vie. C'est lui qui te dira, un jour, quand le moment sera venu. Ce que je voudrais, c'est que tu comprennes bien qu'il y a deux situations distinctes. Celle des ennuis qu'on lui fait parce qu'on est dans un village et qu'il y en a toujours à qui ça ne plaît pas que débarque quelqu'un qui n'est pas exactement comme les autres. Et puis il y a l'homme face aux plaies et aux bosses que lui a faites la vie, qui s'en remet doucement et que tu pourrais aider. C'est ça la différence.

— Mais qu'est-ce que j'y peux, moi, à ces poux que lui cherchent sa sœur et le fisc, si j'ai bien compris ?

— Rien… Tu n'y peux rien. Tous autant qu'ils sont, ils ont juste cherché à te monter contre lui, à ce que tu en rajoutes aux ennuis qu'ils lui font. Tout ce qui pourrait arriver, c'est que, le jour où la question se posera, tu refuses l'héritage. D'abord on n'en est pas là, et puis, d'ici là, ce serait bien le diable si on n'avait pas trouvé une solution. Mais, entre-temps, ils n'ont rien à te demander. Tu n'es pour rien dans cette affaire-là.

— Sauf l'assistance due à ses parents.

— Arrête, tu veux. Qui c'est qui te l'a trouvée, celle-là ? Le notaire, je parie. Si tu avais une grosse situation, si tu étais plein aux as, je ne dis pas. Mais là… Qu'on parle de solidarité, moi je veux bien, mais l'assistance…

Elle sourit de la mimique qu'il eut, un sourcil intrigué levé sur elle, la lèvre encore sceptique.

— Parce que, pour toi, la solidarité avec mon père, ce serait de lui donner un petit-fils ?

— Exactement. C'est exactement ça. De redonner un sens à sa vie. Faire qu'il retrouve de bonnes raisons de se défendre. Et quelle meilleure raison que de pouvoir se dire qu'il le fait pour son fils et son petit-fils ?

Il baissa les yeux en hochant la tête.

— Tu as bien fait de venir, admit-il enfin. Je t'offre quelque chose ?

C'était fait. Il venait de donner à Aurélie le plus grand espoir qui se puisse imaginer.

22

Restait à attendre. Eugène Ravalot avait tendu son piège. Jusque-là, les choses avaient plutôt bien marché. Il avait fallu le temps, mais, cette fois, il était sûr que l'administration avait fait son boulot. A l'heure qu'il était, l'autre traîne-misère, là-haut, à Chamasson, devait se morfondre dans la contemplation des arriérés que lui réclamait le fisc. Pas besoin de les ajouter aux prétentions de la sœur, la Jeanne d'Araucourt. De toute façon, il n'avait pas le premier sou de ce qu'on lui réclamait. En admettant même que la sœur accepte de payer sa part, il resterait toujours ce que lui, ce bon à rien de Sylvestre serait incapable de régler. Ah, bien sûr, il faudrait du temps. Ça ne se réglait pas comme ça, des affaires pareilles. Mais, de délais de grâce en mises en demeure, on finirait bien par y arriver, à la mise en vente du bien.

C'était tout ce qu'il demandait. Il suffisait de rester vigilant. Le risque, bien sûr, c'était que la sœur, pour ne pas perdre la maison familiale, accepte de payer pour son frère. Vu leurs rapports et vu le peu d'intérêt qu'elle lui portait, à la masure, là-haut, à Chamasson, il ne s'inquiétait pas de trop. Le tout serait d'être là au bon moment, d'être le premier à faire une offre et d'emporter le morceau sans autre forme de procès.

La maison, il s'en fichait. Il n'allait pas s'encombrer d'une bâtisse pareille. Il la revendrait ou il la raserait. Ça n'avait pas d'importance. Ce qui l'intéressait, outre qu'il se serait débarrassé de ces gêneurs qui lui pourrissaient la vie, c'était les bois et les prés. A croire qu'il ne le savait pas, ce grand dadais de Sylvestre, qu'il y en avait, des bois et des prés qui allaient avec cette maison-là. Depuis le temps qu'Eugène Ravalot les avait à l'œil. Les prés, ce n'était pas le problème. Avant même la disparition des parents Tardy, il les avait purement et simplement annexés et avait oublié de payer un fermage que, d'ailleurs, les vieux ne lui réclamaient plus. Mais il y avait les bois. Oh, bien sûr, des parcelles plus ou moins éparpillées et surtout enclavées dans les siennes ou dans d'autres qu'il convoitait de la même façon.

Avec la patience du rapace qui tourne des heures durant au-dessus des prés avant de fondre sur sa proie, il les surveillait avidement, tous ces bouts d'héritages plus ou moins laissés à l'abandon. Et quand il avait réussi à en rassembler assez pour ce qu'il voulait en faire, il « mettait en exploitation », selon son expression. Cela revenait surtout à les raser, à se débarrasser au meilleur prix des taillis qui les couvraient, dont il faisait, selon les cas, du bois de chauffage ou de trituration, puis à replanter le tout en sapins de Douglas. Une façon comme une autre de placer son argent en valorisant son bien et en prévoyant le revenu de sa descendance.

S'il n'y avait pas eu tous ces « écolos » qui prétendaient s'opposer à l'extension des plantations de sapins pour lui pourrir la vie… Que voulaient-ils qu'il en fasse, de ces parcelles couvertes de feuillus sans valeur marchande ? Qu'il les replante en hêtres, en charmes ou en chênes ? Et la rentabilité ? Quatre-vingts ans maximum pour faire un beau sapin de Douglas. Le double, au moins, pour un hêtre ou un charme. Le chêne, on n'en parlait même pas.

Alors, il spéculait, l'Eugène Ravalot. Il rachetait à tour de bras toutes ces minuscules parcelles auxquelles les vieux tenaient comme à la prunelle de leurs yeux et que négligeaient leurs enfants, partis en ville. Souvent, ils ne savaient même pas qu'ils étaient propriétaires de quelques arpents de forêt. Il suffisait à Eugène Ravalot de le leur rappeler et de leur faire miroiter les quelques sous que cela pouvait leur rapporter.

Parfois, c'était plus difficile. Depuis le temps qu'il les tenait à l'œil, ces parcelles que les Tardy, sans trop y attacher d'importance, avaient achetées avec le reste aux derniers fermiers de Chamasson. Depuis le temps que rien ne pouvait se faire tant que cette fichue succession n'était pas réglée. Maintenant qu'il tenait enfin les héritiers, sûr qu'il ne les laisserait pas s'échapper.

Il avait bien pensé y aller au culot et proposer directement à Jeanne d'Araucourt de les lui racheter. Mais la prudence l'avait emporté. Dans des affaires compliquées comme celle-là, quand les héritiers se bouffaient le nez, s'entendre avec l'un était le meilleur moyen pour que l'autre ne soit pas d'accord et bloque tout. Mieux valait attendre. Il n'était pas à quelques mois près. De toute façon, pas question de négocier avec l'autre baba cool de Sylvestre. On ne discute pas avec des gens pareils. A tous coups, il allait se faire prendre à la gorge par le fisc. Eugène Ravalot avait assez manœuvré pour qu'on en arrive là. Il n'allait pas risquer de gâcher ses chances en intervenant trop tôt. La machine de la vente du bien était lancée. Restait à être là au bon moment.

Sous l'œil protecteur de Sylvestre assis sur le pas de porte de sa maison, les trois chats étaient en train de se régaler de leur écuelle quotidienne de lait lorsque dans le chemin apparut la petite voiture jaune du facteur. Ils levèrent le nez avec un bel ensemble, contemplèrent quelques instants l'intrus qu'on voyait cahoter entre les arbres, eurent un regard contrarié pour Sylvestre, puis, l'un derrière l'autre, ils filèrent vers la porte de la grange sous laquelle ils disparurent.

Sylvestre aurait bien aimé les suivre. Il ne se faisait aucune illusion sur la nature de ce que lui apportait le facteur. Ce n'était que la suite logique de son dernier passage. Immanquablement, il allait pester contre le mauvais état du chemin, menacer de ne plus venir jusque-là, suggérer l'installation d'une boîte à lettres au bord de la route. Puis, l'air furieux, il repartirait en claquant énergiquement sa portière et en laissant entre les mains de Sylvestre un pli que celui-ci n'aurait pas besoin d'ausculter pour en deviner la provenance.

Il attendit qu'apparaissent sous la porte de la grange les museaux prudents des trois chats. Ils prirent le temps de s'assurer de la disparition de l'inopportun, puis, rassurés, revinrent vers leur repas inachevé. Sylvestre soupira et se résolut à ouvrir l'enveloppe en la déchirant. C'était bien le rappel auquel il s'attendait. Il préféra ne pas s'attarder à la liste minutieuse de tous les arriérés que le fisc lui réclamait. Il ignora délibérément le total abyssal qui concluait cette longue énumération. Le délai de paiement généreusement accordé par le percepteur était écoulé. On le lui précisait sans trop d'acrimonie, en lui proposant même de « prendre contact avec les services compétents » au cas où il rencontrerait quelques « difficultés de paiement ».

Trop aimables… grinça-t-il avant de découvrir la suite. On lui indiquait tout de même que, sans suite de sa part dans un délai de deux semaines, le dossier serait transmis au service juridique… Suivait la liste circonstanciée et progressive des ennuis auxquels il s'exposait en cas d'obstination à ne pas payer. Cela allait de la simple amende à la mise en vente du bien…

— Et qu'est-ce qu'ils veulent que je fasse ? se demanda-t-il à haute voix.

Les chats, surpris, levèrent sur lui trois regards unanimement réprobateurs. Ne les laisserait-on pas aller tranquillement jusqu'à la fin de leur repas ? Ils le firent sourire bien qu'il n'en eût aucune envie.

— Je n'ai pas le premier rond, reprit-il.

Cette fois c'était à eux qu'il s'adressait.

— Vous pouvez me dire, vous, les chats, ce que je peux faire ? Comment on peut payer quand on n'a pas un rond ?

Ils ne l'écoutaient plus. S'il fallait s'intéresser à tout ce que disent les hommes, jamais on n'en aurait fini. Le lait de l'écuelle était autrement important.

Sylvestre les observa quelques instants. Avec leurs caractères bien trempés, ces trois chats le captivaient. Il aimait cette façon qu'ils avaient eue de s'attacher à lui et de le lui montrer sans rien perdre pour autant de leur pointilleuse indépendance. Il y avait entre eux et lui une sorte de pacte de confiance, presque même d'amitié, qui semblait apaiser l'air, lorsqu'ils étaient ensemble. Ils en étaient à rechercher mutuellement les occasions de se côtoyer et n'étaient jamais plus heureux que lorsqu'ils se retrouvaient. Même le chien semblait avoir compris cela. Quand les chats étaient là, il se faisait discret. Il allait s'installer un peu plus loin, comme s'il respectait l'étrange dialogue que Sylvestre entretenait avec eux.

Il fallut bien, pourtant, qu'il abaissât à nouveau les yeux sur la lettre qu'il tenait toujours à la main.

— La poisse ! lâcha-t-il.

Mais il n'en était plus à céder à l'affolement. Il allait falloir se battre. Il n'avait pas la moindre idée de la façon de s'y prendre. Cela l'ennuyait beaucoup, mais, puisqu'il le fallait, il allait s'y employer. Il eut une pensée pour Agathe. Il lui était reconnaissant de l'avoir secoué comme elle l'avait fait, mais il lui reprochait au moins autant de l'avoir abandonné, sa petite leçon de cynisme dispensée, au milieu de tous ces ennuis.

— Me battre... grogna-t-il. Sûr que je vais me battre, mais avec quoi ? Ils ont toutes les cartes et moi, je n'ai plus rien...

Il médita longuement cette évidente injustice.

Repas achevé, les trois chats s'étaient allongés de tout leur long sur la première marche du perron et ronronnaient au soleil. Le chien, qui trouvait le temps long, s'était approché en rasant les murs. Il était passé derrière Sylvestre, s'était assis sur le seuil de la maison et poussait discrètement de la patte la chaussure de son maître. Sylvestre se baissa et lui glissa une longue caresse sur le haut du crâne, puis sur l'échine. Le chien leva sur lui un regard humide d'adoration. Sylvestre apprécia, bien qu'à tout prendre il préférât la dignité hautaine des chats.

— Bon pataud, va ! lui dit-il en le gratifiant d'une nouvelle caresse.

Aurélie n'était pas là. Elle lui manquait. Elle avait disparu à quelques jours de là, prétextant une lointaine lutte contre un plan social scandaleux, qui ne pouvait pas se dérouler sans qu'elle soit de la partie. Elle lui avait dit où se passait ce combat déterminant, mais il ne s'en souvenait plus. Quelle importance ? Quand bien même il en aurait tenté la chance, il n'aurait pas pu l'empêcher d'y aller. Il n'en avait d'ailleurs pas eu l'envie. Il savait qu'elle reviendrait. Cela suffisait à le rassurer et à lui faire prendre son mal en patience.

Cette lettre pourtant lui pesait dans la main. Elle lui donnait envie de parler. Maintenant qu'il avait cessé de renoncer, il ne parvenait plus à tenir tout cela dans le secret de ce qui avait été son propre repliement. Se battre, d'accord, puisqu'il le fallait. Mais se battre seul, sans pouvoir, de temps à autre, partager son fardeau par la grâce des mots échangés, c'était plus qu'il n'en pouvait supporter.

Joseph allait et venait dans sa cour. Peut-être même multipliait-il à dessein ses passages. Il n'avait pas pu ignorer la venue du facteur. Adossé depuis si longuement au chambranle de sa porte, Sylvestre était sûrement en train de ressasser les ennuis qu'avait dû lui annoncer ce courrier. C'était qu'il devait en avoir, des choses à dire.

Sylvestre avait repéré le manège du vieux. Il s'avança sur le perron, au-dessus des chats, et lui fit des grands signes.

— Venez donc, qu'on cause un peu.

23

Joseph n'attendait que ça. Il abandonna au milieu de sa cour le seau qu'il trimballait au bout du bras sans raison bien précise, enfila le petit sentier entre les arbres et eut vite rejoint Sylvestre. Les trois chats, très dignes, s'en étaient allés sans se presser, la queue toute droite, comme si s'annonçait là une présence qui n'était pas de leurs fréquentations. C'était d'ailleurs moins Joseph qu'ils snobaient avec une telle ostentation que son chien, qui lui avait emboîté le pas et dont ils avaient toutes les raisons de se défier. Ce fut à peine si celui de Sylvestre consentit à se lever. Ils se frottèrent le museau, se reniflèrent le derrière et, ces civilités ordinaires accomplies, s'installèrent côte à côte sur le perron pendant que Joseph s'asseyait à la table et que Sylvestre sortait verres et bouteille.

On parla pluie et beau temps. On se donna des nouvelles des vaches et de l'âne. On évoqua rapidement la bougeotte d'Aurélie, puis on vint aux choses sérieuses. Sylvestre, qui n'avait plus de secrets pour le vieux, poussa devant lui la lettre du percepteur.

— Je n'ai pas mes lunettes, râla le vieux. Fais-moi donc la lecture.

Bien qu'il n'aimât pas cela, Sylvestre s'y colla. Joseph écouta en silence, sourcils froncés.

— Ce n'est pas Dieu possible, commenta-t-il quand Sylvestre en eut fini de l'énumération des sanctions qu'il encourait. Mais attends voir, il y a quelque chose qui ne va pas, là-dedans… Vous leur devez des sous, moi je veux bien, mais, eh, oh, c'est que si on fait le compte, entre les bois et les prés qui ne vous rapportent rien parce que vous les laissez à l'abandon, il y a bien de quoi payer. Faudrait pas l'oublier, ça.

De quoi parlait-il ? Il radotait, le vieux, ou quoi ? Sylvestre ouvrait de grands yeux sidérés.

— Qu'est-ce que vous me dites là ? Quels bois ? Quels prés ?

Ce fut au tour de Joseph d'exprimer sa surprise, en l'exagérant :

— Ben, les prés et les bois qui vont avec la maison, pardi. Tu sais bien.

Il fallait qu'il y fasse allusion pour que le souvenir en revienne vaguement à Sylvestre.

— Vous parlez des quelques lopins de terre qui allaient avec la maison quand mes parents l'ont achetée ? Des broutilles, rien du tout. Avec ça, on ne va pas aller bien loin.

Ce n'était manifestement pas l'avis de Joseph :

— Des broutilles, tu dis ? Sais-tu seulement ce qu'il y a ?

— Même mon père, il n'a jamais voulu s'y intéresser. C'est maintenant que vous me le dites que je me souviens. Il disait qu'il n'y avait rien à en tirer, que des ennuis. On ne s'en est même jamais occupés.

Joseph, légèrement penché au-dessus de son verre qu'il tenait d'une main ferme, avait pris son petit air matois des grands jours. Derrière ses paupières plissées, son regard s'était transformé en une lame très fine qui fixait Sylvestre, interloqué.

— Attends voir, dit-il. C'est que ce n'est pas rien, cette affaire-là. Le vieux Bourlot, celui dont les enfants ont vendu à ton père, il n'a jamais voulu me dire. On était pourtant bons amis, mais ça, c'était son petit secret. Il ne voulait pas en parler. Moi, j'ai toujours eu dans l'idée qu'il en avait plus que ce qu'il voulait bien dire et que surtout, là-dedans, il y avait quelques morceaux intéressants. Sors donc ton relevé cadastral qu'on regarde ça…

— Mon quoi ?

— Ton relevé cadastral, que je te dis. Tu sais ce que c'est au moins ? Faut-il qu'il soit bête ! Il ne sait même pas ce que c'est qu'un relevé cadastral !… Comme tout le monde, quoi, le relevé de tout ce que tu possèdes, tout ce qui va avec la maison. C'est qu'il y en a, tu peux me croire.

Ce genre de choses était si loin des préoccupations ordinaires de Sylvestre qu'il en restait bouche bée. Son air passablement ahuri finit par mettre le vieux en colère :

— Mais, bon Dieu de bois, faut bien que tu l'aies, ce relevé cadastral ! Tu as déjà vu une ferme sans relevé cadastral, toi ? Dans les papiers de ton père. Où c'est donc qu'il les rangeait, ses papiers, ton père ? Bien le diable s'il n'y est pas.

La suggestion était bonne. Elle éveilla un vague souvenir dans la tête de Sylvestre.

— Attendez, dit-il. Si ça tombe...

Il alla à la petite table qui servait de bureau à son père. Il en ouvrit un tiroir, farfouilla, en sortit une chemise décolorée par le temps. Il vint se rasseoir, l'ouvrit et tendit quelques feuilles à Joseph.

— Ses papiers, je n'y ai même jamais mis le nez. Sauf ça, une fois, comme ça, pour voir, parce que c'était au-dessus de la pile. Je n'y ai rien compris. J'ai refermé le tiroir et je ne l'ai plus jamais ouvert...

— Je n'ai pas mes lunettes, que je te dis ! Mais attends voir. Moi, je sais comment c'est fait, un relevé cadastral. Je vais bien reconnaître.

Sourcils froncés, bras tendus, il examina les papiers, l'un après l'autre. Soudain :

— Quand je te le disais ! Sûr que c'est ça. Et puis, vu le nombre de pages, c'est qu'il doit y en avoir. Je n'ai jamais bien su, mais je crois bien qu'ils en avaient bien plus que nous. Bouge pas. M'en vais chercher mes lunettes. Depuis le temps que ça me turlupinait, cette histoire-là... Je reviens.

Il fila. Resté seul, Sylvestre aurait aimé comprendre. Il ne vit qu'une longue énumération de codes, de sections, de parcelles répertoriées « prés » ou « bois », de contenances qui lui parurent minuscules, mais rien qui lui permette d'évoquer la réalité. Il finit par reposer les feuillets sur la table, se leva, alla jusqu'à la porte. Le chien dormait allongé de tout son long sur le perron. Les chats n'étaient pas réapparus, mais Joseph se pressait déjà dans le sentier, ses lunettes à la main.

— Viens donc qu'on voit ça...

Il passa devant Sylvestre, se réinstalla vivement à la table, écarta son verre et se plongea dans le détail des possessions de son ancien voisin avec la gourmandise du gamin accédant enfin à la friandise jusque-là interdite.

— Ah ben, vieux gars... grommelait-il. Quand je le disais. C'est qu'il en avait, le pépère. Le vieux rat, il ne voulait pas le dire. Je ne sais pas... Peut-être qu'il avait peur que je le jalouse. Est-ce qu'on sait ?

De son gros doigt calleux, façonné par tant d'années de rudes travaux, il suivait les colonnes et récitait au fur et à mesure les noms de lieux-dits inconnus de Sylvestre, où il situait tous ces trésors.

— Tiens, c'est là. Je le savais bien. Tu vas me dire, je n'avais qu'à aller au cadastre, à la mairie. J'aurais bien vu. Je n'ai jamais osé. Et puis, ces choses-là, ça s'explique d'homme à homme, pas en allant fureter comme ça. S'il ne voulait pas dire, c'était qu'il avait ses raisons. Je ne suis pas allé plus loin. De toute façon, je n'allais pas les lui prendre.

Mais tout de même, maintenant, je comprends. Regarde donc.

Il montrait à Sylvestre une ligne, une seule.

— Là, tu vois, sûr qu'il y a plus qu'il ne t'en faut pour rembourser tout ce que tu dois.

Elle n'était pourtant pas différente des autres, ni plus longue, ni plus courte, mais il ne la lâchait plus.

— Tu vois ? insista-t-il.

— Heu… Oui, je vois, mais…

— Mais quoi ? T'es bien une bourrique ! Tu n'y comprendras donc jamais rien. Si ce n'est pas un malheur !… Attends que je t'explique. Tout ça, c'est soit bois, soit prés. Qu'est-ce que tu crois ? De quoi tu crois qu'on vivait, dans le temps ? C'est comme moi, j'en ai, des prés et des bois. Les prés pour les bêtes, les bois pour le chauffage et bien un peu pour se faire des sous, quand on vendait quelques stères, par-ci par-là. Moi, mes prés, c'est le Ravalot qui les travaille. La guerre que c'est, chaque Saint-Martin, pour qu'il me les paie, mes fermages. Pour ce qu'il y en a, ce n'est pas ce qui doit lui faire misère. Mais qu'est-ce que tu veux ? Trois sous, vu ce qu'on a, c'est toujours ça de pris. Ici, chez ces vieux-là, ce n'était pas autrement. Quand ils sont morts, leurs enfants n'avaient qu'une idée en tête : tout vendre au plus vite. C'est comme ça que tes parents, ils ont tout repris, en bloc. Il ne savait pas, ton père. Il ne voyait rien d'autre que la maison, pour leur retraite. Ce qui fait qu'il ne s'est pas intéressé. Et pourtant…

— Pourtant quoi ?

— Tu vois, cette ligne-là, ça représente une sacrée quantité de bon bois. Une des rares vraies futaies du coin. Il y a du taillis, bien sûr. Depuis le temps que ce n'est pas entretenu. Mais il y a des fûts là-dedans, j'en connais quelques-uns qui donneraient cher pour les bûcheronner…

Tout en parlant, il continuait de suivre la liste des parcelles de la propriété. Et Sylvestre voyait bien son doigt qui s'appesantissait, qui marquait parfois d'infimes hésitations, qui revenait en arrière, qui reprenait sa progression au rythme de ses calculs.

— Tiens, en voilà une autre, dit-il. Bon, elle ne vaut peut-être pas celle que je t'ai dite. Il y a tout de même des sous à faire, tu peux me croire. Mais… Attends voir. Il y a peut-être autre chose…

Il alla au bout de son épluchage, le ponctuant de brèves exclamations dont Sylvestre attendait de pouvoir saisir le sens.

— Tu veux que je te dise ? reprit-il en levant enfin les yeux. Tous tes ennuis, c'est de là qu'ils viennent et pas d'ailleurs. Sûr qu'il y en a quelques-uns qui la connaissent, cette liste-là. Marche, ils n'ont pas eu mes scrupules, ces requins-là. Ils y sont allés plutôt deux fois qu'une, au cadastre. Mais tant que c'était bloqué, qu'est-ce qu'ils pouvaient faire ? Maintenant, avec le temps passé, il n'y en a plus qu'un que tu aies à craindre…

— Ravalot ?

— Qui d'autre ? Il reste seul. Ils se le sont partagé, le pays. Ici, il n'y a plus que lui. Alors, tu sais ce qu'il fait ? Il les repère, des parcelles comme celles-là. Il rachète tant et plus autour. Et le jour où c'est mûr, dans quel bec veux-tu que ça tombe ? T'as compris, maintenant ? Depuis le temps qu'il attend... Tu sais qu'il doit les asticoter, ses relations, pour qu'on ne te lâche pas les basques. Qui tu crois qui a monté le coup pour réveiller le fisc, qui n'y avait rien vu ? Qui tu crois qui leur a soufflé qu'il fallait mettre en vente ?

Tout fier de sa démonstration, il vida son verre cul sec. Sylvestre ne pouvait pas faire moins que de le lui remplir et, pour trinquer, de s'en remettre une lichette. Ils burent en silence. Mais l'œil de Joseph pétillait encore de malice. Il n'en avait évidemment pas fini. Sylvestre, fidèle à ses habitudes, se contenta d'attendre. Le vieux reposa son verre, eut du doigt un geste vif, comme pour attirer l'attention.

— Tu vois, reprit-il enfin, il y a tout de même une chose que j'ai remarquée. J'en ai des bouts, moi aussi, là-haut, vers cette grande futaie dont je t'ai parlé. Oh, pas grand-chose, quelques ares, par-ci par-là. Mais mis ensemble, avec les autres petites parcelles que tu as dans le même coin, c'est que ça commence à faire. Je ne sais pas, moi. Faudrait faire le calcul, mais peut-être quatre, cinq, peut-être six hectares. En dessous, les forestiers, ils ne veulent pas prendre. Ça fait trop peu pour leur matériel. Mais là, on se met ensemble. Surtout toi, avec ta futaie qui vaut des sous. On fait exploiter. Sûr qu'on en sort, du bois. Toi, tu rembourses ce que tu dois, et il t'en restera encore. Moi, ça met du beurre dans les épinards. C'est jamais mauvais à prendre. Et le Ravalot, il va se faire voir. Qu'est-ce que tu en dis ?

Sylvestre s'attendait à tout sauf à une pareille proposition. Il pensa aux trois chats à qui, le matin même, il expliquait qu'il n'avait pas « un rond »... Et voilà qu'il devait se mettre dans la peau de celui à qui incombe la responsabilité de gérer du bien ! Comment faisait-on ? Il fallait que, là, à sa table, dans l'instant ou presque, lui qui n'avait jamais manipulé autre chose que des idées, il conceptualise les avantages et les inconvénients d'une éventuelle association avec Joseph. Et comment sceller un tel accord ? Allaient-ils « toper » ? Devait-il déjà lever la main pour aller chercher celle du vieux ? « Cochon qui s'en dédit ! »

Le vieux prit son hésitation pour de la méfiance.

— Si tu préfères voir ça avec Ravalot...

Sylvestre sursauta. Il avait des façons de vous ramener à la réalité, le Joseph !

— Non, non, ce n'est pas ce que je pense. Mais je m'attendais si peu... Vous croyez que c'est possible, que ça marchera ?

— Et pourquoi pas ? Tiens, lui en jouer une comme celle-là, au Ravalot, lui faire passer tout ce bois sous le nez, c'est que ça me met en joie, moi. Sers-moi donc un coup à boire.

Sylvestre le servit, mais oublia son verre. Qu'est-ce qui motivait le plus Joseph ? Les quelques sous qu'il allait tirer d'une affaire qu'il n'avait jamais pensé à entreprendre jusque-là ? L'aide qu'il apportait à Sylvestre ? Ou la satisfaction de tenir pour une fois Ravalot en échec ? Le penchant ordinaire de Sylvestre pour ce genre de réflexions l'entraînait déjà loin des réalités que le vieux, lui, ne perdait jamais de vue.

— Eh, ce n'est pas de tout ça, reprit-il sans dévier d'un pouce de son sujet. Il ne faut tout de même pas que tu oublies que tu n'es pas seul, dans ce coup-là. Tout ça, ça ne t'appartient que pour moitié. Il va bien falloir que tu t'entendes avec ta sœur, la Jeanne.

Ce n'était pas que Sylvestre l'ait oublié, mais tout cela lui paraissait d'une telle complication qu'il ne parvenait pas à en voir les corrélations. Plutôt que de s'étonner, il laissa venir le vieux.

— Tu sais ce qu'on va faire, reprit celui-ci, qui n'en était plus à s'étonner des silences de son potentiel associé. On va chiffrer tout ça. Le prix du bois, je connais. Ce que ça va coûter de payer un forestier, je peux trouver sans mal. Chacun gardera le gain de ses parcelles. Comme ça, pas de jaloux. Moi, je te donnerai les chiffres. Toi, tu mettras ça au propre. Ça, je ne sais pas faire. Tu y ajouteras le fermage des prés que le Ravalot n'a plus payé depuis la mort de tes parents, et peut-être même bien avant. Je te donnerai les barèmes. Ce n'est pas ça qui rapportera le plus, mais il ne faut rien laisser passer. Tu verras que le total, ça va faire une belle petite somme. Quand tu auras ça en main, tu iras trouver le percepteur. Tu lui expliqueras que tu peux payer, mais qu'il faut qu'il te laisse du temps. Bien sûr, rats comme ils sont, il te flanquera une pénalité, mais tu verras qu'il marchera. Avec ta sœur, ma foi, c'est toi qui vois. C'est ton affaire. Je ne peux pas le faire pour toi. Mais son avantage, après tout, ce n'est pas de te mettre dans l'embarras. C'est de toucher ses sous, pas vrai ? Même si, pour ça, il lui faudra attendre un peu.

Il se redressa, sécha le fond de son verre et le reposa en le faisant claquer sur la table.

— Alors, tu marches oui ou non ?

Sylvestre en avait d'autant moins idée qu'il ne réalisait absolument pas à quoi tout cela l'engageait. De l'avalanche des propos de Joseph, il n'avait guère retenu que deux choses antagonistes. L'éventualité de se sortir d'affaire, ce qui était déjà considérable, avait tout, bien entendu, pour l'allécher, même s'il ne comprenait pas bien comment se produirait un tel miracle. Mais la nécessité, pour atteindre à cette félicité, d'avoir à aller négocier avec le percepteur, et surtout avec sa sœur, lui paraissait dresser, sur ce chemin inespéré, des obstacles tels qu'il n'était pas dans ses capacités de les surmonter. La pensée d'Aurélie qui peut-être, quand elle rentrerait, serait capable d'assumer pour lui lui vint fort à propos.

— Puisque vous le dites… hasarda-t-il.

Joseph réajustait déjà sa casquette sur le haut de son crâne. Il eut un hochement de tête entendu.

— Vieux, dit-il en se levant, c'est que tu me fais un sacré négociateur, toi. Prudent comme tu l'es, tu iras loin. C'est moi qui te le dis.

Sidéré, Sylvestre le laissa partir sans même penser à le remercier.

24

Pour la première fois depuis bien longtemps, Sylvestre ressentit les affres de l'attente. Le temps lui parut s'étirer à l'infini. Plus rien ne se passait alors qu'il y avait tant à entreprendre.

Aurélie, surtout… Aurélie qui ne revenait pas alors que, pour une fois, il avait tant besoin d'elle. Jusque-là, les fréquentes disparitions de la jeune femme l'avaient laissé indifférent. Certes, il aimait quand elle était là, mais il s'accommodait sans peine de ses absences et ne doutait pas un seul instant de son retour. Quand elle réapparaissait, il l'accueillait à ses retours avec le même flegme qu'il avait affiché à ses départs. Et voilà que le moindre bruit de moteur sur la route lui faisait dresser l'oreille. Il ne pouvait s'empêcher de surveiller le chemin, espérant toujours y voir se dessiner, entre les arbres, la silhouette bringuebalante du vieux camion. Et rien ne se passait…

Et Thomas… Aurait-il pensé, à quelque temps de là, espérer, chaque matin, une lettre de son fils ? Cela faisait maintenant plusieurs mois qu'il lui avait écrit. Il avait fallu qu'il attende plusieurs semaines avant de recevoir une réponse ; une lettre brève, courtoise, mais sans chaleur. Il avait tout de suite relancé, insistant sur le plaisir qu'il aurait à les recevoir, lui, sa femme et leur fils, dans la maison de ses grands-parents. Depuis, plus rien... Juste la découverte par Sylvestre de ce grand malaise dans lequel peut plonger l'attente toujours déçue d'une réponse à un geste d'amour.

Restait Joseph. Là, au moins, de ce côté-là, il ne restait pas sans nouvelles. « M'en occupe ! » ne manquait pas de lui lancer le vieux à chaque occasion, du plus loin qu'il le voyait. Mais l'entreprise n'était pas aussi facile à mener que ce qu'il en avait annoncé. Il lui en manquait toujours des bouts. C'était un forestier dont il attendait les tarifs, ceux du stère de bois de chauffage ou du bois d'œuvre dont il ne se satisfaisait pas... Il y avait toujours quelque chose qui lui semblait trop imprécis, trop flou pour être digne de figurer dans leur beau projet. Sylvestre le rassurait. « On a le temps, lui disait-il. Il n'y a pas le feu. » Mais lui aussi, au fond, aurait bien aimé que les choses se précisent.

Les trois chats ne se gênèrent pas pour lui faire remarquer qu'il n'était plus le même. S'ils n'avaient pas été là, il n'aurait certainement pas pris la mesure des changements intervenus dans ses façons d'être. Ils prirent des distances. Le rituel de l'écuelle de lait, chaque matin, se fit moins chaleureux, moins intime. Lorsqu'il ouvrait sa porte, ils étaient toujours là, à la limite du bois et de la cour, ponctuels, mais ils ne venaient plus au-devant de lui dès qu'il apparaissait avec sa bouteille de lait à la main. Ils attendaient d'être servis et qu'il se soit éloigné pour s'approcher, plus dignes que jamais, et pour venir s'installer en rond autour de leur repas. Mais ils ne le dégustaient plus couchés et en ronronnant comme ils avaient pris l'habitude de le faire. Ils lapaient debout avec une sorte d'impatience nerveuse et silencieuse. Puis, la dernière goutte de lait soigneusement léchée, ils repartaient vers les bois sans un regard pour Sylvestre.

Il en fut contrarié. Avait-il changé à ce point ? Il tenta de discerner en lui ce qui pouvait l'avoir rendu si différent. Il veilla à ne pas laisser transparaître dans ces gestes cette nouvelle impatience qui le brûlait. Seul le chien, qui s'était fait rembarrer une fois ou deux sans trop comprendre pourquoi, parut y être sensible. Les chats gardèrent leurs distances. Ils voyaient plus loin que la seule apparence des gestes. Ils avaient bien compris que, dans l'esprit de Sylvestre, l'ordre des priorités avait changé. D'autres préoccupations, dont ils se souciaient peu, avaient pris le pas sur celle de la belle harmonie avec ses animaux, qui primait tout le reste jusque-là. L'âne, dans son pré, semblait totalement indifférent. Le chien, ce bon pataud, s'en accommodait sans trop de difficultés, mais eux, les chats, ils avaient leur fierté. Ils n'entendaient nullement que la confiance et l'amitié qu'ils avaient accordées ne soient plus payées en retour de la même façon.

Sylvestre dut s'y faire. Il lui arriva de regretter le temps, pourtant pas bien lointain, où il était seul, sans espoir, mais aussi sans souci et sans attente. La grisaille du renoncement dans lequel il vivait alors n'avait rien de bien motivant, mais il devait admettre qu'en sortir, briser la carapace d'indifférence qu'elle lui faisait alors, l'obligeait à affronter des rugosités et des arêtes de la vie auxquelles il fallait bien qu'il se réhabitue.

Lorsqu'elle réapparut enfin, Aurélie le trouva fort occupé à comprendre et à mettre de l'ordre dans les données que venait de lui fournir Joseph. Le vieux avait travaillé dur. C'était qu'il y croyait, à leur projet. Il était arrivé ce matin-là dans la cour de Sylvestre au moment précis où celui-ci tentait de satisfaire aux demandes d'attention des trois chats. Le résultat fut désastreux. Joseph était comme de juste précédé de son chien. Les chats n'attendirent même pas de voir leur ennemi déboucher dans la cour. Le bruit qu'il fit en furetant, selon son habitude, dans le sous-bois suffit à les faire se dresser. Ils jetèrent un regard réprobateur à Sylvestre et, abandonnant le lait qu'il venait de leur servir, ils filèrent en douce vers la porte de la grange et y disparurent.

Sylvestre ne prit pas la peine d'expliquer la situation à Joseph. Le vieux n'aurait même pas relevé. Il était bien trop occupé de ce qu'il apportait.

— Cette fois, je suis bon, trompeta-t-il. Viens donc que je t'explique.

Sylvestre n'eut pas d'autre choix que de le suivre. Il était partagé entre le regret d'avoir une fois de plus froissé les chats et l'envie de connaître le détail de ce que lui apportait Joseph. Il fallut bien qu'il chasse ses scrupules de son esprit s'il voulait accorder toute l'attention nécessaire aux laborieuses explications du vieux. Sans cela, il avait peu de chances de s'y retrouver, dans le désordre des notes que Joseph avait gribouillées sur des pages de cahier d'écolier. Ce n'était pas là le genre d'exercice dont Sylvestre raffolait, mais, pour la bonne cause, il s'y appliqua. Ils y passèrent presque toute la matinée.

— Sers-nous donc un coup à boire, conclut le vieux quand ils en eurent enfin terminé. Quand c'est que tu crois que tu auras mis tout ça au propre ?

Il aurait voulu que ce soit déjà fait ! Sylvestre, prudent, prit le temps d'emplir les verres.

— Je ne sais pas, moi. Dans deux, trois jours…

— Tant que ça ?!

— Eh ! C'est qu'il y a du boulot. Et puis, c'est que je veux faire quelque chose de propre.

— Pour ça, tu as raison. Bon, ben j'attendrai. Mais après ça, toi, il faudra que tu prennes rendez-vous avec le notaire.

Sylvestre prit prétexte qu'ils trinquaient pour ne pas répondre. Ce n'était pas là l'aspect de l'affaire qui l'enthousiasmait le plus.

Il s'y mit tout de même consciencieusement, l'après-midi même. Il n'avait pas trop idée de la façon dont on devait présenter un tel document. Il aligna les chiffres, tenta d'être clair et persuasif, mais n'était que très moyennement satisfait des résultats obtenus quand, sur le coup des cinq heures, un bruit de moteur vint perturber le calme ambiant.

Il bondit. Il l'avait reconnu au premier instant. C'était bien le camion d'Aurélie qui tanguait et roulait dans les ornières du chemin. Jamais elle n'était arrivée à meilleur moment. Il se précipita et fit à la jeune femme un accueil qui la laissa pantoise.

— Ben alors, s'étonna-t-elle. Je t'ai manqué tant que ça ? Ou alors, c'est que tu as quelque chose à m'annoncer, toi, comme tu es là.

La fine mouche. Il ne tourna pas autour du pot :

— Viens, lui dit-il. C'est que j'en ai, des choses à te dire et à te montrer. J'ai même besoin de toi.

Elle sourit. La sincérité de Sylvestre était désarmante. Si elle avait espéré autre chose de la tendresse de son accueil, elle savait maintenant à quoi s'en tenir. Avant d'y revenir, il faudrait en passer par des moments moins réjouissants.

Il commença par lui mettre sous le nez la lettre de rappel reçue du percepteur. Il lui laissa le temps de la détailler, de s'inquiéter, puis de s'étonner de l'air résolu et presque guilleret dont il ne se départait pas, là où, à quelque temps de là, elle l'aurait vu se décomposer et fondre d'angoisse devant elle.

— Alors ? demanda-t-elle prudemment.

— Je te fais une tasse de thé ?

— Bonne idée, mais, cette lettre...

— Attends. Installe-toi. Je fais chauffer de l'eau et je viens t'expliquer.

Il la laissa mariner dans ses interrogations jusqu'à ce qu'ils soient tous les deux tasse en main, à laisser monter devant leur nez le bouquet de chaudes fragrances dégagé par le thé.

— Voilà, dit-il en agitant devant elle les quelques feuillets sur lesquels il était en train de travailler quand elle était arrivée.

Puis il lui expliqua tout ; l'idée et la proposition de Joseph, les chiffres que le vieux avait laborieusement rassemblés, les calculs auxquels il venait de se livrer, les gains, enfin, qu'ils pouvaient escompter. Elle le laissa parler sans rien exprimer d'autre qu'un grand intérêt.

— Qu'en dis-tu ? conclut-il enfin avec un peu d'angoisse dans la voix.

Elle avait trop peu réagi à son goût. Il redoutait déjà qu'elle démonte son rêve de quelques arguments bien sentis que son rapide engouement aurait pu lui faire ignorer. Elle prit son temps, sirotant doucement son thé, à petites gorgées parcimonieuses.

— Pourquoi pas ? dit-elle enfin en le libérant. L'idée est bonne. Le tout, c'est que, une fois engagée, il faudra bien la mener jusqu'au bout.

La réserve n'échappa pas à Sylvestre. Il se récria :

— Bien sûr qu'il faudra aller au bout ! Et pourquoi veux-tu qu'on n'y aille pas ? C'est un tout. On fait couper. On vend. Point barre.

Aurélie avait une vision moins simpliste de l'affaire, mais elle préféra ne pas insister. Il serait bien temps de veiller au grain quand l'enthousiasme viendrait à se tarir. Elle redoutait moins les réalités bien concrètes du marché du bois que celles, bien plus aléatoires, de l'humeur et des possibles découragements de l'entreprenant personnage qu'elle avait devant les yeux.

— Et le percepteur ? objecta-t-elle. Tu y as pensé, au percepteur ? Tu te sens de taille à aller lui expliquer tout ça, à lui demander un délai ? Et s'il vient à refuser ?

Il tordit le nez.

— Ah, évidemment, s'il vient à refuser… Mais pourquoi veux-tu ? Je ne serai ni le premier ni le dernier à venir lui demander un délai. Il me flanquera une pénalité. Mais comment faire autrement ? C'est tout de même du sérieux, du solide, ce qu'on va monter là.

Elle ne voulut pas le décourager :

— Sûr que c'est du solide. Encore faut-il l'en convaincre. Tu as intérêt à bien monter ton dossier.

— C'est justement…

Le sourire de Sylvestre s'était fait à la fois gouailleur et penaud.

— C'est justement quoi ? commença-t-elle par s'étonner.

Puis elle comprit :

— C'est justement là que tu as besoin de mon aide…

Il éclata de rire.

— Tu as tout compris !

Elle oublia les heures qu'elle venait de passer sur la route, au volant de son camion. Elle remit à plus tard les élans de tendresse par lesquels elle avait un instant espéré être accueillie. Elle attira à elle les feuillets qu'il était en train de gribouiller quand elle était arrivée et tenta d'y comprendre quelque chose. Il fallut qu'il lui explique longuement. Elle démêla patiemment l'écheveau, puis, reprenant le tout à zéro, elle se mit en devoir de rédiger un projet aussi charpenté et solide que les motions ou les synthèses auxquelles elle était plus habituée.

Quand Joseph vit le résultat de son travail, bien présenté dans une belle chemise bleue, il en resta sans voix. Il feuilleta lentement, précautionneusement, de peur que ses gros doigts de paysan laissent leur trace sur les pages irréprochables. Puis, refermant le dossier d'une main, relevant sa casquette de l'autre, il eut de la tête un geste de connaisseur.

— Vieux gars, dit-il, si tu n'arrives pas à le décider, le percepteur, avec un travail pareil, c'est soit que c'est une andouille, soit que Ravalot l'a payé !

Il ne savait pas si bien dire. Sylvestre avait pourtant pris sur lui. Malgré le peu d'envie qu'il en avait, il s'était donné la peine de téléphoner à la perception et avait obtenu un rendez-vous sans difficulté. Cette fois, il ne pouvait plus reculer. Ce fut Aurélie qui l'emmena jusqu'au chef-lieu de canton. Elle le déposa devant la porte de la perception et attendit de l'avoir vu y pénétrer avant de s'éloigner.

Par chance, Sylvestre n'eut pas à poireauter trop longtemps. Il n'aurait pas fallu que l'attente se prolonge trop pour que le doute le submerge à nouveau. On l'introduisit dans le bureau du percepteur. Celui-ci, qui devait en être à son cinquième ou sixième quémandeur de la matinée, grommela un vague bonjour et lui désigna un siège. Cette froideur aurait pu démonter Sylvestre ; elle le galvanisa. Ah, il ne se donnait même pas la peine d'être aimable, l'autre rond-de-cuir, derrière son bureau ? Eh bien, il ne fallait pas qu'il en attende plus de lui. Froidement, méthodiquement, sans trop se perdre dans les détails, il lui exposa son problème, puis la solution qu'ils avaient imaginée. Il trouva même le courage de conclure en lui demandant sans fléchir de lui accorder le délai nécessaire.

L'autre avait écouté sans quitter des yeux le crayon qu'il faisait tourner dans ses doigts sur son buvard. Quand Sylvestre en eut fini, il le reposa, s'appuya des deux mains au bord de son bureau et se redressa dans le dossier de son fauteuil. Enfin, il leva les yeux et soutint le regard de Sylvestre.

— Beau plan, dit-il. Vous en avez le détail ?

Sylvestre se prenait à espérer. Il lui tendit la belle chemise bleue. Le percepteur en parcourut rapidement le contenu.

— Superbe, inattaquable, furent ses seuls commentaires.

Tendu comme une corde, Sylvestre attendait le meilleur. L'autre le laissa espérer le temps d'un long silence avant de lui asséner le pire :

— Il y a pourtant un hic, reprit-il enfin en même temps qu'il refermait la belle chemise bleue.

Le sourire déjà éclatant de Sylvestre se mua en grimace.

— Voyez-vous, continua le percepteur, j'aurais aimé pouvoir vous donner mon accord et vous accorder un délai. Vous n'auriez certainement pas pu éviter une pénalité. C'est la règle. Le problème, c'est que je ne le peux pas. Vous m'en voyez sincèrement désolé.

Bien qu'il eût la gorge complètement sèche, Sylvestre parvint à s'étonner :

— Et pourquoi vous ne le pouvez pas ?

— C'est pourtant simple. D'une part, vous n'êtes évidemment pas sans savoir que vous êtes dans l'indivision. Ce qui, *a priori*, n'aurait pas dû poser trop de problèmes, madame votre sœur ne pouvant voir que des avantages à cette mise en valeur du bien, si…

Il laissa longuement sa phrase en suspens. L'air angoissé et avide de savoir de Sylvestre dut le convaincre qu'il n'était sincèrement pas au courant.

— Si un protocole de vente n'avait pas déjà été signé concernant cette propriété. Bien évidemment, pour les mêmes raisons d'indivision, cet accord devrait théoriquement être soumis à votre signature. Mais il se trouve, monsieur Tardy, que vous nous devez beaucoup d'argent. Vous le savez. Pour nous, ce protocole étant engagé, la seule solution crédible pour que nous récupérions notre dû, c'est évidemment la vente. Votre proposition, pour intéressante qu'elle soit, arrive trop tard. Je ne vois vraiment pas comment elle pourrait être préférée à la solution engagée par madame votre sœur avec cet acheteur possible.

— Qui s'appelle Eugène Ravalot... laissa tomber Sylvestre comme s'il achevait la phrase du percepteur.

Celui-ci pinça les lèvres.

— Il n'est pas en mon pouvoir de vous répondre.

— Pas la peine. Merci. J'ai compris.

Sylvestre se leva, ramassa la chemise bleue sur le bureau du percepteur et s'en fut.

25

Les chats n'eurent plus de soucis à se faire. Sylvestre leur revint. Dès le lendemain de sa visite chez le percepteur, ils le retrouvèrent tel qu'ils l'avaient tant aimé. Débarrassé de toutes autres préoccupations, disponible, ne portant d'intérêt qu'à l'instant, il leur accorda toute l'attention qu'ils attendaient de lui. Sans rancune, ils lui rendirent leur confiance et eurent à son égard toutes les minuscules manifestations de sympathie qu'il savait apprécier. En venant à lui, depuis le fond de la cour, ils firent assaut de miaulements langoureux. A nouveau, ils se couchèrent paisiblement autour de l'écuelle de lait et, pendant qu'ils buvaient, la machine à ronronner se remit en marche. Quand ils eurent fini leur repas, plutôt que de s'éloigner, ils firent durer le plaisir en s'allongeant de tout leur long sur les marches du perron. Ils s'y prélassèrent longuement, puis, quand l'envie leur prit d'aller se dégourdir les pattes, ils repartirent sans se presser, apaisés et langoureux.

De tout le temps qu'ils avaient passé là, Sylvestre n'avait pas quitté sa porte au chambranle de laquelle il se tenait appuyé. Il les regarda s'éloigner jusqu'à ce qu'ils aient disparu dans le sous-bois. En se retournant, il faillit buter dans le chien qui somnolait sur le carrelage de la salle.

— Oh ! Jamais on ne t'a dit que tu étais encombrant, toi ?

Le chien se leva nonchalamment et alla se recoucher un peu plus loin sans perdre de vue son maître, dont il persistait à espérer qu'il pourrait bien décider d'une petite balade. Sylvestre n'en avait aucune envie. Il n'avait d'ailleurs envie de rien. Une fois de plus, il avait renoncé. A quoi bon se démener si l'issue était écrite par avance ? A lui qui s'était tant battu contre ce genre d'injustices, la vie n'avait rien donné. Ce n'était pas maintenant qu'elle allait s'y mettre. Aux autres, pour peu qu'ils soient assez retors et cyniques, le système offrait tout. Ici, il s'appelait Eugène Ravalot. Plus loin, c'était un autre. Cela n'avait aucune importance. Ils étaient interchangeables. On les avait laissés se partager le monde. Qui n'en profitait pas à leur suite n'avait qu'à subir.

Sylvestre, après avoir claqué la porte du percepteur, s'était résolu à subir. Il ne ferait plus rien. Il attendrait. Et, s'il le fallait, il partirait. Où ? C'était le moindre de ses soucis. Plongé à nouveau dans la grisaille du renoncement, il était revenu purement et simplement à l'état d'attentisme qui était le sien avant qu'Aurélie et Agathe se liguent pour le secouer et l'en faire sortir.

La veille au soir, Aurélie avait tout essayé pour le faire réagir. Ils avaient parlé des heures durant. Rien n'y avait fait. Il admettait ce qu'il y avait d'absurde dans sa position, mais refusait catégoriquement d'en revenir. « Quand tu cours pour échapper à un danger, répétait-il inlassablement, il arrive un moment où tu es trop fatigué. A partir de là, ce n'est plus le danger qui compte ; c'est ton envie de te reposer. J'en suis là. » Elle avait eu toutes les patiences. Elle avait usé de tous les arguments. En vain. Sans se lasser, sans jamais élever le ton, il n'avait pas dévié d'un pouce de sa résolution. Il renonçait à se battre et s'en remettait à ce qui devait arriver.

« Mais tu iras habiter où ? » lui avait-elle à plusieurs reprises demandé. Sylvestre avait éludé jusqu'à ce qu'une petite lueur narquoise allume son regard. « Tu auras bien une petite place dans ton camion… » avait-il suggéré. Elle avait éclaté de rire. Il était désarmant. « Tu n'y tiendrais pas bien longtemps. » Ils étaient passés à autre chose, sans plus de résultat.

Installée à la table, elle était occupée à ranger des papiers. Il s'approcha. La belle chemise bleue contenant le projet qu'il était allé soumettre au percepteur, traînait encore sur le coin de la table, là où il l'avait abandonnée en rentrant, la veille au soir. Il la prit, alla ouvrir le tiroir du bureau de son père et la posa sur celle d'où il avait sorti, à quelques jours de là, le fameux relevé cadastral réclamé à grands cris par Joseph. Il referma le tiroir et se tourna vers elle. Il arborait un sourire triomphant. Ce fut plus qu'elle n'en pouvait supporter.

— Oh ben, oui, c'est malin. Tu peux être fier. Classé, le projet, enterré. Tu crois que je n'ai pas compris ? Mais enfin, Sylvestre, tu ne peux pas renoncer comme ça. C'est trop bête. Il y a certainement quelque chose à faire. Va en parler avec Joseph. Après tout, ça le concerne, lui aussi. Vous vous mettrez d'accord. Il a des idées, lui.

Il fit non de la tête, ramassa au passage un livre qui traînait par là, et alla s'asseoir à l'autre bout de la table, aussi loin d'elle qu'il le put. Elle le considéra longuement, l'air attristée.

— Tête de pioche ! lui lança-t-elle.

Puis, comme il faisait celui qui ne la voyait pas et qu'absorbait sa lecture, elle se remit à ses papiers. Sa résolution était prise. Il ne s'imaginait tout de même pas qu'elle allait elle aussi renoncer !

C'était sans enthousiasme qu'elle s'était encombrée d'un téléphone portable. Ce besoin effréné de communiquer à tout prix la laissait indifférente. Le vaste réseau d'interlocuteurs qu'elle entretenait et le besoin qu'ils éprouvaient de la contacter pour un oui ou pour un non ne lui avaient pourtant pas laissé le choix. Il avait bien fallu qu'elle fasse comme les autres et qu'elle s'équipe d'un de ces petits engins exaspérants et redoutables dont, à n'y pas prendre garde, on a tôt fait de devenir esclave. L'heureux hasard voulut que le sien ne dispose pas de réseau à Chamasson. C'était donc sans états d'âme qu'elle l'abandonnait dans la boîte à gants de son camion à chacun de ses retours.

Agathe attachait bien plus d'importance qu'elle à sa communication. Elle ne se séparait jamais de son téléphone portable et avait pesté comme un beau diable, lors de son bref séjour, contre le sous-équipement lamentable de cette campagne perdue. Elle ne s'était pas pour autant résolue à ranger sa petite boîte noire et l'avait même traînée jusque dans le pré de l'âne. Et c'était là que, miraculeusement, l'appareil, obstinément silencieux chez Sylvestre, s'était mis à émettre coup sur coup quatre ou cinq signaux bruyants attestant de l'arrivée d'autant de messages jusque-là stockés sur sa boîte vocale. Elle les avait beaucoup amusés en s'asseyant dans l'herbe pour en prendre connaissance et même pour répondre à plusieurs d'entre eux, pendant que l'âne, intrigué, venait la renifler et la pousser doucement des naseaux.

Son téléphone discrètement enfoui dans la poche de son blouson, Aurélie était allée saluer l'âne. Sylvestre, plus grognon que jamais, avait eu la bonne idée de ne pas lui emboîter le pas. Seul le chien, qui ne refusait jamais l'occasion d'aller s'ébrouer dans les prés, l'avait suivie. L'œil rivé sur l'écran de son petit appareil, elle était montée dans le pré, en direction de la source. Et les petites flèches tant espérées n'avaient pas tardé à apparaître. Par les hasards mystérieux de la transmission des ondes électromagnétiques, un étroit créneau s'ouvrait, en haut de la colline, aux bienfaits de la téléphonie sans fil.

Assise dans l'herbe, comme Agathe, sous l'œil étonné de l'âne et du chien, Aurélie en profita. Elle n'eut aucun mal à joindre la vieille copine de Sylvestre, qui fut attentive à la description détaillée qu'elle lui fit de la situation.

— De toute façon, dit-elle quand Aurélie en eut fini de son exposé, le protocole de vente, il ne vaut rien tant que Sylvestre n'a pas signé.

— Sauf à ce qu'il y ait une liquidation judiciaire…

— C'est le risque, mais on n'en est pas encore là. C'est sérieux, cette histoire de coupes de bois qui paieraient ce qu'il doit ?

— Je ne suis pas spécialiste, mais c'est son voisin, Joseph, qui s'en est occupé. C'est moi qui ai rédigé le projet sur ses indications. Ça m'a l'air de tenir la route.

Un silence s'éternisa sur la ligne. Agathe se donnait le temps de la réflexion.

— C'est bien une ordure, votre Ravalot. C'est lui qui manigance tout depuis le début ?

— Bien sûr. Son but, c'est d'arriver à ce que ce soit mis en vente. Il est le seul du coin que ça peut intéresser. Il fera les prix qu'il voudra et personne ne viendra surenchérir.

— Il faut à tout prix s'entendre avec sa sœur. Jeanne, c'est bien ça ?

— Oui.

— Elle n'est évidemment pas au courant du projet d'exploitation des coupes ?

— Evidemment pas. Sylvestre voulait avoir l'accord du percepteur avant de lui en parler.

— Logique. Il faut absolument arrêter ce protocole avant qu'il soit trop tard. Il faut la contacter, aller la rencontrer au besoin. Elle n'est peut-être pas aussi butée que ça. Quel intérêt elle aurait à enfoncer son frère ?

— Je le lui ai dit cent fois. Il ne veut rien entendre.

— Quelle tête de mule !

— Ouais, ça aussi, je le lui ai dit !

Elles en rirent. Une façon comme une autre d'évacuer la tension.

— Au fait, reprit Agathe, et son fils ? Quelles nouvelles ?

Aurélie lui raconta sa rencontre avec Thomas.

— Un gentil garçon, certainement pas indifférent. Mais il faut comprendre. Il a ses propres problèmes et son père, jusque-là, n'a pas été bien présent… Quelque temps après mon passage, il a répondu à la lettre de Sylvestre. C'était bref et pas spécialement chaleureux. Un premier contact, tout de même.

— Du côté de sa tante, il ne pourrait pas agir ?

— Il ne savait même pas qu'il avait une tante. Que veux-tu qu'il fasse ? Je vais tout de même l'appeler. Je vais lui raconter ce qui se passe. Je ne nourris pas beaucoup d'espoirs, mais je pense que ça vaut tout de même le coup d'essayer.

— C'est juste. Ecoute, appelle-le et tiens-moi au courant. On finira peut-être par trouver une piste.

— Peut-être…

Toujours assise dans l'herbe, Aurélie déplia sur son genou le bout de papier sur lequel elle avait griffonné le numéro du fixe de Thomas, puis elle l'appela. Elle n'obtint qu'un répondeur, mais dans son message Thomas indiquait qu'« en cas de besoin » on pouvait l'appeler sur son portable, dont il donnait le numéro. Elle hésita quelques instants. Ne risquait-elle pas de l'indisposer en le dérangeant vraisemblablement à son travail ? Il fallait pourtant qu'on avance. L'affaire ne pouvait pas s'éterniser. Elle se résolut à composer son numéro. Il répondit presque aussitôt. Elle se présenta. Il y eut un léger temps de silence.

— Je suis à mon travail, précisa-t-il tout de suite. C'est important ?

— Oui, encore assez.

— Bon, attends un instant.

Elle dut patienter un bon moment.

— Allô ? reprit-il enfin. Voilà, je me suis isolé. On peut parler. Qu'est-ce qui se passe ?

A peine si elle reconnaissait la voix du Thomas avec lequel elle s'était longuement entretenue chez lui. Il parlait sur un ton sec, presque cassant, qui la mit mal à l'aise. C'est parce qu'il est à son travail, voulut-elle se rassurer. Elle lui exposa la situation de la façon la plus concise qu'elle put trouver. Il l'écouta sans l'interrompre, laissa se prolonger le silence quand elle en eut fini, puis l'interrogea sèchement :

— Et en quoi ça me concerne, tout ça ?

Aurélie sentit une boule d'angoisse lui monter dans la gorge. Il allait l'envoyer aux pelotes, lui opposer une brutale fin de non-recevoir.

— Je ne sais pas, dit-elle. J'ai voulu t'informer. J'ai voulu que tu saches. On cherche désespérément le moyen de s'en sortir.

— Qui ça, « on » ?

— Je viens d'avoir Agathe au téléphone. Tu sais, Agathe…

— Oui, je vois. Elle aussi, elle m'a écrit. Je me souviens vaguement d'elle à la maison, quand j'étais gamin. Et qu'est-ce qu'elle en dit ?

— Qu'il faudrait que ta tante renonce à ce protocole de vente, mais…

— Mais je ne la connais pas, cette tante. Jusqu'à ce que tout ça me le révèle, je ne savais même pas que j'avais une tante.

— Je sais. C'est lui, c'est ton père qui devrait intervenir, se remettre en contact avec elle. Mais il n'y a rien à faire. Il est effondré. Il ne veut plus rien entendre.

— Que veux-tu que j'y fasse ?

A nouveau ce silence, qui affolait Aurélie. Vers où ? Vers quelle miraculeuse porte de sortie se tourner ? Ils butaient l'un et l'autre contre des murs d'absurdité.

— Enfin… tenta-t-elle de reprendre. J'ai voulu te dire. Peut-être, en y réfléchissant…

— Tu as bien fait. Je vais y penser…

Des paroles réconfortantes, enfin. Sous ses dehors presque hostiles, il n'était donc pas si indifférent. Il lui sembla qu'il avait lâché ces quelques mots pour occuper le terrain pendant qu'il réfléchissait. Cette fois, elle laissa courir le silence sans s'affoler.

— Attends voir, reprit-il tout à coup. Tu m'as bien dit qu'il y avait des coupes de bois à faire ?

Surprise, elle confirma.

— Beaucoup ?

— Je ne suis pas spécialiste, mais je sais que ça représente tout de même un certain volume.

— Et vous feriez faire ça par qui ?

— Par des forestiers, des bûcherons.

— Et pourquoi pas par un chantier d'insertion ?

Elle s'attendait si peu à une telle suggestion qu'elle en sursauta. Pourquoi n'y avait-elle pas pensé plus tôt ?

— Ce serait super, mais c'est qu'il n'y en a pas, par ici.

— Ça peut se créer.

Le ton de Thomas avait changé. Il construisait. Il avait manifestement une idée derrière la tête.

— Des chômeurs en fin de droits qui recherchent désespérément du boulot, n'importe quel boulot, on en a par dizaines, autour de nous. Tu me dis que tu as monté un dossier ?

— Oui. Celui que Sylvestre est allé soumettre au percepteur.

— Tu peux me le faire passer ?

— Oui, bien sûr.

— Fais au plus vite. Dès que je l'ai, on étudie ça. Et je te tiens au courant.

L'âne s'était éloigné. Le chien s'était couché près d'Aurélie. Le museau posé sur ses pattes jointes, il ne la quittait pas des yeux. Elle resta longtemps immobile, toujours assise dans l'herbe, les bras sur ses genoux repliés, son téléphone portable à la main, le regard perdu dans les lointains. Il lui semblait que quelque chose avait changé dans la transparence de l'air ; quelque chose comme un flux imperceptible, indicible, dont il lui parut pourtant qu'il irriguait son corps d'une énergie nouvelle, qu'il la faisait se tenir plus droite, qu'il lui rendait l'envie de foncer, d'aller plus loin.

Elle n'avait pas la moindre idée de ce que Thomas allait faire de tout cela. Elle avait pourtant senti une telle résolution dans le ton de sa voix qu'elle ne doutait plus. La solution viendrait de lui, du fils de Sylvestre. A nouveau, elle se prit à espérer.

26

Une triste journée de fin d'hiver. La grisaille du ciel se confondait avec celle des forêts que battait une pluie incessante. Les dernières traces de neige n'avaient disparu que depuis peu. Un froid humide figeait les êtres et les choses. Le temps où il faudrait se préoccuper de remettre le bétail au pré était encore loin. Pour l'heure, malgré les intempéries, il s'agissait de mettre les bouchées doubles en forêt. Il fallait au plus vite avancer les chantiers d'abattage et sortir le plus de bois possible sans se soucier des terres détrempées dans lesquelles s'enfonçaient et patinaient les tracteurs.

Eugène Ravalot n'avait jamais de temps libre. Pour lui, le rythme des saisons correspondait à un enchaînement de préoccupations précises qu'il menait tambour battant. Le temps qu'il passait sur la route, allant d'un chantier à l'autre, lui semblait toujours perdu. Ce n'était pas pourtant ce qui l'empêchait d'avoir l'œil. Une pile de bois fraîchement rangée en bord de route, un chemin jusque-là embroussaillé et depuis peu marqué des profondes ornières de quelques charrois avaient un sens pour lui. On travaillait en forêt. Qui ? Sur quelles parcelles ? Rien ne devait lui échapper. Il notait et ne manquait jamais d'aller aux nouvelles. Une allusion, une question judicieusement posée, et c'était bien rare qu'il n'apprenne pas rapidement le nom de l'entreprenant.

La plupart du temps, il s'agissait de gens du pays qui s'inquiétaient de leur chauffage. Ils prenaient quelques jours de congés, le temps d'effectuer de petites coupes, sur de minuscules parcelles leur appartenant ou dont ils achetaient le bois sur pied à un voisin. Ils entassaient cela en bord de route, barbouillaient la tranche des bûches de peinture rouge censée dissuader les voleurs, et repartaient vite à leur travail. Le transport jusqu'au bûcher familial, où le bois aurait encore à sécher, était remis aux beaux jours.

Ce soir-là pourtant, alors qu'il se hâtait depuis un lointain chantier vers le pansage quotidien de ses bêtes, il ne put s'empêcher de freiner violemment et d'enclencher la marche arrière. D'où pouvait bien sortir tout ce bois qu'on venait de ranger dans le bas-côté, le long de la route ? La quantité était telle que cela ne ressemblait pas aux quelques stères dont se suffisaient ordinairement les particuliers. Et puis ce chemin depuis si longtemps à l'abandon qu'il en avait oublié l'existence et maintenant complètement labouré par le passage répété d'un tracteur… Là-haut, il n'y avait guère que ce fouillis de taillis et quelques rares futaies qui n'avaient plus vu la couleur d'une tronçonneuse depuis des lustres. Il était bien placé pour le savoir. Depuis le temps qu'ils les tenaient à l'œil, ces pans de forêt où s'entremêlaient les propriétés Caudront et Tardy…

Décidément, il n'avait pas le temps. Ses bêtes attendaient. Et puis la nuit qui tombait déjà. Il redémarra lentement, comme à regret, détaillant le tas de bois d'un regard suspicieux, comme s'il avait pu porter la marque de ceux qui l'avaient érigé. Demain, il faudra sans faute que je repasse par là, décida-t-il en faisant reprendre de la vitesse à son véhicule.

Il ne put s'empêcher, le soir même, de se plonger dans l'étude des extraits du plan cadastral qu'il détenait. Il collectionnait jalousement tous ceux qui concernaient les parcelles sur lesquelles il avait des vues. Cela formait un dossier d'une épaisseur respectable. Pour la plupart, il savait qu'il n'avait qu'à prendre patience. Le notaire était prévenu : il était acquéreur. Tôt ou tard, à l'occasion d'un héritage ou d'un besoin quelconque de liquidité, il suffirait à l'homme de loi, qui y avait évidemment son intérêt, de glisser aux propriétaires de ces lambeaux de forêt qu'il pourrait leur arranger ça…

Bien qu'il n'ait à redouter aucune surenchère, Eugène Ravalot évitait d'être trop dur sur les prix. Il ne fallait pas effaroucher les vendeurs potentiels. Prises individuellement, ces parcelles étaient pourtant bien loin de valoir ce qu'il les payait.

Mais il n'achetait pas au hasard. Chacune de ses acquisitions était le fruit d'une étude soigneuse du cadastre. Un lopin de bois ne retenait son attention que s'il était mitoyen de quelques autres petites propriétés similaires. Il fallait parfois compter des années avant qu'il réussisse à mettre la main sur un nombre suffisant d'entre elles pour former un ensemble dont les surfaces additionnées faisaient l'intérêt. Il pouvait alors faire entrer son matériel en action et en sortir assez de bois pour rembourser ce qu'il avait payé. Le bénéfice n'était pas énorme, mais il opérait ainsi sur un nombre de chantiers suffisant pour que l'affaire finisse par devenir raisonnablement rentable.

Le vrai profit, d'ailleurs, restait à venir. Quand il avait récolté tout ce qui pouvait l'être en bois de chauffage ou de trituration, plus rarement en bois d'œuvre, il plantait ses nouvelles propriétés en sapins de Douglas. Un placement. C'était autant de pris pour son capital investi et l'espoir, pour ses petits-enfants, s'ils ne dilapidaient pas le fonds entre-temps, de substantiels revenus.

A chacun ses plaisirs. C'était à l'addition de toutes ces petites spéculations qu'Eugène Ravalot trouvait le sien. Il n'aimait rien tant que de conquérir l'un après l'autre ces confettis de propriétés perdus en pleine forêt, parfois après des années de lutte. Les trésors de patience et d'habileté procédurière qu'il devait déployer pour arriver à ses fins ne le lassaient jamais. Il ne fumait pas, il ne buvait pas, il ne jouait pas aux courses ni ne s'adonnait aux jeux de hasard. Son addiction à lui, elle était là, dans cette quête obstinée des poussières d'héritages à amasser jusqu'à ce qu'elles se muent, par accumulation, en belles et bonnes coupes à exploiter.

La palme de la résistance, jusque-là, revenait indubitablement à l'héritage Tardy. Il y avait là-dedans quelques parcelles qu'il n'aurait laissé passer pour rien au monde. Eugène Ravalot n'était pas mécontent de la toile d'araignée qu'il avait patiemment tissée pour que, enfin, le bien vienne à être mis en vente. Du même coup, il se débarrasserait des autres babas cool qui occupaient la maison de Chamasson et en serait bien soulagé.

Sauf que, ce soir-là, il lui fallut bien se rendre à l'évidence. Le bois stocké le long de la route qui l'avait tant intrigué ne pouvait pas venir d'ailleurs que des parcelles appartenant aux Tardy ou, à la rigueur, aux Caudront. Il passa une mauvaise nuit et au petit matin, toutes affaires cessantes, après s'être occupé de ses bêtes, il reprit le chemin des bois.

Par prudence, il gara sa voiture à bonne distance du tas de bois. Avant même qu'il ait refermé sa portière, le bruit caractéristique des tronçonneuses accrocha son oreille. On était déjà au travail. Se laissant guider au son, il monta en pataugeant dans les ornières du chemin. Il n'eut pas à aller bien loin. A travers la futaie, il discerna vite la tache plus claire d'une coupe. Il s'approcha prudemment, repéra vite trois hommes occupés à débiter le bois probablement abattu la veille, au flanc d'une pente raide. Penchés sur leur travail, assourdis par le crépitement rageur de leurs engins, ils ne risquaient pas de le voir venir. Il s'approcha.

Entre les broussailles, sur le chemin qui devait longer le pied du coteau, il devina le chargement de bûches qu'on devait s'apprêter à sortir. Il écarta quelques branches, eut un sourire dédaigneux. Ça existait donc encore, ces attelages rocambolesques constitués d'un tracteur agricole hors d'âge et d'une remorque bricolée à partir d'un châssis de camion ? Ces deux-là, il les aurait reconnus entre mille. Joseph Caudront les avait assez traînés des années durant à travers tout le pays.

Il s'en fallut de peu qu'il se fasse repérer. Une bûche jaillissant de derrière celles déjà empilées sur la remorque fit lever la tête à un des hommes, heureusement trop occupé par son effort pour le remarquer. Un autre remontait déjà la pente en direction des bûcherons. Il lui tournait le dos, mais Eugène Ravalot n'avait eu aucun mal à le reconnaître. Sa stupéfaction était telle qu'il prit le risque de s'approcher à nouveau pour s'assurer qu'il n'avait pas rêvé. Il fallut bien qu'il se rende à l'évidence. La présence de Joseph Caudront, qu'on n'avait plus vu dans les bois depuis des lustres, avait déjà de quoi surprendre. Mais qu'il fasse équipe, pour sortir tout ce bois, avec ce grand dépendeur d'andouilles de Sylvestre Tardy était proprement stupéfiant et bien de nature à entailler le front d'Eugène Ravalot d'une profonde ride soucieuse.

— Qu'est-ce qu'ils foutent là, tous ? grommela-t-il. Ils sont chez Tardy.

Les limites des propriétés, il les connaissait par cœur. Mais son étonnement ne s'arrêtait pas là. Ces trois hommes qu'il voyait penchés sur leur travail l'intriguaient. Les bûcherons du coin, il les connaissait au moins aussi bien que les limites des propriétés. Il ne reconnaissait aucun de ceux-là. Et même leur allure… Il n'aurait su dire pourquoi, mais il aurait juré que ces hommes-là n'étaient pas du bois, pas des vrais. D'où sortaient-ils ? Que faisaient-ils là ?

Un sombre pressentiment l'assaillit. Il fallait qu'il en ait le cœur net. Il revint aussi vite qu'il le put à sa voiture, fit demi-tour et reprit le chemin de sa ferme. Les chantiers qui l'attendaient patienteraient un peu. Comme de juste, le notaire n'était pas à son étude. Il eut un instant la tentation de demander au clerc s'il était au courant de l'affaire, mais il y renonça. Mieux valait avoir à faire au Bon Dieu qu'à ses saints. Il raccrocha. Appeler l'inspecteur du fisc ? Ce n'était pas l'envie qui lui manquait, mais il réalisa à temps l'erreur qu'il allait faire. Même s'il était de notoriété publique que c'était lui qui avait piloté l'affaire de bout en bout, il n'y était en rien partie prenante. Il risquait de se faire éconduire et d'indisposer le fonctionnaire. Rien de plus maladroit.

Debout près du téléphone, le regard perdu, au-delà de la fenêtre, sur le spectacle paisible de sa vaste cour de ferme entourée des grandes stabulations où ruminait son bétail, il dut admettre qu'il ne pouvait rien faire d'autre que de ronger son frein. Ce lui fut comme une défaite. Qu'elle lui soit imposée par ces deux traîne-savates de Chamasson ne pouvait que la rendre plus cuisante encore.

Il était en train de se faire doubler. Il en avait le pressentiment, mais ne pouvait pas concevoir que la formidable mainmise qu'il s'était construite sur le pays puisse être ainsi prise en défaut. Qui pouvait oser venir le défier sur son terrain ?

Et cette vente qui n'en finissait pas de traîner... Ce compromis qu'il avait obtenu de haute lutte, mais qui ne vaudrait rien tant que l'autre demeuré de Sylvestre le refuserait... Et sa sœur, la Jeanne d'Araucourt ? Elle était pourtant l'aînée. C'était là toute l'autorité qu'elle avait sur son frère ? Lui téléphoner ? Pourquoi pas ? Il n'en escomptait pas grand-chose, mais ça lui donnerait au moins l'impression d'agir. Il composa son numéro. Comme à chaque fois qu'il avait eu à l'appeler, ce fut elle qui répondit. Cette dame ne devait pas avoir grand-chose à faire, pour être ainsi en permanence à côté de son téléphone. Il la sentit tout de suite gênée. En veillant à se montrer le plus aimable possible, il s'enquit de ce qu'il advenait de leur accord. Pouvait-on envisager de signer un jour ? Elle tourna autour du pot, prétexta mille contraintes et impondérables pour tenter de justifier que rien n'avançait. Puis, tout à coup, à bout d'arguments, elle craqua :

— Vous savez, monsieur Ravalot, je crois qu'il vaudrait mieux renoncer. Mon frère ne signera pas.

Il fronça les sourcils, mais sa voix ne laissa rien paraître de son exaspération :

— Il faudra pourtant bien trouver une solution. Votre frère, à ma connaissance, doit beaucoup d'argent au fisc. Ce n'est peut-être pas très raisonnable de sa part de refuser une solution qui lui permettrait de se désendetter.

Il y eut sur la ligne un bref silence.

— Mon frère... reprit-elle enfin, d'une voix à peine audible, mon frère, justement, il semblerait qu'il ait trouvé une autre solution. Maintenant qu'il a remboursé ce qu'il devait au fisc, je ne pense pas qu'il consente à vendre.

Eugène Ravalot faillit s'étrangler. Pour le coup, ce fut lui qui laissa s'éterniser un long temps mort.

— Evidemment...

Elle l'avait pris de court. La chose lui arrivait rarement, mais il ne savait plus quoi dire.

— Dans ces conditions... ajouta-t-il bêtement. Enfin, vous savez que je suis toujours preneur. Plus de l'ensemble, bien sûr, puisque votre frère n'y consentira pas, mais peut-être simplement des parcelles de bois dont nous avons parlé...

— Je ne pense pas qu'il acceptera. Vous savez, monsieur Ravalot, c'est déjà tellement compliqué d'envisager le partage entre nous... Peut-être, quand ce sera fait… Parce qu'il faudra bien qu'on y arrive un jour. Mais, en attendant, je crois qu'il est plus sage de renoncer.

Il s'était fait rouler. Cette « autre solution » miraculeusement trouvée par Sylvestre pour solder ses comptes chez le percepteur, c'était bien entendu ce bois qu'ils sortaient des coupes, là-haut, avec le Joseph Caudront et ces trois types venus on ne savait d'où. Mais qui avait pu oser entreprendre un tel chantier sans qu'il l'ait su ? D'où sortaient-ils, ces trois bûcherons qu'il n'avait jamais vus ?

Il en tremblait de rage et d'humiliation. Il s'était cru le maître. C'était son autorité sans partage, son pouvoir absolu sur tout ce qui se faisait et se négociait sur son territoire que quelques traîne-misère, non contents de le narguer depuis des mois, bafouaient sans vergogne. Il faudrait bien qu'il sache et qu'il leur fasse rendre gorge.

27

C'était le prétexte qu'attendait Thomas. Depuis la surprise de cette lettre reçue de son père, il retournait le problème dans tous les sens et s'exaspérait de ne pas parvenir à se dicter une ligne de conduite. Ce père qui lui tombait du ciel de cette étonnante façon ne le laissait pas indifférent, loin de là. Mais il était marié, père de famille ; il avait un travail plutôt intéressant et plein d'avenir... si sa boîte ne mettait pas la clef sous la porte trop tôt. Il avait aussi une mère dont il était très proche, mais dont il n'avait pas aimé la façon qu'elle avait eue de pincer les lèvres quand il lui avait parlé sans détour de cette étonnante résurrection.

Il lui avait fallu gérer tout ça et tenir compte des réactions de chacun. Lise, son épouse, s'était réjouie pour lui quand il lui avait montré la lettre qu'il venait de recevoir.

« Retrouver ton père ! s'était-elle exclamée. C'est merveilleux. Après tant d'années... C'est Jérémy qui va être content : un nouveau grand-père ! »

Ce n'était évidemment pas si simple. Il le lui avait expliqué. Il ne savait pas sur quel pied danser à l'égard de cet homme dont il ne savait rien, hormis quelques vagues échos d'une vie pour le moins mouvementée. Il avait fallu qu'Aurélie débarque comme elle l'avait fait, un beau matin où Thomas, par le plus grand des hasards, était seul chez eux, pour qu'il commence à mieux cerner la situation. Lise et lui en avaient longuement parlé le soir même. Bien sûr qu'il avait envie de retrouver son père, de lui présenter sa femme, son fils et ce qui pouvait s'apparenter à une petite réussite. Mais débarquer ainsi chez lui, dans cette maison de Chamasson dont on lui disputait le droit de l'occuper ? Quelque chose lui disait que ce n'était pas possible. Un vague pressentiment lui faisait craindre de mettre en péril l'équilibre aussi précieux que fragile dans lequel ils vivaient.

Les temps n'étaient plus où on pouvait prendre le risque de s'abandonner à une part de rêve. Depuis qu'il était entré dans la vie active et surtout depuis qu'il était marié, il était totalement tendu vers un seul but : préserver le peu qu'ils avaient, donner toute son énergie à son travail, puisqu'il avait la chance d'en avoir un, ne jamais déroger d'une ligne prudente de part et d'autre de laquelle, il était bien placé pour le savoir, il fallait fort peu de chose pour que s'ouvre le gouffre de la précarité.

S'il s'était engagé sur le plan syndical et s'il s'intéressait de très près à quelques mouvements alternatifs, c'était d'abord par convictions personnelles. C'était aussi par crainte de voir la situation des plus modestes, au nombre desquels il se rangeait, devenir de plus en plus insupportable. Il n'y avait aucune idée de révolte dans sa démarche, rien que le désir sincère d'apporter au débat sa contribution, qu'il croyait juste. Remettre en cause l'ordre établi lui semblait un luxe qu'ils ne pouvaient plus se permettre. Ses parents s'y étaient employés. Et à quoi cela avait-il servi, sinon à désorganiser la société, à créer de nouveaux problèmes ? Comme beaucoup de jeunes de sa génération, il professait la plus grande méfiance à l'égard de ce qui s'était passé en 1968 et dans les années soixante-dix.

C'était un « raisonnable », Thomas. Et peut-être était-ce là qu'il fallait chercher les raisons de l'appréhension qu'il ressentait à l'idée de se confronter au vieux « soixante-huitard » perclus d'échecs que lui semblait être son père.

Cette incapacité dans laquelle il se trouvait de lui répondre et de lui aménager la place qui lui revenait dans le cercle de ses proches le mettait parfaitement mal à l'aise. Il veillait à n'en rien montrer et Lise, respectant son silence, attendait qu'il aborde de lui-même le sujet.

Peut-être, pensait-elle, attend-il le printemps prochain pour nous proposer une expédition dans le Morvan…

Elle n'y aurait pas été hostile. Bien loin des scrupules et des questions que se posait son mari, elle s'en faisait même une joie, et ne s'en cachait pas. Ce qui ne faisait qu'ajouter à l'embarras de Thomas.

Aurélie n'avait certainement pas réalisé l'importance de la perche qu'elle lui avait tendue. Il avait maintenant une bonne raison d'intervenir dans les affaires de son père et peut-être même de lui rendre un signalé service. Avant même d'avoir en main le dossier promis par Aurélie, il prit contact avec le groupe de ses amis qui se battaient pour ne pas laisser sans ressource trop de chômeurs en fin de droits. Les petits boulots qu'ils leur trouvaient étaient rarement valorisants. Certains les refusaient. Pas tous, heureusement. D'aucuns, autant pour ne pas rester inactifs que pour gagner les quelques sous qui leur faisaient tant défaut, acceptaient sans rechigner les tâches les plus subalternes.

Et pourquoi ne pas aller travailler en forêt ? Si quelques-uns de ces anciens ouvriers avaient déjà manipulé une tronçonneuse, c'était au mieux pour élaguer la haie de leur jardinet de banlieue. Bûcheronner dans les forêts du Morvan était évidemment une tout autre affaire. Il s'en trouva pourtant plus qu'il n'en fallait pour accepter de suivre une brève formation avant de se jeter à l'aventure.

Encore fallait-il créer la structure susceptible de les encadrer et trouver le moyen de parer au danger de saisie qu'avait évoqué Aurélie. Il la rappela pour se faire préciser les choses. Il était évidemment à mille lieues d'imaginer que puisse exister un pouvoir local tel que celui acquis par Eugène Ravalot. Elle dut lui expliquer l'affaire dans le détail pour qu'il parvienne à admettre ce qu'était cet étonnant petit potentat de campagne. Elle le sidéra en lui expliquant comment il avait monté de toutes pièces les magouilles qui devaient lui permettre de se débarrasser d'eux et de mettre la main sur quelques coupes de bois. Elle le fit bondir en lui révélant que la maison ne l'intéressait nullement et qu'elle serait vraisemblablement détruite s'il parvenait à ses fins.

La maison de ses grands-parents, au sujet desquels il avait reçu tant de témoignages de sympathie de la part des gens du pays ! Il ne l'avait jamais vue, son imagination en aggravait encore la modestie, mais c'était peut-être ce qui avait fait qu'il s'était attaché au symbole qu'elle représentait. Il n'en savait rien à quelques mois de là et y tenait maintenant comme à la prunelle de ses yeux. Une raison de plus pour se battre et ne rien céder.

— Sur les plans réglementaire et juridique, je pense que tu aurais intérêt à contacter Agathe, lui dit Aurélie. Si elle-même ne peut pas te renseigner, elle saura nécessairement vers qui t'envoyer.

— Mais attends, tu t'y connais, toi, en problèmes forestiers ? Tu crois qu'elle saura, elle ? Parce que le but à atteindre le plus rapidement possible c'est de figer les choses en l'état, de faire en sorte que le fisc ne puisse pas mettre en vente et, dans le même temps, de lui assurer qu'il sera bien payé. Ils ont refusé à mon père, mais si on leur donne des garanties, bien sûr qu'ils préféreront cela, plutôt que d'en passer par une liquidation.

— Non, je ne m'y connais pas plus que toi en matière de gestion forestière. Et je ne pense pas qu'Agathe soit plus calée que nous. Ce que je dis, c'est qu'elle pourra te mettre en rapport avec des gens qui sauront nous conseiller. Ça doit se trouver, dans les milieux de l'économie sociale.

Il appela Agathe. L'idée l'enthousiasma. Ils eurent tôt fait de sympathiser et de remuer ensemble ciel et terre pour arriver à leurs fins. Rapidement, à eux deux, ils parvinrent à créer un réseau de sympathies et de compétences qui porta leur projet de création d'un atelier de réinsertion en milieu forestier. En contrepartie de la garantie qu'ils apportèrent d'avoir dès le départ un chantier d'une certaine importance à réaliser, ils trouvèrent des appuis et des aides qui leur permirent un véritable coup d'éclat.

Un acquéreur leur proposa de leur acheter tout le bois de taillis en une seule fois. Lorsque, ignorant délibérément les règles habituelles, il accepta de le leur payer pour moitié à la commande et le reste à la livraison, ils surent qu'ils avaient gagné. Restaient à convaincre Joseph Caudront et Sylvestre de participer à leur montage. Enfin, Thomas tenait une raison valable d'apparaître à Chamasson !

Ce fut Aurélie qui se chargea d'avertir Sylvestre de la visite qu'il allait recevoir. Elle avait largement pris sa part au montage de l'affaire et elle la lui expliqua dans les grandes lignes. Il se garda bien de réagir. Sourcils froncés, œil sombre, il l'écouta d'une oreille distraite. Il se souciait bien moins de toutes ces histoires d'embauches et de montages financiers que de ce qu'elle lui avait déjà annoncé : Thomas, son fils, serait bientôt devant lui.

— Il viendra seul ? lui demanda-t-il quand elle en eut fini de toutes ses explications.

— Je pense. Sa femme et ton petit-fils, il te les amènera une autre fois, quand il ne sera pas question d'affaires.

Il acquiesça d'un geste du menton, mais ne sut pas dissimuler totalement sa déception. Elle le vit, ne voulut pas s'y arrêter. L'important était de boucler une fois pour toutes leur montage.

— Il faut en parler à Joseph, dit-elle.

— Oui, bien sûr…

— On lui demande de venir cet après-midi ?

— Si tu veux.

Elle soupira. Il était désespérant. Si seulement elle avait su le secouer comme Agathe l'avait fait. Peut-être Thomas y parviendrait-il.

Joseph accourut dès qu'elle le lui demanda. Elle reprit toutes ses explications. Sylvestre ne s'y intéressa pas plus que la première fois. Le vieux, lui, eut tôt fait de s'enthousiasmer :

— C'est super ! s'exclama-t-il. La tête qu'il va tirer, le Ravalot !

Ce n'était pas l'aspect des choses qui la motivait le plus. Elle prit soin de mettre les points sur les « i ».

— Attendez, Joseph. Il faut bien que vous compreniez. Le premier versement qu'on va toucher, ni vous ni Sylvestre n'en verrez la couleur. Outre les salaires des bûcherons, il servira à payer ce que Sylvestre doit aux impôts. Comme ça, quand ils l'auront encaissé, ils ne pourront plus engager de procédure de liquidation du bien puisqu'ils ne seront plus créanciers. Vous, vous serez payés sur le deuxième versement, qui n'interviendra qu'à la fin du chantier. C'est bien d'accord ?

La question d'Aurélie parut le sidérer.

— Et alors ? s'étonna-t-il. Un peu plus tôt, un peu plus tard, qu'est-ce que ça peut faire ? Ces sous-là, on ne les attendait même pas. Depuis le temps que ça dormait, ce bois-là… On peut bien attendre quelques jours de plus.

Une pointe de malice alluma son regard.

— Le tout, dit-il, c'est que le Ravalot ne l'ait pas !

Un faux air de printemps réjouissait la nature et baignait la cour de la maison d'une douce lumière que semblaient boire les trois chats, allongés de tout leur long au soleil, derrière le camion d'Aurélie. Sylvestre pourtant, ce matin-là, leur avait fait l'affront de ne pas leur accorder beaucoup d'attention en leur servant leur lait quotidien. Ils l'avaient suivi du regard, l'air un peu offusqués. Ils avaient dédaigné de se coucher et de mettre en marche la machine à ronronner pendant qu'ils se régalaient de leur repas habituel, puis ils avaient retraversé la cour et étaient allés s'installer au soleil sans plus se soucier de l'inconstance des hommes.

Quand une voiture quitta la route et s'engagea prudemment dans le chemin, ils se dressèrent, évaluèrent la situation et jugèrent vite préférable de disparaître dans la broussaille du sous-bois, derrière le puits toujours en ruine. Thomas, sans le savoir, vint s'arrêter à l'endroit précis où, l'instant d'avant, ils se prélassaient.

Aurélie s'était précipitée. Sylvestre prit son temps. Il apparut enfin sur le pas de sa porte, y marqua un temps d'arrêt, puis descendit les marches du perron en affectant une nonchalance qu'il était bien loin de ressentir. Thomas s'avançait vers lui. Ils se rencontrèrent au pied des marches et restèrent un long moment immobiles, face à face, silencieux. Alors, lentement, Sylvestre ouvrit les bras. Thomas y tomba. Ils s'étreignirent longuement, sans un mot. Puis Sylvestre se dégagea doucement.

— Viens, dit-il.

Aurélie, qui se tenait légèrement en retrait, aperçut Joseph qui, depuis sa cour, assistait discrètement aux retrouvailles du père et du fils. Elle lui fit un petit signe de la main et les suivit. Thomas, en entrant dans la maison, eut un regard circulaire sur la salle. Il semblait gauche, un peu perdu dans ce décor tout de rustique simplicité. Sylvestre dut l'y inviter d'un geste pour qu'il se décidât à se glisser sur le banc. Puis il se tourna vers Aurélie qui s'asseyait à ses côtés et lui adressa un large sourire. Il rayonnait de bonheur.

— Voilà… dit-il comme s'il s'agissait d'un aboutissement.

Ils se mangeaient du regard, trop émus l'un comme l'autre pour savoir que dire. Il ne fallait pas que la gêne s'installe.

— Je vous mets quelque chose à boire ? lança Aurélie. Thomas, après toute cette route, qu'est-ce que tu préfères ? Du chaud ? Du froid ?

Elle atteignit son but. Sa question froidement pratique fut comme un pavé dans la mare de leurs émotions. Ils parurent se réveiller l'un et l'autre et éclatèrent de rire. On se décida pour un café. Elle partit le préparer.

— Ben voilà, dit enfin Thomas. J'aurais bien voulu venir plus tôt, mais ça n'a pas été facile. Là, j'ai pu me libérer. Cette affaire-là, ça ne pouvait pas attendre.

Ce n'était pas particulièrement adroit, mais ça donnait de quoi répondre. Sylvestre questionna modérément, écouta avec application. Aurélie, stupéfaite, le retrouvait enfin tel qu'il était avant que le refus du percepteur l'ait replongé dans la morosité et l'indifférence. Un peu vexée, elle en était à se demander comment faisaient les autres pour réussir à le motiver quand elle-même n'en obtenait rien.

Sylvestre découvrait son fils en le faisant parler. Peut-être se cherchait-il un peu au travers du discours qu'il lui tenait, mais il ne put qu'être déçu. Il en vint même à se demander comment il avait pu procréer une tête si froide, si raisonnable. Il ne retrouvait rien, dans les propos de Thomas, de ses propres emportements. Pour lui, en son temps, tout n'avait été qu'affrontements. Cela avait commencé avec son père, dont il avait condamné la petitesse besogneuse au lieu de tenter de la comprendre et de s'en accommoder. Et la suite n'avait jamais été qu'à cette première image. Certains d'avoir raison contre tous, lui et ses pareils n'avaient eu de cesse de casser le monde pour le reconstruire à l'image de leurs utopies. Composer, négocier, faire avec ce qui existait leur serait apparu comme une trahison.

Et il constatait avec stupeur que son propre fils exposait des idées très pragmatiques, usant sciemment, pour en arriver à ses fins, d'arguments qu'en son temps il aurait jugés scandaleusement réactionnaires et petits-bourgeois. Il y avait là une démarche intellectuelle qui le laissait sans voix. Elle semblait le captiver, mais Aurélie, qui le surveillait du coin de l'œil, réalisa vite qu'il s'intéressait bien moins à leur entreprise qu'à la façon qu'avait eue Thomas de mener à bien son montage. Elle jugea utile de recadrer un peu les choses :

— Vous ne croyez pas qu'on devrait demander à Joseph de venir ? Ça le concerne aussi, tout ça.

Comme si Joseph pouvait s'intéresser aux façons de faire des jeunes générations ! Sylvestre se régalait des paroles de son fils. Malgré toute l'amitié qu'il portait au vieux, il n'était pas chaud pour partager avec quiconque ce moment-là.

— Joseph… Joseph, grommela-t-il. Bon ben, oui. Tu n'as qu'à aller lui dire de venir.

Sur le papier, Thomas savait qui était Joseph. Il fallut encore lui préciser, avant qu'il n'arrive, ce qu'était la réalité du personnage. Et Aurélie, déjà revenue, qui se mêlait de détails :

— Comment tu as fait ? Les problèmes de l'exploitation et du commerce du bois, tu ne devais pas trop connaître.

Est-ce qu'il était question de ça ? Sylvestre pestait. Mais Thomas était maintenant parfaitement à l'aise.

— Agathe ! dit-il. Elle ne s'y connaît pas plus que moi, mais, par ses relations, elle m'a trouvé un expert forestier avec qui elle m'a mis en rapport. Il m'en a appris beaucoup, mais c'est surtout lui qui a bâti tout le pan professionnel du dossier. Sans lui, je n'aurais pas pu arriver à grand-chose.

Encore de quoi laisser Sylvestre pantois.

— Mais attends voir, vous avez travaillé à combien, sur ce dossier-là ?

— Bof, je ne sais pas, moi. Entre Aurélie, Agathe et moi, ça fait déjà trois. Et puis on a fait appel à pas mal de gens, comme cet expert forestier. On n'a pas la science infuse. Quand on ne sait pas, on s'adresse à des spécialistes.

— Et tu es allé voir tous ces gens-là ? Ton expert forestier, je ne pense pas que tu l'as trouvé dans ta banlieue…

— Bien sûr que non. Même Agathe, je ne l'ai jamais rencontrée. On a tout fait par téléphone et par Internet.

Evidemment... Sylvestre tout à coup se sentit très vieux. Auraient-ils agi autrement, au temps où il était de toutes les luttes, s'ils avaient appris à travailler de cette façon-là ? Qu'elles lui semblaient dérisoires, leurs « cellules », tout à coup... Ils en étaient si fiers que chacun attribuait toutes les vertus à la sienne et veillait surtout à ce qu'elle ne soit pas polluée par les idées des autres...

Il posa un regard dubitatif sur Joseph, qui venait d'arriver et qui s'installait à côté de Thomas.

— Alors c'est donc toi le gars de mon ami ?

— Eh oui.

Ils se souriaient à pleine bouche et en étaient déjà à parler pratique.

Qu'est-ce qu'il en dirait, Joseph, si je lui racontais tout ce qui me passe par la tête ? se demandait Sylvestre. Il savait qu'il n'en ferait rien. De peur, peut-être, de se voir reprocher, une fois de plus, son penchant déraisonnable pour le rêve.

28

En venant s'asseoir sur la plus haute marche du perron, Sylvestre s'était senti soulagé. De quoi ? Pourquoi ? Il aurait été incapable de le dire. Il aurait voulu… Qu'aurait-il voulu, au juste ? Thomas était là, avec Lise, son épouse, et surtout Jérémy, son gamin. Agathe, pour l'occasion, avait accepté de faire le voyage depuis Les Issambres. Antoinette et Joseph étaient aussi de la fête qu'Aurélie avait voulue et qu'elle menait avec beaucoup de doigté. Il avait toutes les raisons de se réjouir et pourtant elles étaient gâchées, pour lui, par cette vague impression de manque, d'imperfection qu'il ne parvenait pas à définir.

De la maison, dans son dos, montait un joyeux tapage de conversations et de rires au diapason desquels il ne parvenait pas à s'accorder. C'était de s'en être échappé et d'avoir retrouvé le calme de la cour qui lui avait fait pousser un soupir d'aise en même temps qu'il se laissait tomber sur les marches du perron. Il ne s'était pas pour autant débarrassé de ce mal-être lancinant qu'il traînait avec lui sans parvenir à l'identifier.

Des yeux, par habitude, il chercha les chats. Ils n'étaient évidemment pas là. Pour eux, il y avait bien trop de bruit et d'agitation dans la maison. Et puis, il faisait trop beau. Dans la fraîcheur déjà très douce du petit matin, alors que tout ce monde n'était pas encore réveillé, ils avaient accepté subrepticement le lait que Sylvestre leur avait proposé. Ils étaient venus en longeant les murs, avaient bu en vitesse et, sans le moindre ronronnement, étaient repartis. Sylvestre les avait vus disparaître l'un après l'autre, derrière le coin de la maison, ce qui était ordinairement l'itinéraire qu'ils empruntaient lorsqu'il s'agissait de grandes vadrouilles dans les prés et dans les bois. On ne les reverra pas de la journée, avait-il regretté.

Ce fut à peine s'il eut le temps de prendre conscience d'une présence derrière lui. Il y eut un léger froissement de tissu qu'on agite et, tout de suite, elle fut près de lui. C'était la plantureuse, l'opulente Agathe, qui avait enjambé le chien couché dans le dos de Sylvestre et qui, resplendissante d'aise, venait s'asseoir près de lui. Il lui rendit son sourire. Elle se garda bien de questionner. La tête légèrement penchée, elle l'observait. Il y avait dans son regard cette petite flamme gentiment ironique que Sylvestre connaissait bien et dont il se défiait plus encore. Elle eut de la main un beau geste pour rejeter quelques mèches de son abondante chevelure qui lui tombaient devant les yeux. Comme il fallait s'y attendre, ce fut Sylvestre qui craqua le premier :

— Alors ? dit-il. Tout va comme tu veux ? Tu vois qu'il n'y a pas qu'aux Issambres qu'il peut faire beau.

La journée promettait d'être une des plus belles de l'été. Il y avait dans l'air une luminosité d'une infinie douceur qui semblait magnifier les détails les plus insignifiants. Elle recomposait le paysage, ajoutait là une touche de profondeur, allongeait ailleurs une ombre délicate sur laquelle venaient se superposer quelques feuillages dont la douce agitation faisait miroiter l'or fin saupoudré par les rayons que le soleil semblait laisser s'égarer là à dessein.

Agathe, pour entrer dans son jeu, s'accorda quelques instants de contemplation silencieuse.

— C'est drôle, dit-elle enfin, chez vous, le beau temps prend des allures d'une grande délicatesse, comme quelque chose d'infiniment précieux. On ne ressent pas ça chez nous. Peut-être parce qu'on est blasé.

Il confirma d'un geste du menton.

— Ce que c'est que de trop en vouloir…

— C'est bien à toi de dire ça.

Il parut surpris, se reprit très vite. Il savait où elle allait en venir.

— Nous y voilà ! dit-il.

Elle ne chercha pas à se dissimuler.

— Ben oui, quoi ! Tu crois que je n'ai pas compris pourquoi tu restes seul, là, sur ta marche, alors qu'on est tous à prendre du bon temps, dans la maison ?

— Mon temps à moi aussi est bon.

Elle haussa les épaules.

— Ne dis pas de bêtises, tu veux ? Quand tu sauras prendre les choses comme elles vont, ne plus te poser de questions, peut-être que tu pourras dire ça.

A quoi bon discuter ? A quoi bon tenter de dissimuler devant Agathe, qui le devinait jusque dans ses moindres zones d'ombre ?

— Tu vois, dit-il, tout ça, tout ce qui vient de se passer, ça me donne l'impression d'un formidable échec.

Elle faillit protester, se reprit à temps. Pour en dire tant, il fallait qu'il ait bougrement envie de parler. Elle entra dans son jeu :

— Explique.

Le dos voûté, les coudes aux genoux, il croisait et décroisait ses mains, d'un geste nerveux, impatient.

— Comment te dire ? Je ne m'y reconnais plus, dans tout ça. Même Thomas, mon fils... Des fois, je n'arrive pas à le comprendre.

Elle eut un geste fataliste.

— Les temps changent, mon petit vieux...

— Attends. Ce n'est pas ça. Qu'est-ce qu'on a fait, nous, quand on avait son âge ? On s'est révoltés. On en avait assez des injustices, du pouvoir de quelques-uns sur tous les autres. On a voulu casser ça. On a voulu que tout le monde soit logé à la même enseigne, que le pouvoir du plus faible soit égal à celui du plus puissant. On en avait assez de toutes ces inégalités. C'était bien vu, c'était juste, non ?

— Utopie… murmura-t-elle.

— Oui, utopie, reprit-il au vol. Et après ? Pourquoi ne pas y croire de temps à autre, aux utopies ? Alors que les jeunes de maintenant, ils les rejettent, les utopies. Ils se veulent pratiques, pragmatiques. Ils font avec ces injustices, ces inégalités. Ils les confortent, ils se contentent de chercher le meilleur moyen de s'en accommoder. Comme si on pouvait cohabiter avec le diable…

— Les temps ne sont plus les mêmes, Sylvestre. Nous, on pouvait se payer le luxe de refuser. La société était riche. Il y avait le plein emploi. Maintenant, ils doivent s'estimer heureux s'ils ne sont pas au chômage. Le débat ne se pose pas dans les mêmes termes.

— C'est bien ce que je dis. C'est inadmissible d'en être arrivé là. Je le sais bien, qu'ils ne peuvent plus se révolter comme nous l'avons fait. Mais pourquoi ne le peuvent-ils plus ? Parce que nous avons lamentablement échoué. On a renoncé. Plutôt que d'aller jusqu'au bout, on a préféré notre petit confort de l'époque. Un miroir aux alouettes. Et on n'a tiré aucune conséquence de nos échecs. On s'est laissés vivre. Les autres, ceux d'en face, les gros, les puissants, les riches, ils ont compris, eux. Ils ont réfléchi, eux. Et pourquoi crois-tu qu'on a laissé s'installer tout ce chômage ? Tu crois que ça les gêne, eux, ce chômage ? Ça les arrange, oui. C'est la meilleure garantie qu'ils ont pu trouver pour avoir la paix, pour qu'on les laisse mener leurs petites affaires entre eux, bien tranquillement. Je sais, les jeunes n'ont plus le choix. Ils sont piégés. C'est notre renoncement qui les a piégés. Ils doivent faire avec, mais tu ne me sortiras pas de la tête qu'un monde où le seul choix est de composer avec les injustices et les inégalités, c'est un monde pourri. Et je ne suis pas bien fier de léguer ça à mon petit-fils…

Elle s'esclaffa en faisant mine de lever les bras au ciel.

— Ça y est ! Le voilà qui veut prendre toute la misère du monde à sa charge ! Mais, mon pauvre Sylvestre, tu n'y peux rien, pas plus que moi. Oui, on y a cru, à nos utopies, c'est vrai. Elles ne se sont pas réalisées. Je le regrette tout autant que toi. Nous le regrettons tous. Mais à quoi bon rester enfermé dans ces flagellations qui ne te mèneront jamais nulle part ?

L'air buté, il niait les propos d'Agathe en agitant nerveusement la tête de droite à gauche.

— Qui t'a parlé de flagellation ? Il s'agit de suite dans les idées. Ce n'est pas la même chose. Je ne peux pas me faire à ce qu'il est advenu de nos idées. Je me sens responsable. Et ça, personne ne pourra m'en faire revenir.

— Tu ne vois pas que tu es seul ? !

— Et alors ? Je ne suis pas responsable des autres.

— Mais enfin, Sylvestre, qu'est-ce qu'on fait, là, aujourd'hui, tous réunis ?

Il était tellement obnubilé par l'échec de ses utopies qu'il ne saisit pas le sens de sa question.

— Qu'est-ce qu'on fait ? On fait la fête, quoi. La fête qu'a voulue Aurélie.

— Et pourquoi elle l'a voulue, cette fête-là ? Parce que vous avez gagné une fameuse bataille. Ce n'est pas une victoire, ça ? Tu vois bien que tout n'est pas aussi noir que tu l'affirmes.

Ce fut à son tour de s'esclaffer.

— Une victoire, tu dis ? Tu parles d'une victoire ! On s'est défendus contre une magouille. Ce n'est rien de plus. Bon, ça m'a permis de retrouver mon fils et mon petit-fils. Ça c'est super et c'est à vous que je le dois. Mais le reste ? C'est bien ce que je dis. Rien n'a été gagné contre l'injustice et les inégalités. A chaque fois, il faudra se battre, il faudra reprendre la lutte à zéro sans la moindre garantie de résultat. Où tu vois une victoire, toi ? Dans le fait qu'on a pu exploiter ce qui nous appartient ? Où est la victoire ?

Il se laissait tellement emporter par son propos qu'il ne prêta aucune attention à Aurélie, qui venait les rejoindre. Elle dut elle aussi enjamber le chien pour venir discrètement s'asseoir près de lui.

— Tiens, tu es là, toi ? s'étonna-t-il quand il réalisa.

Il lui posa la main sur le genou et se serra un peu contre elle.

— Me voilà bien, moi, entre vous deux, continua-t-il. Je ne connais pas ma chance… ni mon malheur. Parce que toi aussi, tu vas me dire que je ressasse mes vieilles utopies !

Aurélie n'en avait pas entendu assez pour se prononcer. Elle échangea un regard rapide avec Agathe et préféra ne pas s'engager. Tout de même, la repartie presque guillerette de Sylvestre l'avait agréablement surprise. Mais comment faisait donc Agathe pour parvenir ainsi à le sortir de ses terribles abattements ?

Elle avait fait diversion. Il avait perdu le fil de ses colères. Ils parlèrent paisiblement de choses et d'autres, mais il fallait bien qu'à un moment ou à un autre ils reviennent au grand débat qu'Aurélie avait pressenti en les surveillant du coin de l'œil depuis la salle. Il lui tenait trop à cœur pour qu'elle résistât longtemps à l'envie d'y prendre part. Et elle se reprochait maintenant de l'avoir interrompu par son intrusion. Elle chercha le moyen d'y revenir :

— Tu as dit à Agathe où vous en êtes des coupes ?

Il ne parut pas voir là quelque chose d'essentiel.

— Non, je ne lui ai pas dit. Je ne pense pas que ça la passionne.

— Bien sûr que si, que ça m'intéresse, protesta-t-elle. Je n'irai pas jusqu'à aller couper le bois avec vous, mais je sais bien que tout dépend de ça. Vous en êtes où ?

Il expliqua sans enthousiasme. La première coupe avait été finie au début du printemps comme promis. Le bois était livré et payé. Fin septembre, le chantier d'insertion recruterait trois nouveaux bûcherons. Cette fois, il s'agirait de s'attaquer à la futaie ; du bois d'œuvre ; des fûts de toute beauté pour lesquels ils n'avaient eu aucune peine à trouver preneurs. Ils avaient pu se payer le luxe de les mettre en concurrence. De quoi apaiser une fois pour toutes les dernières réticences de Jeanne à l'égard de leur entreprise. Thomas, avec beaucoup de diplomatie, s'était chargé de lui faire accepter un accord qui satisfaisait tout le monde.

— Non mais, attends, ne put s'empêcher de s'exclamer Agathe, ce n'est pas une victoire, ça ? Et même plusieurs victoires additionnées !

Sylvestre avait récité tout cela sur un ton las et ennuyé. Aurélie, qui le surveillait, le voyait avec consternation reprendre l'air abattu et indifférent qu'elle ne connaissait que trop. Le dos plus voûté que jamais, le regard perdu dans l'épaisseur des frondaisons, de l'autre côté de la cour, il semblait à nouveau étranger à tout ce qu'elles pouvaient lui dire.

— Oh ! le secoua Agathe. Une fois, une seule fois, tu ne pourrais pas la laisser de côté, ta tête de cochon, et admettre que te voilà sorti d'un fameux pétrin ?

— Vouai... consentit-il enfin à reconnaître. Je vous dois une fière chandelle. Sans vous...

Il manquait à ses mots la toute petite flamme qui aurait pu les rendre crédibles. Il avait semblé aux deux femmes qu'il avait dit ça machinalement, parce qu'il le fallait. Agathe faillit lui en faire le reproche. Heureusement, il ne lui en laissa pas le temps :

— Mais tu vois, reprit-il en s'animant un peu, ça ne change rien au fond de ce que je pense. On n'aurait pas dû avoir à se battre. Pour moi, ce que nous avons gagné est entaché par le fait que pour l'obtenir il ait fallu se battre, s'opposer, se déchirer, se mal aimer. Les premiers temps, quand personne ou presque ne savait que j'étais là, dans la maison de mes parents, j'étais parfaitement seul. Je n'avais ni amis ni ennemis. Il n'y avait que les chats. Et j'étais bien. Maintenant, oui, c'est vrai, grâce à vous, je suis chez moi. J'ai donc des amis, mais j'ai aussi des ennemis, des gens qui ne m'aiment pas et que je n'aime pas. Je ne pourrai plus faire autrement et c'est ce qui me désole. Agathe, reconnais-le, on avait rêvé autre chose pour le monde.

Elle ne put s'empêcher d'avoir un petit hochement de tête désabusé.

— Peut-être n'étions-nous pas trop réalistes…

Il sursauta.

— Le réalisme ! C'est toi, Agathe, qui me parles de réalisme ? Tu me fais rire. Voilà ce qui nous tue. Toutes les injustices qui ont été commises au nom du réalisme… Eugène Ravalot est un réaliste. On voit ce que ça donne. Par réalisme, des jeunes comme Thomas en sont réduits à négocier plutôt que de se battre. Eh bien, moi, tu vois, à monsieur Ravalot et à tous ses semblables, je n'en démords pas : ce sont mes utopies que je leur oppose. Il n'y a que l'utopie qui puisse combattre l'injustice.

Il n'en reviendrait pas. Elles abdiquèrent.

— Tu ne changeras pas, admit Agathe. Et puis, c'est peut-être mieux. C'est comme ça qu'on t'aime !

Ils en riaient encore quand une petite tornade jaillit dans leur dos, trébucha sur le chien et aboutit dans les bras de Sylvestre.

— Tes chats, grand-père, ils sont où ?

C'était Jérémy, son petit-fils, qui, à sa plus grande joie, avait déjà fait sien tout le domaine de la maison, de la cour et jusqu'au pré de l'âne.

— Mes chats, ils sont loin. Vous faites bien trop de bruit pour eux. Ils sont partis se promener.

— Mais non. Tu vas voir.

Le gamin se saisit de l'écuelle qui traînait au coin des marches, courut jusqu'au milieu de la cour, s'y laissa tomber sur les fesses, et, jambes écartées, se mit à cogner énergiquement le fond du récipient sur un gros caillou.

— Venez, les chats ! Venez vite me voir !

Antoinette passait par là, s'en revenant de chez elle où elle était allée chercher un ustensile requis pour ce qui se préparait dans la maison.

— Mais qu'est-ce que tu fais là, mon petit bonhomme ? s'inquiéta-t-elle.

— Ben, tu vois bien. J'appelle les chats.

— Les chats ! Sûr qu'ils ne vont pas venir. Sauvages comme ils sont…

— Regarde s'ils ne viennent pas. Tu vois. Je te l'avais dit.

Les trois chats, s'étirant langoureusement, venaient d'apparaître de derrière le puits en ruine. A la queue leu leu, sans se presser, ils s'approchèrent et vinrent s'asseoir côte à côte juste devant le gamin.

— Tu vois, insista-t-il. Ils sont gentils, les chats.

Tout doucement, parce qu'on lui avait expliqué qu'ils n'aimaient pas qu'on leur coure après, il se pencha en avant, se mit à quatre pattes et avança vers eux. Ils n'eurent pas le moindre geste de méfiance. Il vint s'asseoir au ras de leurs moustaches sans qu'ils s'en offusquent.

Alors, la main de l'enfant s'avança. Elle se posa sur la première tête venue, celle de droite, puis, comme s'il n'y avait là rien que de très ordinaire, son geste se prolongea d'une longue caresse tout au long de l'échine. Le chat du milieu fit savoir qu'il estimait son tour venu. Celui de gauche prit le temps d'attendre, certain qu'il aurait le meilleur. Sans marquer la moindre surprise, de contentement, l'un après l'autre, les trois chats bombèrent le dos, queues dressées en point d'exclamation, puis se bousculèrent doucement pour en redemander. Jérémy s'exécuta en riant aux éclats.

Sylvestre, sous le regard ému des trois femmes, rayonnait de bonheur.

Anost, le 16 avril 2016

DU MÊME AUTEUR *(suite)*

ALBIN MICHEL

Les Voisins de l'horizon, 2001
Histoires racontées de Bourgogne et du Morvan, récit, 2001
Je reviendrai vers vous, 2002, Pocket 2004
La Muse dans le grenier, 2003, Souny poche 2010
Le Périple du chien, 2004
Les Gens du pays, 2005, prix Henri-Perruchot 2006, Prix Marcel E.-Grancher 2007, Poche De Borée 2009
Le Forgeron d'Eden, 2009, Poche De Borée 2011
Le Pays d'où je viens, 2011, Poche De Borée 2013

ANNE CARRIÈRE

Inuksuk, 2006
Le vent des libertés soulevait la terre, 2008, prix du Roman populaire 2008, Poche De Borée 2010

DE BORÉE

La Photo de classe, 2010
Les Indignés de Montservier, 2013
Les Compères, 2014

OUEST-FRANCE

Le Haras de Pompadour, toute une histoire, document, 2007

ÉDITIONS SOLAR, COLLECTION « RANDONNEUR »

Les Vosges, le Pays niçois et le Mercantour, 1991
La Haute-Provence, les Cévennes, les volcans d'Auvergne, la Margeride et l'Aubrac, 1992
Le Limousin, le Périgord noir, le Quercy, le Rouergue, 1993
Le Jura, le Vercors, les monts du Lyonnais et du Beaujolais, les Ardennes, 1994
La Bourgogne, l'Alsace, le Livradois et le Forez, la Haute-Ardèche, 1995
Le Cotentin, la Bretagne, pays de Brocéliande, le Morvan, 1996

ÉDITIONS DU BELVÉDÈRE

La Bourgogne, en collaboration avec Michel Joly, photographe

Vous souhaitez en savoir plus sur les livres et les auteurs
de la collection Terres de France ?

Retrouvez toutes les informations sur le site
www.collection-terresdefrance.fr
et abonnez-vous à notre lettre d'information.

Suivez-nous également sur notre page Facebook
et sur notre fil Twitter.

Club des Amis de Terres de France
12, avenue d'Italie
75627 Paris cedex 13

FSC
www.fsc.org
MIXTE
Papier issu de sources responsables
FSC™ C003309

Composition et mise en pages
Nord Compo à Villeneuve-d'Ascq

Imprimé en Espagne par Cayfosa
Dépôt légal : mars 2017